KB274067

일륜
新무협 판타지 소설
보법무적
步法無敵

보법무적 5
일륜 新무협 판타지 소설

초판 1쇄 찍은 날 § 2007년 8월 16일
초판 1쇄 펴낸 날 § 2007년 8월 26일

지은이 § 일륜
펴낸이 § 서경석

편집장 § 문혜영
편집책임 § 서지현
편집 § 심재영

펴낸곳 § 도서출판 청어람
등록번호 § 제1081-1-89호
등록일자 § 1999. 5. 31
어람번호 § 제2-1270호

주소 § 경기도 부천시 원미구 심곡1동 350-1 남성B/D 3F (우) 420-011
전화 § 032-656-4452 팩스 § 032-656-4453
http://www.chungeoram.com
E-mail § eoram99@chollian.net

ⓒ 일륜, 2007

ISBN 978-89-251-0853-7 04810
ISBN 978-89-251-0588-8 (세트)

[이형환 위]

범범무적

FANTASTIC
ORIENTAL HEROES

5

일루 新무협 판타지 소설

步法無敵

"정말로 제가 안 넘어지고 잘 걸을 수 있나요?" "그럼! 이건 비밀이라 잘 말해주지 않지만, 네게만
특별히 알려주마. 우리 문파의 특기가, 잘 걷기다." "안 넘어지고, 똑바로요?"
"흠흠흠, 당연하지!" "갈게요, 가겠어요!"
십이 세 소년 등천화와 오십 년 만에 세상에 나온 사부의 만남. 그리고 십 년이 흘러 세상에 나온 엉뚱한 청년의 강호 행보!
그의 십보는 무림인들에게 악몽이 되었다! 어느 누구도 붙잡지 못할 거대한 광풍이 되었기에!

도서출판 천람

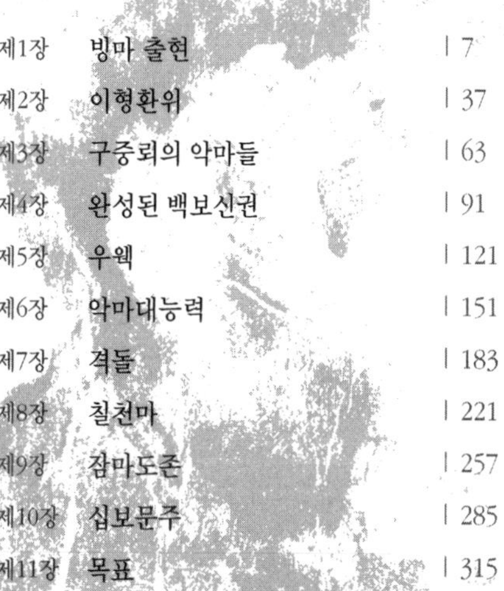

목차

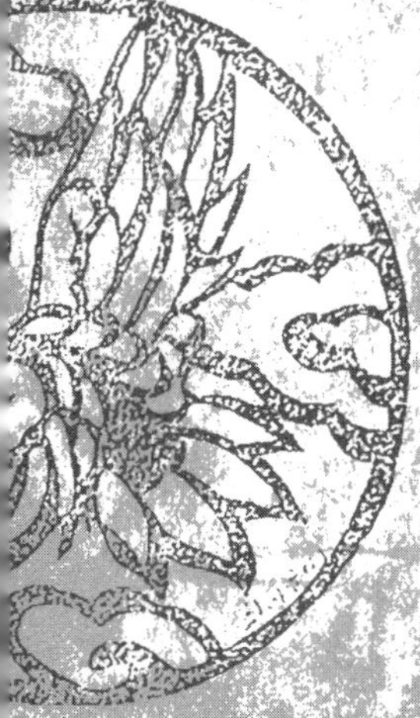

제1장　빙마 출현　| 7

제2장　이형환위　| 37

제3장　구중뢰의 악마들　| 63

제4장　완성된 백보신권　| 91

제5장　우웩　| 121

제6장　악마대능력　| 151

제7장　격돌　| 183

제8장　칠천마　| 221

제9장　잠마도존　| 257

제10장　십보문주　| 285

제11장　목표　| 315

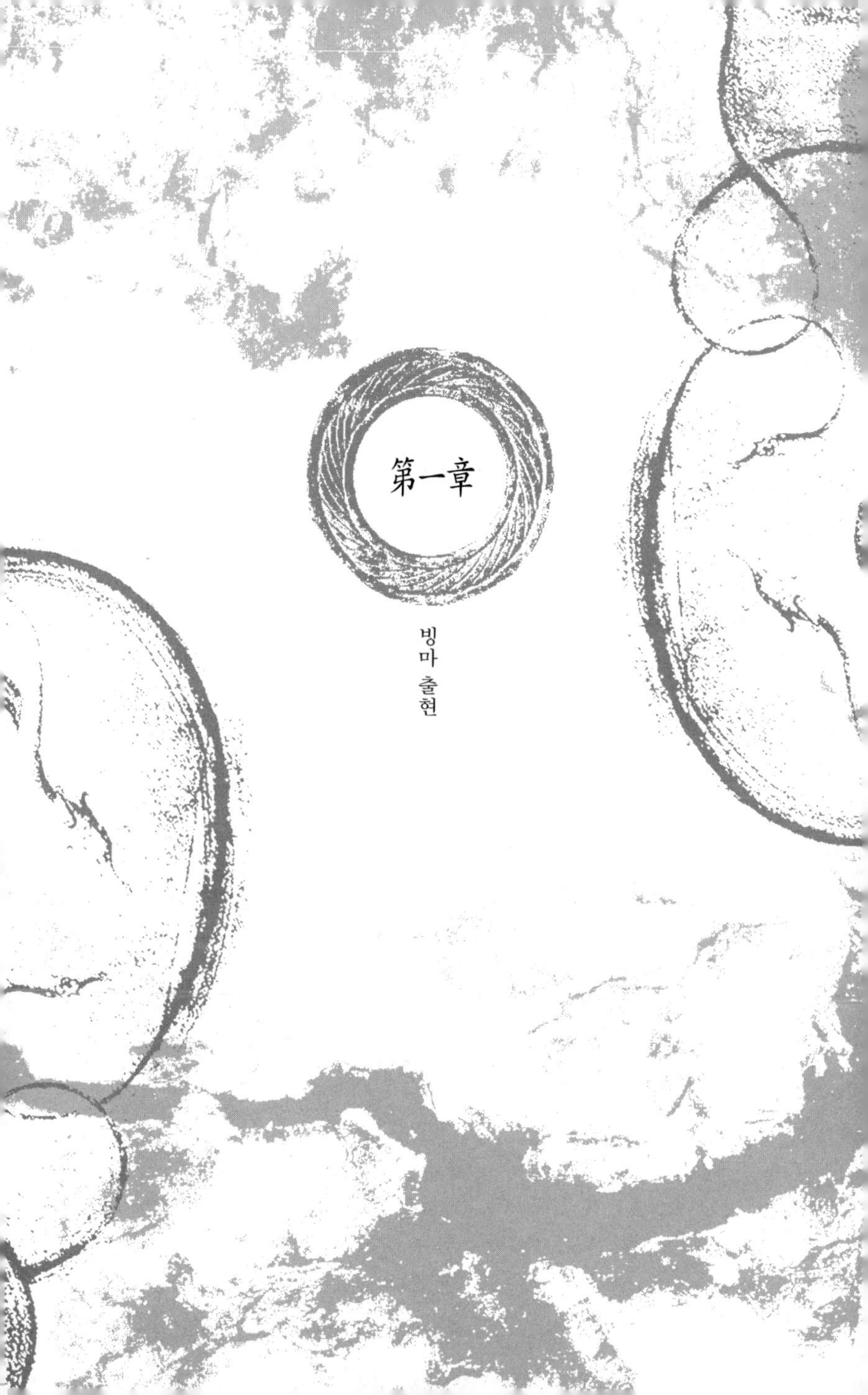

第一章

빙마 출현

步法
無敵

콰!
짧지만 강렬한 폭음이 터졌다.
"아!"
"저럴 수가……."
주위에서 아쉬워하는 음성들.
한 손을 뻗고 있는 자단의 눈썹 한쪽이 꿈틀거린 이유는 음성들 때문만은 아니었다.
누워 있던 등천화가 어떤 식으로 자신에게 달려들었는지 보질 못했다. 문제는 등천화가 아직도 달려들고 있다는 것이고, 그런 등천화를 밀어내거나 떼어낼 수가 없다는 것이다.

'혈영마공이 아직 불완전하다는 뜻이 된다. 제길.'

때려도 안 죽고, 내쳐지지도 않는 놈이었다.

등천화의 머리를 막은 손에 혈영마공을 집중시켰다.

밖을 깨뜨리지 못하면 안을 뭉개 버리면 그만이란 판단을 한 까닭이다.

그러나 혈영마공은 그의 손에만 머물고 등천화의 몸으로 들어가질 못했다.

'이건 또 뭐지? 그럼 빨아들인다! 흡(吸)!'

혈영마공 제삼초식 흡.

보법 외엔 할 줄 아는 게 없는 녀석에게 이것까지 사용하게 될 줄은 꿈에도 몰랐다.

부딪치는 모든 것을 파괴시키는 혈영신공에, 손에 닿는 모든 것을 빨아들이는 흡정마공의 접목으로 만들어진 초식이었다.

츠르르—

등천화의 머리를 잡은 손에 더욱 힘을 가했다.

'응?

어이없게도 상황이 좀 전과 전혀 달라지질 않았다.

평범한 초식도 아닌 '흡'을 사용했음에도 아무것도 빨아들일 수 없는 것이다.

입구가 꽉 막힌 것 같은 느낌.

이러저러한 방법들이 모두 안 먹히자, 자단은 자존심이 상하고 말았다.

'입구가 막혔으면 막은 것까지 모두 흡수해 버리면 그만이
다. 응?'

자단이 막 손을 쓰려 할 때였다.

손바닥에 잡혀 있던 등천화의 머리가 한쪽으로 쏠리는 것
같더니, 이내 그의 손바닥이 허전해졌다. 동시에 안면을 향해
뭔가가 들이닥쳤다.

훙—

"헛!"

팅겨내기엔 이미 늦었다.

호신강기에 막히겠지만 무의식적으로 고개를 돌렸다.

그럴 리가 없음에도 만약의 경우를 대비한 행동이었다. 얼
굴을 허용할지도 모른다는.

핏—

"흑!"

옆으로 흐르는 몇 가닥 머리카락의 끝에 등천화의 뒤통수
가 보였다.

"……."

황당해서 말도 나오지도 않았다.

등천화는 인간의 한계가 얼마나 대단한지를 몸으로 보여
주고 있었다.

피리릿—

자단의 소매 속에서 잠자고 있던 자전초가 밖으로 뛰쳐나
오자마자 허공으로 솟구쳤다.

자전초라면, 혈영마공으로 날린 자전초라면, 거리에 상관
없이 등천화의 숨통을 끊어줄 것이다.

그러나 자단은 등천화의 기억력과 신체 능력을 너무 무시
했다. 한 번 맞은 곳이나, 들은 소리나, 접해본 기운은 절대로
잊지 않는 등천화였다.

자전초가 자단의 소매를 빠져나가는 순간, 등천화는 고개
를 들어 자전초를 찾았다.

"자전초다……."

등천화의 코에서는 여전히 코피가 흘렀고, 입가에는 각혈
의 흔적이 역력했지만, 웃을 수 있었다.

욱신욱신.

자전초를 잡은 것도 아니건만 몸이 반응을 보였다.

혈영마공에 맞은 곳들이 욱신거렸고, 귀도 갑자기 멍해졌
으며, 손가락은 불에 덴 듯 화끈거렸다.

"클클. 자전초에만 신경 쓰면 안 되지. 네놈의 심장을 뚫을
수 있는 건 그것뿐만이 아니거든."

"아… 옆인데……."

등천화는 몽롱한 의식을 두드리는 자단의 목소리에 몸을
움직이려 했으나, 그러기엔 너무 가까이 오도록 허락하고 말
았다.

쾅!

"헉!"

자단과 같은 고수와 일 장도 안 되는 거리에 있으면서 피하려고 한 것이 잘못이었다. 등천화는 옆구리에 묵직한 통증을 느끼며 허공으로 붕 떠올랐다.

옆구리가 접혀진 기이한 자세에 자단의 입가에 잔인한 미소가 얹혀졌다.

"이번엔 다시 손을 쓰는 일이 없을 것이다. 크크크."

쉬쉬쉭ㅡ

말이 끝남과 동시에 자단의 목에 달려 있던 철적이 일어서며 무수한 유형화된 소리들을 날렸다. 목표는 등천화의 목숨이었다.

이런 것을 알기나 하는지, 등천화는 몽롱한 표정으로 몸이 아프다는 것을 이해하려 했다. 맞을 때마다 느끼는 거지만, 자단의 주먹은 정말 아팠다.

'아프다……'

등천화는 이내 허리가 접힌 채 바닥에 떨어졌고, 어깨와 무릎이 몇 번이나 바닥을 때렸다. 그 와중에도 자전초를 꼭 잡겠다는 듯이 손은 허공을 후비적거렸다.

'서문 소저, 많이 아팠겠다. 약한데… 많이 안 맞았어야 하는데… 아프다… 길이 끊어질 것 같아.'

등천화는 지금까지 자신의 몸과 대화를 끊어본 적이 없었다. 대화를 끊는 순간 자야 하는데 그러기엔 시간이 너무 아까웠다.

그나마 아직 발은 움직이고 있었다. 아직은.

나름 안심하며 일어서려고 하는 순간, 자단의 철적에서 나온 유형화된 음들이 몸을 덮쳤다.

푸쿠콰콰콰콰—!

땅에 박힌 어깨를 축으로 전신이 덜컥거리자, 그 여운으로 어깨가 혼자서 너덜댔다.

이런 과정은 어깨만이 아니었다.

복부, 팔, 다리 할 것 없이 연속적으로 터져 나갔다.

이후로도 등천화의 몸이 얼마나 덜컥거렸는지 셀 수조차 없었다. 철적의 공격이 멈춘 것은 등천화의 몸이 더 이상 덜컥거리지 않았을 때였다.

"이젠 죽었겠지."

자단의 잔인한 목소리가 정적을 갈랐다.

그때, 손가락 하나 임의로 까닥거릴 여력조차 남아 있지 않아야 하는 등천화의 고개가 들려졌다.

"흑! 아, 아직도 움직여?"

자단은 초점없는 등천화의 시선을 따라갔다.

허공에 붉은 선들을 만드는 자전초를 향해 있었다.

"큭. 정말 단단한 몸뚱이를 가진 놈이군. 좋다. 자전초를 원하느냐? 그럼… 몸에 박아주도록 하지."

자단은 자전초를 잡아당기는 시늉을 했다.

기다렸다는 듯이 자전초가 등천화의 심장을 향해 무서운 속도로 내리꽂히기 시작했다. 그 모습을 보고서야 자단은 찌푸렸던 인상을 폈다.

문대성은 자단의 손짓에 따라 허공에 떠 있던 붉은 빛이 무서운 속도로 내리꽂히는 걸 보고서 바로 움직이려 했다. 하나 그보다 먼저 움직인 사람이 있었다.

"갈 아우!"

갈피독이 여의마검을 들고 달려가고 있었다.

"자네 혼자서는 무리야!"

문대성이 아무리 소리쳐도 갈피독은 돌아보지 않았다. 문대성은 옆으로 고개를 돌렸다. 만저유와 이후의 일을 의논하기 위해서였다.

"응? 마, 만 공… 만 공? 이 급한 상황에……."

주위를 모두 둘러봐도 만저유의 모습은 보이지 않았다. 그때, 문대성의 눈에 구대문파의 제자들 중 소천파의 놀라는 표정이 들어왔다. 재빨리 뒤쪽으로 고개를 돌렸다.

콰쾅!

제법 거리가 되는데도 바로 옆에서 들리는 듯한 폭음이 장내를 울렸다.

자단의 손에 잡힌 갈피독의 모습이 들어왔다.

문대성은 이어질 아찔한 광경을 상상하며 눈을 질끈 감았다. 자단의 한 손이 움직이면 끝이었다. 무방비 상태의 갈피독이 방어할 방법이 전혀 없었다.

쾅!

갈피독의 비명이 아닌 폭음이 터졌다.

문대성은 깜짝 놀라 눈을 뜨며 상황을 살폈다.

"응? 무, 문주!"

갈피독의 여의마검을 쥐고 있던 자단은 자신의 오른손을 막아낸 후 가뿐하게 허공으로 솟구치는 등천화를 쳐다봤다.

언제 다쳤냐는 듯이 너무도 멀쩡한 모습이었다.

'이, 이럴 수가… 분명히 자전초가 심장을 향해 내리꽂히는 걸 봤는데…….'

놀랄 일은 거기서 끝이 아니었다.

자전초를 향해 날아가던 등천화가 마치 연인을 향해 손을 뻗듯이 가볍게 손을 뻗었다. 아니, 손가락 두 개를 뻗었다.

어떻게 저럴 수 있지?

자단으로서는 이해불가의 광경이었다.

다 죽어가던 등천화가 자전초를 향해 새처럼 날아간 것도 이해할 수 없지만, 그전에 무슨 수로 자전초의 공격을 막아냈는지 궁금해 미칠 지경이 됐다.

더구나 보법으로 아직도 허공이 땅이라도 되는 양 당당하게 올라가고 있었다. 신법도 아닌 보법으로 허공에서 저런 식의 움직임이 가능하려면 허공답보(虛空踏步)가 아니면 불가능했다.

허공답보? 저 멍청하게 생긴 놈이?

자단은 고개를 절레절레 흔들었다.

허공을 걷는 것이 어려워서가 아니었다. 신법이라면 얼마든지 그럴 수 있었다. 허공에 떠 있는 체공 시간을 늘려서 멈춰 설 수 있는 것이다.

그러나 등천화가 펼치는 보법은 신법이 아니었다.

말 그대로 허공을 걷는 것이다.

아무리 내공이 마르지 않는 샘물과 같다고 해도, 산을 한 방에 무너뜨릴 수 있는 힘이 있다고 해도 안 되는 것이다.

'나도 암흑마기를 사용하지 않고서는 자신할 수 없는 걸 저 멍청이가 할 리가 없지. 신법인 거야, 보기엔 보법처럼 보이지만 신법인 거야!'

자신보다 뛰어나다는 말 때문에 가문을 없애 버린 그였다. 그런 그에게 나이도 새까맣게 어린놈을 인정해 줄 따위의 마음은 없었다.

"백번 양보하지. 네가 내 생각보다 강한 놈이란 걸 인정하마. 그렇다고 달라지는 건 없다. 자전초는 네놈 마음대로 갖고 노는 장난감이 아니니까. 클클."

자단은 손을 뻗어 자전초를 끌어당기는 시늉을 했다.

그러자 자전초를 잡아가던 등천화의 자세가 기이하게 변했다. 상체는 여전히 자전초를 향해 움직이는데 반해, 하체가 직각으로 굽어진 것이다.

그 모습이 마치 'ㄱ' 자와 같았다.

"저, 저!"

자단의 입에서 감탄인지, 짜증인지 모를 탄성이 터졌다. 하지만 감탄만 할 때가 아니었다. 눈 한 번 깜빡이자 다시 등천화의 자세가 바뀌었기 때문이다.

등천화의 하체가 상체를 끌어당기며 자전초의 공격 방향과 수직을 이루고 섰다. 그리고는 지나가는 자전초의 머리를 '툭' 하고 건드렸고, 핑그르 방향을 틀 때 또다시 그 자리에서 사라졌다.

가히 진풍경이 아닐 수 없었다.

등천화는 그런 행동은 무려 여덟 번이나 반복했다.

그런데도 아직 떨어질 기미가 보이지 않았다.

자단은 그 모습에 혀를 내둘렀다.

'저놈, 지가 있는 곳이 물속이라고 착각하는 거 아니야? 아니지, 그런다고 허공이 물속처럼 변할 리가 없지. 저놈… 도대체 정체가 뭐냐?'

자단의 얼굴이 계속해서 씰룩거렸다.

등천화의 움직임은 얼핏 보면 느리게 보일 수도 있지만 엄청난 속도로 움직이고 있었다. 자단이기에 그나마도 볼 수 있는 것이다.

실제로 등천화를 보는 다른 눈들은 뭐가 뭔지 잘 구별할 수조차 없었다.

옆인가 싶으면 뒤, 뒤인가 싶으면 앞. 보이지 않는 것 같으면서도 모두 보였고, 보일 것 같으면서도 흐릿한 그림자만 보였다.

츠르르―

자단의 분노가 어느 정도인지는 그의 붉은 손이 잘 드러내 주었다.

*　　　　*　　　　*

"서."

장주극을 안고서 정신없이 날아가던 열일곱 명의 밀위가 일제히 뒤를 돌아봤다. 그들의 귀에 모두 똑같은 음성이 들렸다는 것을 알려주는 행동이었다.

밀위들이 뒤를 돌아보자, 그들이 지나왔던 곳에 한 중년인이 서 있었다. 백발에 백의를 입고 반쯤 감긴 눈으로 밀위들을 보는 그의 전신에서 나오는 한기가 장난이 아니었다.

특히, 밀위들의 시선을 끈 것은 중년인이 움직일 때마다 만들어지는 글자였다.

빙(氷).

숨을 내쉴 때마다 그의 앞에 투명한 김이 어렸다가 사라졌다. 글자를 확인한 밀위들의 안색이 일제히 굳어졌다.

"호, 혹시 비, 빙마… 십니까?"

밀위 중 한 명이 더듬으며 물었다.

"맞다."

중년인은 순순히 고개를 끄덕였다.

'빙마… 빙마가 왔구나.'

밀위들은 빙마라는 이름을 너무나 잘 알고 있었다. 이미 백 세가 넘은 노인이면서도 내공 때문에 중년의 나이로밖에는 보이지 않는 철인.

마교 이대금지에서 살아 나온 이 인 중 한 명이었다.

인간을 가두는 구중뢰와 환경을 가두는 지옥금지.

구중뢰는 한 번 들어가면 죽을 때까지 살아 나오지 못하지만, 지옥금지는 그렇지 않았다.

들어가고 싶은 사람은 누구나 들어갈 수 있고, 나오고 싶은 사람 역시 나오면 되는 곳이었다. 물론, 말이 그렇다는 것이다.

만 년 동안 화염만이 존재하는 땅, 만년화염지옥과 만 년 동안 녹지 않는 얼음이 존재하는 만년빙하지가 공존하는 장소에서 인간이 살아날 리가 없었다. 적어도 두 명의 인간이 그곳에서 걸어나오기 전까지는.

마교에선 둘을 지옥에서 살아 나온 악마라 불렀다.

빙마와 열제.

백마전에서는 이 둘을 오마제와 칠천마라 해도 어쩌지 못할 내공의 소유자들이라고 했다.

마교 서열 삼십위의 독안독마가 이 둘을 시험하려고 했다가 반은 얼고, 반은 타버린 이상한 모습으로 죽기 전까지는 그랬다.

빙백마강(氷白魔罡)과 염폭멸강(炎爆滅罡).

독안독마가 죽은 사건으로 인해 빙마와 열제의 무공은 당당히 이십구위에 올랐고, 백마서고에 당당히 이름을 올리게 됐다.

그러나 무슨 일인지 빙마와 열제는 그 사건을 끝으로 모습을 감추었다. 그 이유가 지금 밀위들의 눈앞에 드러난 것이다.

"어딜 가는 거냐?"

빙마의 질문에 밀위들은 부르르 떨었다.

그만큼 빙마의 음성은 공포스러웠다.

"소교주님께서 위중하셔서……."

십칠밀위 중 한 명이 이를 지그시 깨물며 대답했다.

빙마라고 해서 겁먹을 것 없었다. 그런 그를 빙마의 반쯤 감긴 눈 안의 눈동자가 향했다.

"위중?"

"그자… 갑자기 나타난, 인간 같지 않은 자의 마공에 맞아

그리되셨습니다.”

빙마는 밀위의 말을 듣기나 한 건지 장주극을 눈으로만 살피고는 아무렇지도 않게 돌아섰다.

“아직이군.”

“……?”

밀위는 빙마의 태도에 미심쩍은 표정을 짓더니, 해서는 안 될 말을 꺼내고 말았다.

“빙… 마가 맞으십니…….”

그의 말이 채 끝나기도 전이었다.

입도 다물지 못하고 밀위는 굳어버렸고, 이내 그의 목에 흰 선이 그어졌다.

쿵.

“……!”

말하던 밀위의 머리가 바닥에 떨어졌다.

‘이, 이것이 빙마! 언제 손을 썼는지도 모르게 얼려 버렸다.’

밀위들은 서로 시선을 주고받았다.

“믿겠느냐?”

십육밀위는 일제히 기운을 뿜어내어 대항하려다 빙마의 눈을 보고는 무의미하다는 것을 깨달아야 했다.

“…밀위의 말은 사실입니다.”

좀 전에 밀위가 손도 써보지 못하고 죽은 것을 봤으면서도 밀위 중 한 명이 다시 입을 열었다. 뭐라고 더 말을 잇고 싶은 표정이었으나, 빙마의 눈을 보는 것만으로도 입이 다물어졌다.

빙마는 야무지게 이를 악문 밀위를 바라봤다.

그러자 밀위의 주위로 하얀 서리가 내렸다.

공기 중에 남아 있는 수분이 얼어서 생긴 현상이었다.

팟.

하얀 서리에 감싸인 밀위는 신음과 함께 온몸이 붉은 반점으로 뒤덮였다.

뚝. 뚝.

밀위의 전신에서 피가 흘렀다.

강자만이 살아남는 세상에 약자가 무시당하는 것은 당연했다. 장주극을 지키기 위해서 살아온 이십여 년의 세월과 이별할 때가 온 것이다.

"소교주님을 부탁드리겠습니다."

십사밀위의 입에서는 비장한 각오가 쏟아졌다.

그러나 빙마는 들은 척도 안 했다.

할 일이 사라졌으니 죽어야 하는 것이 밀위들에겐 당연한 일이었다.

강하기만 하다면 약한 자를 어떻게 취급하든 상관없었다. 마교는 원래 그런 곳이었다.

"저희는 이제 소교주님을 보호할 힘이……."

"원래부터 너희들 따위에게 소교주님을 보호하게 한 적 없으니, 마음대로 해라."

"……?"

"그곳에 있든 없어지든 알아서 해라."

열네 명은 멍한 얼굴이 됐다.

그러다 장주극을 둘러싸고 자리에 앉았다.

대벽공마대진(對壁共魔大陣)을 펼치기 위함이었다.

스물한 명이 펼쳐야 완벽한 진이었으나, 열네 명만 있어도 웬만한 고수쯤은 접근도 불가능하게 만들 수 있었다.

장주극을 보호하기 위해 마지막까지 최선을 다하려는 것이다.

부르르─

만저유의 몸이 떨렸다.

사라지는 장주극과 십칠밀위를 쫓아왔다가 어마어마한 광경을 목격한 탓이다.

손도 대지 않고 밀위 중 한 명의 목을 잘랐다.

그전까지 인간 같지 않은 자단을 상대하던 자들이었다.

'날개였어. 너무 거대해서 못 본 거야.'

만저유는 밀위의 목을 자른 것의 정체를 봤다.

멀리 떨어져 있었기에 볼 수 있었다.

가까이 있어서는 볼 수 없을 정도로 거대한 날개. 그것도 투명한 날개가 십칠밀위 모두를 한꺼번에 감쌌다.

마음만 먹었다면 한 명이 아니라 십칠밀위 전원의 목을 잘랐을지도 몰랐다.

장주극을 잘 쫓아온 것이다.

왜 쫓아오게 됐는지는 이미 중요하지 않았다.

이 순간 가장 먼저 떠오른 얼굴이 황당하게도 등천화였기 때문이다. 빙마의 존재에 대해 알려야 했다.

*　　　*　　　*

상관세가의 식속들을 이끌고 온 상관천과 구대문파의 일대제자들을 이곳으로 데려온 소천파는 무기조차 들지 못하고 싸움을 지켜봐야 했다.

"대단하다, 두 사람 모두!"

상관천은 눈에 보이는 대로 여과없이 말을 꺼냈다. 그의 눈에는 등천화가 곰을 상대하는 다람쥐 정도로밖에 보이지 않았다.

그러나 그 다람쥐가 자신들을 죽이려던 백안마군을 가볍게 제압한 것이다.

옆에 함께 서 있던 소천파의 머리에는 오로지 두 가지 생각뿐이었다. 과연 곤륜에 자단의 공격을 막아낼 사람이 있을까? 천추성에는?

이곳에는 마교도 없었고, 천추성도 없었다.

그런데도 강자들 천지였다.

자단은 그 자체만으로도 인간 같지 않았으나 눈에 보이지도 않는 움직임을 보이는 등천화나, 푸른빛을 검신으로 사용하는 갈피독이나 자신과는 격이 다른 사람들로 보였다.

"과연 이번에는 어떻게 상대를 할지……."

소천파는 어느새 자신의 처지를 잊어버렸다.

자단이나 등천화, 갈피독과 눈높이를 맞춘 탓이다.

그럴 수 없는 것이 정답이겠지만 그들을 자신의 시야까지 내려 버리면 어렵지 않은 일이었다. 소위 말하는 자신과 상대를 일치시켜 버리는 착각인 것이다.

평소의 소천파라면 '왜 내가 저들 사이에 끼지 못하는가!'라며 화를 냈을지도 모른다. 하나 그것은 가능한 경우일 때나 가질 수 있는 마음 자세였다.

번쩍이며 푸른빛의 검신을 내리긋는 갈피독의 모습은 장엄해 보이기까지 했다.

"막을 수 있다."

소천파는 어느새 자단의 입장에서 판단을 내렸다.

아니나 다를까, 그의 예상대로 자단은 한 손으로 가볍게 갈피독의 공격을 막고서는 다른 한 손을 들어 올렸다.

"응?"

내심 쾌재를 부르는 소천파의 눈에 갑자기 싸움에 끼어드는 낯선 여인이 들어왔다.

"저, 저… 여인은 누구지?"

여인의 붉은 손이 자단을 향해 뻗어가고 있었다.

그러나 그녀에 대한 기대감은 옆에서 들리는 폭음으로 인해 묻히고 말았다.

쿠쾅— 쩡—!

"헛! 저, 저자는……!"

소천파는 부르짖듯 소리쳤다.

자단을 죽이기 위해 달려드는 여인과는 비교도 할 수 없는 붉은 손이 갈피독이 아닌 다른 곳을 향해 뻗어진 까닭이다.

맹랑했다. 폭음이 맹랑할 리가 없지만 소천파의 귀에는 그렇게 들렸다.

손바닥보다 작은 물체가 자단의 붉은 손을 막아내고 유유히 허공으로 솟구치는 소리였기 때문이다.

자단이 황당한지 더 이상 공격하지 않고서 허공으로 솟구치는 자전초를 보고 있었다.

"회(回)……."

자단은 정신 나간 사람처럼 중얼거렸다.

서문세가의 직계 혈통이 아니면 알 수 없는 수법이 다른 자의 손에서 펼쳐졌기 때문이다.

아무리 패도 죽지 않고, 허공을 보법으로 걸어 올라가는 미친 멍청이가 아니면 사용할 자가 없었다.

"이이… 놈!"

자단의 분노 어린 외침은 그의 눈 가득히 등천화의 발바닥이 다가오면서 끊어지고 말았다.

"크으!"

자단은 눈앞까지 온 발을 잡으려 손을 뻗었다.

잡히기만 하면 이번엔 터뜨려 버리고 말리라.

그러나 실행에 옮기려는 순간, 그의 감각이 위험을 알려주었다.

"죽엇!"

뾰족한 여인의 음성.

"……?"

자단은 한 손으로 갈피독의 검을 잡고 있었고, 다른 한 손은 등천화의 발을 잡아가고 있던 중이었다. 암습을 노리던 여인에게 이보다 좋은 기회는 없었다.

자단을 노리는 여인은 서문세가에서부터 자단을 쫓아온 곽수정이었다. 원수를 두고 돌아갈 수 없었던 그녀에게 등천화의 등장은 희망을 갖게 해주었다.

난데없이 나타난 그는 자단과 당당히 싸웠다.

언젠가 칠룡삼봉 중 셋을 죽이려 할 때 나타나 방해하던 그 멍청이가 실제로는 전혀 멍청하지 않았던 것이다.

자단의 손에서 일어나는 붉은 폭풍은 혈영신공을 변형시

킨 형태였다.

"죽어, 악마!"

곽수정은 전력을 다해 자단의 명문혈을 때렸다.

꽈득!

무언가 짓이겨지는 소리.

"악!"

비명을 내지르며 양손을 들어 올린 곽수정의 손이 처참하게 구겨졌다. 열 손가락 모두 제멋대로 꺾여 버린 것이다.

쾅!

자단은 등천화의 발을 때려서 날려 보내고서야 곽수정을 돌아봤다.

"어리석은 계집. 살려줬으면 도망이나 갈 것이지, 방해를 해? 그깟 혈영신공 따위로 이 몸을 죽일 수 있을 것 같으냐?"

퍽!

"아악!"

곽수정은 비명과 함께 날아가며 정신을 잃었다.

그러나 그녀의 노력 덕분에 옴짝달싹 못하던 갈피독에게 기회가 찾아왔다.

'기회다!'

갈피독은 허공에 뜬 채로 이를 악물며 여의마검에 내공을 실었다.

츠르릇―

검신이 길어졌다.

이 상태만 유지할 수 있다면!

그러나 여의마검의 변화에 가장 민감한 사람은 다름 아닌 자단이었다.

"오호! 남들이 보면 여의마검이 네 것인 줄 알겠구나. 클클. 그래선 안 되지, 안 되고말고. 이젠 주인한테 주거라. 이리 내라."

자단은 어디 공격을 하려면 해보라는 듯이 쉬고 있는 손을 내밀었다. 하지만 상식을 벗어난 행동을 하는데 있어서는 등천화를 제외하면 갈피독이 최고였다.

"그래? 자."

갈피독은 여의마검에서 힘을 빼며 순순히 건넸다.

"……."

달란다고 준다?

자단은 인상을 쓰며 갈피독과 뒤에서 열심히 움직이고 있는 등천화를 번갈아 쳐다봤다.

"뭐야! 안 받아? 이런 썅! 사람 성의를 무시해도 정도가 있지! 그럼 관둬!"

갈피독의 입가에 웃음이 얹혀졌다.

잠깐의 시간을 벌 수 있으면 됐다.

두 사람의 거리는 약 일 장. 여의마검의 검신이 줄어든 것은 모든 힘을 다리에 집중시켰기 때문이지, 힘을 거두어서가 아니었다.

여의마검의 푸른빛 검신이 다시 쑥 늘어나며 그대로 자단을 찔러갔다.

콰욱—

무방비 상태의 적에게 이보다 더한 위협은 없었다.

그러나 상대는 자단이었다. 이미 여의마검의 검신을 잡은 적이 있는 그에게 지금의 암습은 전혀 위협이 될 수 없었다.

잘릴 것이라고, 여의마검을 잡으면 손이 잘릴 것이라고 여기는 갈피독만의 착각이 결과를 지켜보고 있었다.

"큽!"

멀쩡했다. 여의마검의 검신을 잡은 자단의 손이 너무도 멀쩡했다.

"여의마검에 만안신석을 박은 것이 이 몸이니라."

자단은 여의마검을 빼내려는 갈피독에게서 눈을 떼며 주위를 둘러봤다.

벌써 시간이 많이 지났다.

깔끔하지 못했다.

이리저리 지저분하게 찢겨진 길이며, 너저분한 시체들, 아직도 살아서 움직이는 것들까지!

무엇보다 그를 화나게 하는 것은 조금 더 늦어지면 장주극을 잡기 힘들게 된다는 사실이었다.

갈피독에게 다시 시선을 내렸다.

“그만 가라.”

자단의 손이 자연스럽게 미끄러지며 갈피독을 때리려 다가왔다. 하지만 갈피독은 결코 어정쩡한 고수가 아니었다. 수많은 실전에서 살아남은 경험을 지니고 있었다.

“큿. 내가 왜? 안 가!”

“뭐?”

“가려면 너나 가.”

갈피독은 진기를 일시에 거둬들였다.

그러자 여의마검의 푸른빛 검신이 소리없이 사라졌다. 동시에 갈피독의 왼손에서 지옥파라수가 쏟아지며 자단의 손과 충돌을 일으켰다.

쾅!

“……!”

자단의 얼굴이 보기 흉하게 일그러졌다.

갈피독이 반탄력을 이용해 뒤쪽으로 전력을 다해 도망치는 모습 때문이었다. 이렇게 꼬리를 말 줄이야!

“거기… 서!”

서란다고 설 갈피독이 아니기에 그의 옥빛 철적이 그 뒤를 이었다.

무음(無音).

자단의 눈에만 보이는 소리가 날아가 막 갈피독의 등을 때리려는 순간,

따따땅땅땅!

거친 쇳소리가 자단의 시선을 어지럽혔다.

"왜 이리 성가신 놈들이 많아!"

갈피독의 신형은 멀찌감치 물러서 있었다.

드드드드—

땅이 진동을 일으켰다.

소리들을 끊은 것은 문대성이었다.

'이런 공격을 문주께선 몇 번이고 맞은 건가?'

아직도 저려오는 충격에 진저리가 쳐질 정도였다.

문대성은 자신의 검이 이렇게 약할 줄 몰랐다.

검면이 울퉁불퉁하고 여러 개의 구멍까지 나 있었다.

"후후. 이럴 줄 알았으면 좀 더 강한 검을 지니고 다닐 걸 그랬군."

힐끔, 뒤를 돌아봤다.

갈피독과 눈이 마주쳤다.

왜 나섰냐는 원망이 섞인 갈피독의 눈빛이 문대성의 동공 안으로 쏟아져 들어왔다.

문대성은 웃으며 가만히 고개를 끄덕였다.

막을 자신 같은 건 나서는 순간부터 없었다.

순수하게 무공만 따지면 갈피독이 오히려 뛰어난데다가 조금 전의 공격 때문에 내장이 뒤흔들린 것 같았다. 속이 울렁거려 서 있기도 힘들었다.

“쿨룩… 갈 아우, 숨 좀 돌리게. 허허허.”

문대성의 편안한 목소리에 갈피독은 허탈한 표정으로 돌아봤다. 화가 났다. 사실, 갈피독이 몸을 피한 것엔 이유가 있었다. 등천화에게 시간을 벌어줄 생각이었던 것이다.

“멍청이처럼… 피해요!”

문대성은 갈피독의 다급한 표정에 뒤를 돌아봤다가 크게 놀라 몸을 피했다.

자보로 이동하고 음보로 방향을 선회하고는 처음과 정반대 방향에 서서는 갑자기 땅을 박차며 앞으로 내달렸다.

문대성의 행동은 자단의 움직임을 과소평가한 행동이었다. 그는 어느새 문대성을 따라잡고는 앞에서 갑자기 멈춰 섰다.

“흡.”

“네 움직임은 저 몸뚱이 단단한 놈보다 백배는 느려.”

자단의 같잖다는 듯이 말하는 목소리가 문대성에겐 무척이나 견디기 힘든 역겨움을 느끼게 만들었다.

“그렇구려. 허허. 그렇다고 그리 노려보지는 말구려, 토하고 싶어지니.”

“뭐?”

“이런, 내가 말을 잘못한 모양이오. 당신 목소리가 역겹다는 말이오.”

“여, 역겹다고… 내게 그따위 말을… 클클.”

감정을 긁는 말일 수 있었다. 하지만 자단이 가장 듣기 싫은 말이 자신을 비하하는 말이었다. 잠마혈존까지 돼서 무시당하고는 견딜 수 없었다.

더구나 눈앞의 버러지 같은 늙은이가 할 말이 아닌 것이다.

"크하!"

자단의 몸에서 엄청난 양의 혈영마공이 터져 나왔다.

콰콰콰콰콰─!

기세만으로 반경 십 장 안의 사물이 일제히 밀려났다. 하지만 벌써 짓이겨졌어야 하는 문대성은 너무 멀쩡했다. 아니, 문대성이 서 있는 위치만 멀쩡하고 그 앞과 뒤는 완전히 뒤엉키고 비틀려 있었다.

"너! 너!"

자단은 시선을 들어 허공을 바라봤다.

"……?"

문대성은 눈앞에서 벌어진 상황을 이해하지 못해 자단의 시선을 따라갔다. 자단의 시선 끝에는 한 사람이 잡혀 있었다.

"문주께서……."

등천화의 신형이 허공으로 솟구치고 있었다.

조금 전의 공격을 문대성 대신 막아준 것이다.

그때, 등천화를 쫓아가려던 자단의 눈이 날카롭게 빛났다.

등천화의 손이 비어 있는 것을 봤기 때문이다.

‘자전초를 어디다 숨겼지?

생각이 끝나기 무섭게 기묘한 음향이 들렸다.

차자작—

낯익은 파공음에 자단이 재빨리 뒤를 돌았을 때,

쾅!

자단의 어깨가 흔들렸다.

쾅!

이번엔 고개가 뒤로 젖혀졌다.

그의 어깨와 이마를 후려 팬 물건은 ‘쉭쉭’ 거리는 소리와 함께 허공에 떴다. 아무리 문대성 등에게 신경을 썼다고는 하지만 뭐에 맞았는지 모를 정도는 아니었다.

쿠쾅!

이번엔 그의 가슴이 뻐근해졌다.

“큽.”

맞는 순간, 자신을 때린 자가 멍청한 얼굴의 등천화임을 확신했다. 그의 예상을 뒤엎을 수 있는 유일한 놈은 이 공간에선 등천화뿐이기 때문이다.

“놈!”

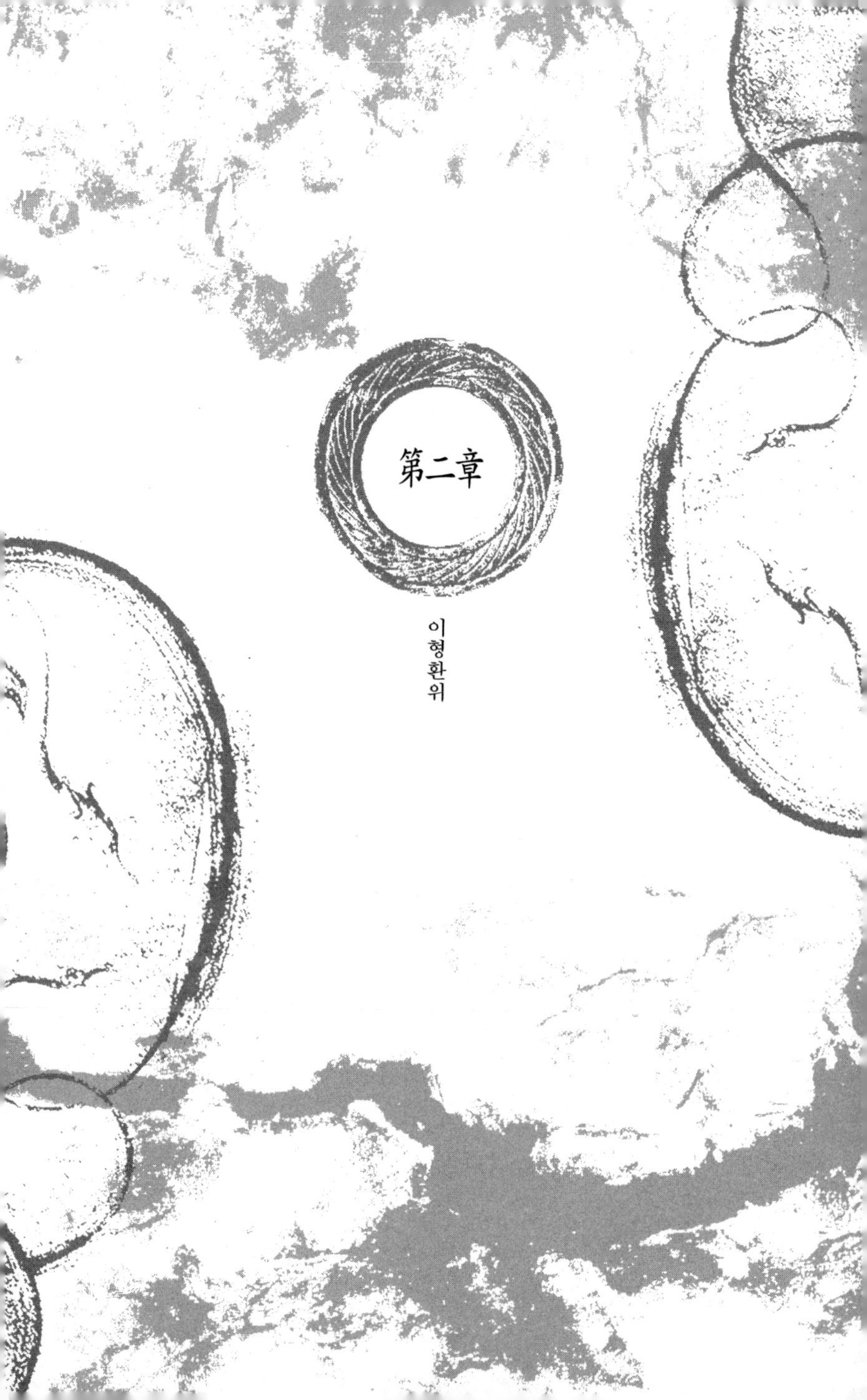

第二章

이형환위

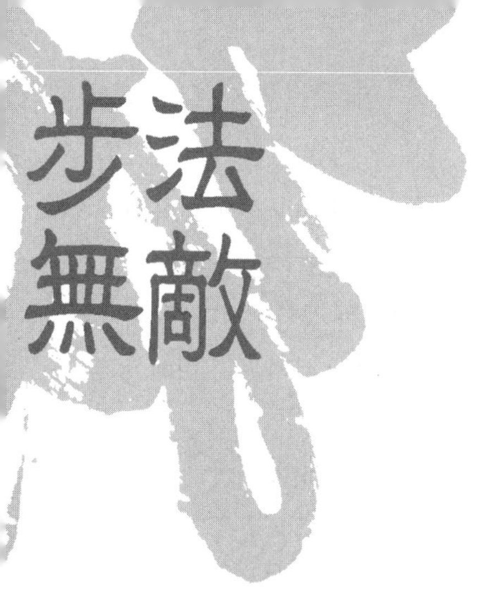

갈피독은 자단이 등천화를 향해 움직이는 순간, 재빨리 문대성을 챙겼다.

"문 형님, 괜찮습니까?"

"우웩, 괜찮네."

문대성은 각혈을 하고는 갈피독의 어깨에 손을 얹었다. 검만 부실한 것이 아니라 그의 몸도 많이 부실했던 모양이다.

"문주님을 도와주지 않아도 되겠나?"

"그럴 필요가 없어 보이는데요?"

갈피독의 눈에 언제 자단에게 두들겨 맞았냐는 듯이 펄펄 날아다니는 등천화가 들어왔다.

보인다 싶으면 자단을 밟고 있었고, 사라졌다 싶으면 아예 종적을 감추었다. 대신 붉은빛을 띠는 자전초가 날아들었다.

그 짧은 새에 벌써 두어 번이나 반복되는 상황이었다. 갈피독이 보기에는 자단과 같은 괴물이 왜 막지 못하는지 이해할 수 없을 정도였다.

'대단하군. 하루도 지나지 않아, 인간이 저 정도의 성장을 할 수 있을까? 허!'

문대성은 등천화가 열 가지 보법을 완성했다는 것을 깨달았다. 완성된 십보의 형태가 어떤 것인지는 모르지만, 눈앞의 등천화가 보여주고 있는 모습이 아닐까?

문대성과 만저유를 동시에 보법만으로 상대할 때와 또 달랐다.

'그땐 전력을 기울인 것이 아니란 말인가?'

상대가 볼 수 있도록 해주는 것과 볼 수 없게 하는 것을 마음대로 조절하고 있었다.

"모를 분이로군. 어쩌면 문주님의 저 모습이 진짜일지도 모르겠군. 허허허."

"진짜 모습이라뇨?"

"아닐세. 자, 준비하세나."

"뭘 말입니까?"

"허, 문주님이 천년만년 저렇게 움직일 수 있을 것 같은가? 우리가 도와야지."

“……?”

“문주님의 눈을 보게.”

문대성의 말에 갈피독은 등천화의 눈을 유심히 살펴봤다.

“어?”

“알았나?”

“그게 그러니까…….”

“내 보기엔 혼절한 상태가 아닐까 하네.”

“예?”

“내게는 전혀 느껴지지 않는 저자의 기운이 문주께는 느껴
진다는 말이지.”

문대성은 솔직하게 말을 해주었다.

혼절한 상태에서 저런 움직임이 나올 수 있을까?

갈피독은 이해할 수 없는 표정이 됐다.

'허, 문주께선 여러 가지를 느끼게 해주시는군. 후반부 다
섯 가지 보법을 배우지 못해서 안된 것일까? 나로서는 엄두도
내지 못하는 움직임이야.'

체념이었다.

멈춰 있을 때는 안 보이고, 움직일 때만 보였다.

무의식중에 저렇게 움직일 수 있다는 것은, 멀쩡한 정신으
로도 가능하다는 뜻이었다. 머리보다 몸이 먼저 가버린 상태
인 것이다. 아무리 괴물 같은 자단이라도 속수무책일 수밖에.

“허허허… 허허허… 이형환위인가…….”

"이형환위?"

"자네는 보법을 익혔으면서 이형환위도 모르나?"

"형님도. 알면 물어보겠소?"

"……."

"얘기 안 해줄 거요?"

"알았네. 보여도 잡을 수 없으니, 보이지 않는 거라고 해야 겠지?"

"……?"

"사조께서 왜 십보문의 보법 중 다섯 가지만 익히고 자신만만해지셨는지… 사람은 누구나 보이는 것에 집착하게 마련인 모양일세. 보이지 않는 것에 대해서는 쉽게 궁금해하질 않아. 그러니 문주께서 보여주는 저 모습이 얼마나 대단한가 말이야."

"그러니까, 지금 주군이 펼치는 보법이 이형환위다, 이 말이우?"

"이형환위는 보법이 아닐세."

"아, 그럼 뭔데요!"

"에구, 사람도. 나나, 자네는 가보지 못한 곳이야. 앞으로도 가지 못할지 모르고."

"……."

갈피독의 표정이 험악하게 변했다.

문대성이 하는 말을 완벽하게 알아듣질 못했기 때문이다.

다시 한 번 인상을 쓰며 자세하게 말하라고 윽박지르려 할 때였다.

두 사람의 대화에 끼어드는 목소리가 있었다.

"큰일 났소, 문 공."

갑작스런 목소리에 두 사람이 돌아보자, 그곳에는 만저유가 주위를 살피며 서 있었다.

"허! 만 공, 어딜 가셨었소?"

"문주는 아직… 이군."

"아직?"

"아직 죽지 않았구려."

만저유의 황당한 말에 갈피독과 문대성은 서로의 얼굴을 쳐다봤다.

"도망갔다가 도둑놈처럼 나타나서 한다는 말이……."

"잠깐, 갈 아우. 만 공, 말씀해 보시오. 무슨 일이오?"

문대성이 갈피독을 만류하며 물었다.

"마교 소교주의 얼굴을 보고 싶어 몰래 따라갔다가 엄청난 놈이 이곳으로 오는 것을 보게 됐소. 지금, 이 근처 어디에서 우리를 지켜보고 있을지도 모르오. 문주가 아직 멀쩡할 때 피해야 하오."

만저유는 그답지 않게 속사포처럼 말을 쏟아냈다.

갈피독과 문대성은 만저유가 저 정도로 말을 하는 자가 누구일지 의아했으나, 직감적으로 사태의 심각성을 느낄 수 있었다.

문제는 셋이 함께 움직여도 자단과 싸우는 둥천화를 구할 방법이 없다는 것이다.

"뭐 하는 거요, 문 공?"

"지금은… 불가능하오, 만 공."

"불가능?"

"문주님을 부를 수가 없소."

"저렇게 멀쩡한데 무슨 말이오?"

"…문주께선 혼절한 상태로 싸우고 있는 중이오."

"뭐요!"

만저유는 믿을 수 없는 눈으로 둥천화를 돌아봤다.

저 모습이 정신을 잃은 상태란 말인가?

인간 같아 보이지 않을 정도로 강한 자단을 개 패듯이 두들겨 패는 사람이?

쾅!

자단의 통통하던 얼굴이 해쓱해졌다.

이번까지 벌써 십여 번이나 얻어맞고 있었다.

퍽!

"억, 쓰……."

둥천화의 쏟아지는 공격은 도대체가 피했다 싶으면 밀려났고, 사정권에서 벗어났다고 생각하면 살갗을 파고들었고,

피했다 싶으면 등천화의 발이 얼굴을 짓이겼다.

완전한 역전이 이루어지고 있었다. 눈을 보거나, 움직임을 본다면 충분히 피할 수 있겠지만 등천화는 그럴 여유조차 주지 않았다.

쾅!

'이놈은 사람이 아니다.'

자단의 당황스러움은 등천화를 인간으로 몰고 가지 않았다.

츠르르―

'끅! 이, 이건 자전초!'

자전초였다. 하지만 그가 사용하는 자전초보다 배는 빨랐고, 배는 강력해진 자전초였다. 무슨 수법을 사용하는지, 왔다는 것을 깨닫고 피하려면 어느새 얼굴 앞까지 다가왔다. 지금처럼.

쾅!

"윽!"

쇄슈르륵―

철적에서 유형화된 소리들이 흘러 나갔다.

'또 얼굴일 것이다!'

여태껏 공격 순서는 한 번도 바뀌지 않았다.

어깨, 가슴, 이마의 순이었다.

조금 전에 자전초로 옆구리를 긁었으니, 이번에는 얼굴을 밟으려 들 것이다.

어이없게도 자단은 뻔히 공격당할 곳까지 알면서도 맞을 생각을 하고 있었다.

역시나 눈앞 한가득 발바닥이 보였다.

콱.

타격에 의한 음향이 아니었다.

자단이 얼굴로 등천화의 발에 의한 충격을 흡수한 까닭이다. 자단은 얼굴을 밟힌 채로 등천화를 뚫어지게 쳐다봤다.

어느새 그의 손은 등천화의 발목을 잡고 있었다.

그러나 등천화는 잡힌 발을 뺄 생각도 않고 반대쪽 발로 다시 한 번 그의 얼굴을 밟았다.

"응?"

자단은 깜짝 놀라 날아오는 발을 잡으려 했다.

퍽!

"뭐, 뭐냐!"

자단이 소리치든 말든 등천화는 잡힌 발이 자신의 것이 아니라는 듯이 잡히지 않은 발을 계속해서 위아래로 움직였다.

그때마다 '퍽퍽' 하는 음향이 뒤따른 것은 당연했다.

무려 십여 번의 완벽한 타격.

제아무리 자단의 혈영마공이 대단하다고 해도 한계는 있었다. 그의 얼굴에 발 모양의 자국이 생겨났다.

얼굴을 막고 있는 호신강기는 벌써 흩어졌고, 그의 전신을 감싼 붉은색 기운만이 어렴풋이 남아 있었다.

붉은 기운이 사라지려는 것이다.

'안 돼! 더 이상은 안 돼!'

자단은 혈영마공이 풀리는 것을 느끼며 속으로 외쳤다. 이런 상황은 원치 않았다. 그렇게 되면 새로운 기운이 그를 지배하게 되는데, 그럼 그의 이십 년 노력은 물거품이 될 수밖에 없었다.

슥—

몸속에서 한 줄기 열기가 피어올랐다.

꾸물거리며 그의 등에서 시작되는 검은 반점.

그것은 옷을 뚫고 밖으로 새어 나왔다.

안개라 표현해도 무방한, 그냥 보기에도 사이하고 음습하게 느껴지는 기운이었다.

'으어! 뚜, 뚫고 나온다. 으어어… 으아아아!'

까그극!

검은 기운이 빠져나오는 속도가 빨라지면서 자단의 등쪽에서 뼈 어긋나는 소리가 들렸다.

자단은 고통으로 얼굴을 일그러뜨렸다.

척추에서 시작된 검은 기운은 잠마로부터 받은 암흑마기였다. 사용해서는 안 되는 힘이기에 그토록 부정하려고 했건만.

이젠 이곳에 있는 모든 사람을 죽일 수밖에 없었다.

급기야 자단의 얼굴에도 반점이 생겨나기 시작했다.

되돌릴 수 없는 상황으로 치달은 것이다.

겨우 발만 빠른 애송이에게 암흑마기 사용하게 될 줄은 자단은 꿈에도 생각지 못했다.

막 그의 동그란 얼굴 전체가 까맣게 변할 때였다.

쾅!

"억?!"

자단의 신형이 앞으로 쏠렸다. 아니, 앞으로 쏠렸다 싶은 순간 안면에 엄청난, 지금까지와는 비교도 할 수 없는 충격이 머리를 휩쓸었다.

빡!

앞으로 쏠렸던 자단의 고개가 뒤로 꺾였다.

위아래로 덜컥거리는 머리 때문에 시선은 정면을 바라보고 있건만, 마구 흔들렸다. 여전히 몸은 앞쪽으로 기울어지고 있는데 초점을 잡을 수가 없으니 무너지는 수밖에 다른 도리가 없었다.

쿵.

쓰러진 자단은 등천화가 땅에 내려설 때까지도 움직이지 않았다.

"아……."

누군가의 입에서 안도하는 탄성이 터지자 조금씩 웅성거림이 커져 갔다. 누구도 상상할 수 없었던 일이 벌어진 까닭이다.

그러나 그런 웅성거림도 오래가진 못했다.

"꺽!"

사람들의 시선이 일제히 비명이 난 곳으로 돌아갔다.

툭—

구대문파의 일대제자 중 한 명과 상관세가의 장로 두 사람이 얼음 조각으로 변해서 바닥에 쓰러졌다.

그리고 이어진 기이한 음향.

끼기긱. 뿌각.

소름 끼치는 음향이 지나간 곳에는 발 모양의 얼음 조각이 생겨났다.

"누구냐?"

반쯤 감긴 눈의 중년인, 빙마가 등천화와 자단을 번갈아 바라보며 입을 열었다.

질문이 아닌 명령이었다.

빙마에겐 너무도 당연한 말투이기도 했다.

장내에 벌어진 상황은 그로서는 이해 불가의 상황이었기 때문이다.

제대로 서 있는 것조차 힘들어 보이는 등천화와 그런 놈의 발길질에 나가떨어지기엔 지나치게 강해 보이는 자단.

두 사람의 전력을 비교한다는 것 자체가 무의미할 정도로 차이가 컸다. 당연히 자단이 등천화의 자리에 서 있어야 하는 것이다.

빙마는 고개를 갸웃거리며 자단을 쳐다봤다.

그의 본능은 자단이 상당한 강자라고 말하고 있었다.

'방심한 건가? 하긴, 저 멍청한 눈을 보면 나도 공격할 마음이 생기지 않을 것도 같군.'

빙마는 등천화의 멍한 눈을 보고 있자니 절로 경계심이 사라지는 것을 느꼈다. 아무것도 읽을 수 없는 눈이었다. 마치 정신이 나간 사람의 그것처럼.

"너냐?"

빙마가 턱짓으로 등천화에게 물었지만, 등천화는 그에겐 시선도 던지지 않고 계속해서 자단만을 지켜봤다.

"죽고 싶은 놈들이 많군."

빙마의 손이 천천히 들려졌다.

그때였다.

푸학!

꽤나 거친 소리와 함께 자단이 떨어졌던 흙더미가 일제히 튕겨져 나가며 그곳에서 검은 인영 한 명이 유유히 걸어나왔다.

자단이었다.

"이십 년 공을 잘도 무산시켰구나, 애송이."

그의 모습에 변화가 있었다. 전신을 감싼 검은 피부가 그랬고, 이글거리며 흘러나오는 분노의 안광도 짙은 회색빛처럼 보였다.

철적, 자전초, 여의마검.

특히 여의마검과 자전초는 그에게 너무도 필요한 물건들이었다. 암흑마기에서 벗어나기 위해 가문을 몰살시키는 짓까지도 서슴지 않았던 그였다.

그런 그의 모든 노력이 등천화의 말도 안 되는 끈질긴 생명력 덕분에 물거품이 되고 말았다.

당연히 빙마의 출현은 그의 눈에 들어오지도 않았다.

그가 한 걸음 움직였을 때, 빙마가 만들어놓은 은빛 얼음거미줄이 자극을 주지 않았다면 시선조차 주지도 않았을 것이다.

툭.

차가운 느낌에 자단의 시선이 처음으로 돌아갔다.

암흑마기에 닿으며 은빛 거미줄의 모습이 선명하게 드러났기 때문이다.

"넌, 뭐냐?"

짜증이 담긴 시선이었다.

빙마의 눈에서 섬광이 번쩍였다.

"빙마."

"빙마?"

"소교주님을 보호하고 있다."

"소교… 오! 장주극, 놈이 아직 이곳을 벗어나지 않았구나!

크하하!"

자단의 안색이 활짝 펴졌다.

"…놈?"

빙마의 반쯤 감긴 눈이 더욱 납작해졌다.

"클클. 장주극이 지금 어디에 있는지 말하면 살려주도록 하지. 어디 있지, 놈은?"

"건방……!"

빙마는 자단의 거만한 눈을 노려보다가 반쯤 감긴 눈을 부릅뜨고 말았다. 마치 너 따위는 뭘 해도 상관없다는 듯이 눈동자를 돌리고 있었다.

쩌저— 쩍!

빙마의 주변이 얼어붙었다.

조금만 더 시간이 흐르면 자단의 심장에 얼음 창을 박아줄 기세였다.

그러나 빙마의 기세는 이내 멈춰지고 말았다.

손을 쓰려는 순간, 빙마의 기운을 내리누르는 힘과 맞닥뜨렸기 때문이다.

쿠오오—

확장되던 빙마의 기운이 위축되는 반면, 자단의 기운은 점점 거대해졌다.

'대, 대단한 힘이다!'

빙마가 놀라든 말든 자단은 등천화가 서 있는 곳에서 시선을 떼지 않았다. 아니, 뗄 수가 없었다. 문대성과 갈피독이 등천화의 곁으로 다가가는 걸 보면서 어떻게 눈을 떼겠는가?

그러나 빙마의 기운이 의외로 대단해서 몸을 움직이기도 쉽지는 않았다.

"오늘… 마음에 안 들어. 장주극을 놓친 것만 해도 짜증이 나는데, 나의 이십 년 노력을 수포로 만든 놈까지 빼돌리겠다고? 클. 어림없다!"

붉었던 그의 손에서 '기잉' 하는 소리와 함께 검은 빛이 빠져나오더니 타원형의 원반이 등천화를 향해 날아갔다.

그것은 혈영마공이 아니었다.

땅과 수평을 이루며 날아가는 모양이 원반에 다름 아니었다. 이전의 혈영마공이 기를 유형화시켜 사용하는 형태라면 원반은 실제 하는 물건처럼 보인 것이다.

츠츠츠츠.

엄청난 속도였다. 등천화를 양쪽에서 잡고 있는 갈피독과 문대성 중 한 명이 목숨을 내놓지 않으면 피한다는 건 불가능해 보였다.

하지만 두 사람에겐 너무도 다행스럽게 한 사람이 더 있었다. 이 공간은 자신을 위해 존재해야 한다는 생각을 하는 사람이.

빙마는 자신이 있는 곳에서 허락도 없이 누군가가 죽는다는 것을 상상할 수도 없었다. 만약이라도 그런 자가 있다면 죽음으로 잘못을 뉘우치게 해줘야 했다.

자단이 등천화를 향해 공격하는 행위 자체가 빙마의 자존심을 건드린 것이다.

파삭.

빙마의 주변 공기가 하얗게 얼어버리고는 곧장 자단의 원반 형태의 기운과 부딪쳤다.

쾅!

원반 형태의 기운이 빙마의 얼음 강기에 의해 얼어버리며 중간에서 소멸되고 말았다.

다 잡은 등천화를 빙마 때문에 놓치고 말았다.

자단은 감히 내 공격을 너 따위가 막았냐는 눈으로 빙마를 쳐다봤다. 하지만 기막혀야 할 사람은 자단이 아니라, 빙마였다.

빙마의 살기 어린 시선이 자단을 향했다.

"한눈팔면… 죽는다."

"큭. 크하하! 지금 내게 한 말이냐? 크하! 크하하하!"

"웃어도… 죽는다."

전신이 투명하게 변한 빙마의 입 밖으로 나온 단어들은 얼음처럼 똑똑 부러지는 것 같았다.

"이놈저놈 잘도 성가시게 구는구나!"

후악—

자단의 기세가 더욱 거세졌다.

한쪽에선 등천화를 어깨에 멘 갈피독이 둘의 시야에서 멀어지고 있었다.

"지금이라도 물러서라."

"성가시다? 나, 빙마를 앞에 두고 그런 말을 지껄이는 자가 있다니 몹시 기쁘구나. 흐흐흐."

빙마는 이미 자단의 말에는 관심이 없는 듯했다.

자단의 검은 손에서 피어난 하얀 아지랑이가 소리없이 뻗어오는 빙마의 공격을 제지시키셨다.

까긍ㅡ 쿠쾅!

자단의 손에 전해지는 충격이 제법 묵직했다.

등천화 때문에 뚫고 나온 암흑마기의 첫 희생자가 정해졌다.

"빙마라고 했느냐? 이제부터 네가 펼칠 수 있는 최고의 수법을 사용해야 할 것이다. 살려줄 생각이 조금도 없으니."

"빙멸마강이라고, 너를 얼려 죽일 무공의 이름이다."

자단은 눈을 빙마에게 고정시키고 암흑의 기운을 더욱 끌어 모았다. 이미 분노가 식기에는 너무 커져 버렸다.

"간다."

"내가 할 소리. 소교주께서 오시기 전에 몸 좀 풀자."

"장주극이 다시 온다고?"

장주극의 눈에 이채가 발해졌다.

뜻밖의 희소식이었기 때문이다.

“겨우 빙멸마강 오성에 쩔쩔매는 놈은 몰라도 된다.”

“크하! 좋아, 제대로 상대해 주지.”

뚜둑— 뚜두둑—

자단의 똥똥한 목이 이리저리 구부러졌다.

까극— 까각—

너만 할 수 있느냐는 듯이 빙마의 몸 주위에서도 소리가 났다.

공기 중의 수분이 얼면서 내는 소리였다.

그리고 만저유가 멀리서 확인했던 거대한 날개도 피어났다.

*   *   *

서문세가를 멸문시킨 범인이 자단으로 밝혀졌음에도 소천파나 상관천은 자단 등의 어마어마한 모습에 아무것도 할 수 없었다.

그러던 차에 두 사람이 몸을 뺄 기회가 왔다.

청수하게 생긴 노인과 중년 낭인이 등천화를 데리고 사라지는 것을 본 것이다.

둘은 일행과 함께 정신없이 달렸다.

갑자기 나타난 얼음괴물이 자단을 어떻게 상대할지는 궁금하지 않았다. 둘 중 누가 살아나도 상관없었고, 둘 다 죽는다고 해도 무관했다.

상관천은 세가로 돌아가면 당분간은 강호의 일에 나서지 않을 것이라고 생각하며 도망쳤고, 소천파 역시 다르지 않은 생각이었다. 천추성에 보고를 올린 후 사문으로 돌아가 아무것도 하지 않으리라.

두 사람이 멈춰 선 곳은 갈랫길이었다.

소천파와 상관천은 서로의 눈을 쳐다봤다. 어쩔 수 없는 일이었다고, 우리는 비겁자가 아니니 괜찮다고.

서로 자신들의 생각을 합리화시키는 눈을 주고받고는 한마디의 말도 없이 자리를 떠났다.

소천파는 돌아서며 죽어라 달렸다.

그때, 뒤에서 누군가가 소천파를 불렀다.

"기다리시오, 소 도장."

"헉!"

기겁을 했다. 자신을 부른 사람의 목소리조차 기억하지 못할 만큼 여유가 없었다. 마른침을 삼키며 천천히 돌아섰다.

"아! 심 대협!"

소천파는 참았던 숨을 내뱉었다.

심독과 화산오검이었다.

"왜 이리로 가시는 거요?"

심독이 다가와 물었다.

"왜, 왜라니요?"

“지부로 가려면 이 길이 아니잖소?”

“지, 지부?”

소천파는 어리둥절한 표정으로 심독을 쳐다봤다.

“방금 전에 봤던 일을 알려야 할 게 아니요?”

심독은 반문하는 소천파를 오히려 이상한 눈으로 쳐다봤다. 자단과 만났던 일은 엄청난 사건이었다. 당연히 가까운 지부를 찾아가 천추성에 알려야 했다.

“심 사숙님, 소 도장께서는 천추성으로 직접 갈 생각이셨던 모양입니다.”

이곳에서 이러고 있을 시간이 없었다.

심독과 소천파의 이루어지지 않는 대화에 소비할 시간 따위는 없는 것이다.

유호경의 한마디에 소천파는 정신을 차렸고, 심독은 그럴 수 있다는 듯이 고개를 끄덕였다.

“그, 그렇소. 내, 내 생각은 그런 것이었소.”

소천파의 더듬는 말에 유호경은 쓴웃음을 지었다.

“그럴 줄 알았습니다. 하나, 이곳으로 가면 너무 시간이 오래 걸립니다. 일단 지부에 들러 서찰을 건네준 후, 각자 행동을 했으면 합니다. 천추성에 가는 건 한 분이면 충분할 테니 말입니다.”

“……!”

소천파의 눈이 휘둥그레졌다.

그랬다. 천추성까지 가는 사람은 한 명이면 되는 것이다.

굳이 그 한 명이 자신이 될 이유는 없었다.

"심 대협, 훌륭한 사질을 두셨습니다. 그럼 모두 지부로 갑시다."

소천파의 이 한마디는 모든 결정을 유호경에게 건네겠다는 의미였다.

유호경은 망설이지 않고 곧장 사형제들과 사람들에게 따라오라는 시늉을 하고는 방향을 틀었다.

내심 등천화를 쫓아가고 싶었으나, 그러기엔 위험 부담이 너무도 컸다.

'미안하오, 등 소협. 다음에 만나게 되면 사과하리다.'

서문일청 앞에서 등 소협에게 도움이 되기로 한 지 얼마나 됐다고 이렇게 도망가듯이 움직일 줄이야. 이번에도 역시나 등천화 덕분에 목숨을 건지게 됐다.

갈피독은 등천화를 어깨에 멘 채 지옥팔보를 두 시진 가까이 전력으로 펼치는 중이었다. 땀으로 범벅이 된 몸까지 신경 쓸 겨를이 없었다.

"갈 아우, 잠시 쉬세."

"안 됩니다."

갈피독은 문대성의 지친 목소리에 날카롭게 반응했다.

"그러지 말고 쉬게. 자네, 너무 지쳤어."

“괜찮…….”

갈피독은 말끝을 흐렸다.

문대성의 어깨에 올려져 있는 곽수정이 들썩이는 모습을 보고 많이 지친 것을 깨달았다.

“알겠습니다. 잠시만 쉬죠. 한데, 그자는 어디 갔죠, 만 머시기라는…….”

갈피독이 등천화를 내려놓다가 만저유를 찾았다.

또 사라진 것이다.

“만 공은 처음부터 쫓아오지 않았네.”

“망할 늙은이!”

“허허. 욕은. 궁금했던 것이 있었던 모양이지. 갈 아우는 신경 쓰지 말게. 그를 잡을 수 있는 사람은 흔치 않으니까. 나중에 다시 오겠지.”

“그 사람이 잡힐까 봐 그럽니까, 어디? 얍삽해서 그런 거지.”

“허허… 얍삽이라. 만 공을 탓하고 싶은 모양이군. 그럴 필요 없어. 서문세가의 일은 갈 아우가 잘못한 것이 아니야. 나라도 충분히 그럴 수 있었…….”

“그만해요! 한 번 엎어진 물은 주워 담을 수 없는 거니까!”

갈피독이 버럭 소리를 질러 문대성의 입을 막았다.

그러나 문대성은 잠시 말을 멈췄다가 다시 이었다.

“그것 때문이랄 수는 없지만. 자네는 살아 있잖은가? 그럼

된 게야.”

“……..”

귀를 닫았는지 갈피독은 아무 대답도 하지 않았다.

두 사람의 대화 때문일까?

누워 있던 곽수정의 눈꺼풀이 힘겹게 열렸다.

‘서문세가라고 한 것 같은… 윽!’

곽수정은 눈을 뜨려다 전신이 찌르르 울리는 고통에 이를 악물었다. 꼭 감은 눈에는 눈물이 흘러내렸고, 그 덕분에 눈꺼풀이 열렸다.

‘누구……’

흐릿한 형체가 또렷해지며 옆에 누워 있는 사람을 볼 수 있었다. 혼절한 채 눈을 감고 있는 등천화였다.

‘이 사람이 서문세가와 관련이 있다는 건가? 서문 소저… 기다렸던… 두 사람의 관계가……’

곽수정은 서문혜가 보여줬던 마지막 눈을 떠올렸다.

지금 생각해 보니 서문혜는 누군가를 기다리고 있었던 것 같기도 했다, 그 자리에 당연히 나타났어야 할 사람을.

‘이 사람, 이마가 아니라 손을 사용했으면 충분히 괴물에게 한 방 먹일 수 있었… 악!’

부들부들.

나오지 않는 비명을 지른 곽수정은 눈동자만 아래로 내렸다. 덜덜 떨리는 몸과 엉망이 된 손이 보였다.

혈영신공을 익힌 그녀에게 자단의 혈영마공은 독으로 전신을 괴롭히고 있었다. 혈영마공의 기운은 벌레처럼 그녀의 몸속을 기어다니는 것 같았다.

'이 상태로는 반 시진도 버티지 못한다……'

손만 망가졌던 것으로 기억했는데, 벌써 내장까지 파고든 모양이다. 어떠한 방어도 할 수 없는 그녀의 몸으로는 반 시진조차 버티기 어려울지도 몰랐다.

그전에 뭔가를 해야 했다.

부러지긴 했어도 아직은 누군가에게 도움을 줄 수 있는 기운이 남아 있었다. 이마가 아닌 손을 사용하면 좋을 사람에겐.

다행스럽게도 그 누군가는 지금 눈앞에 있었다.

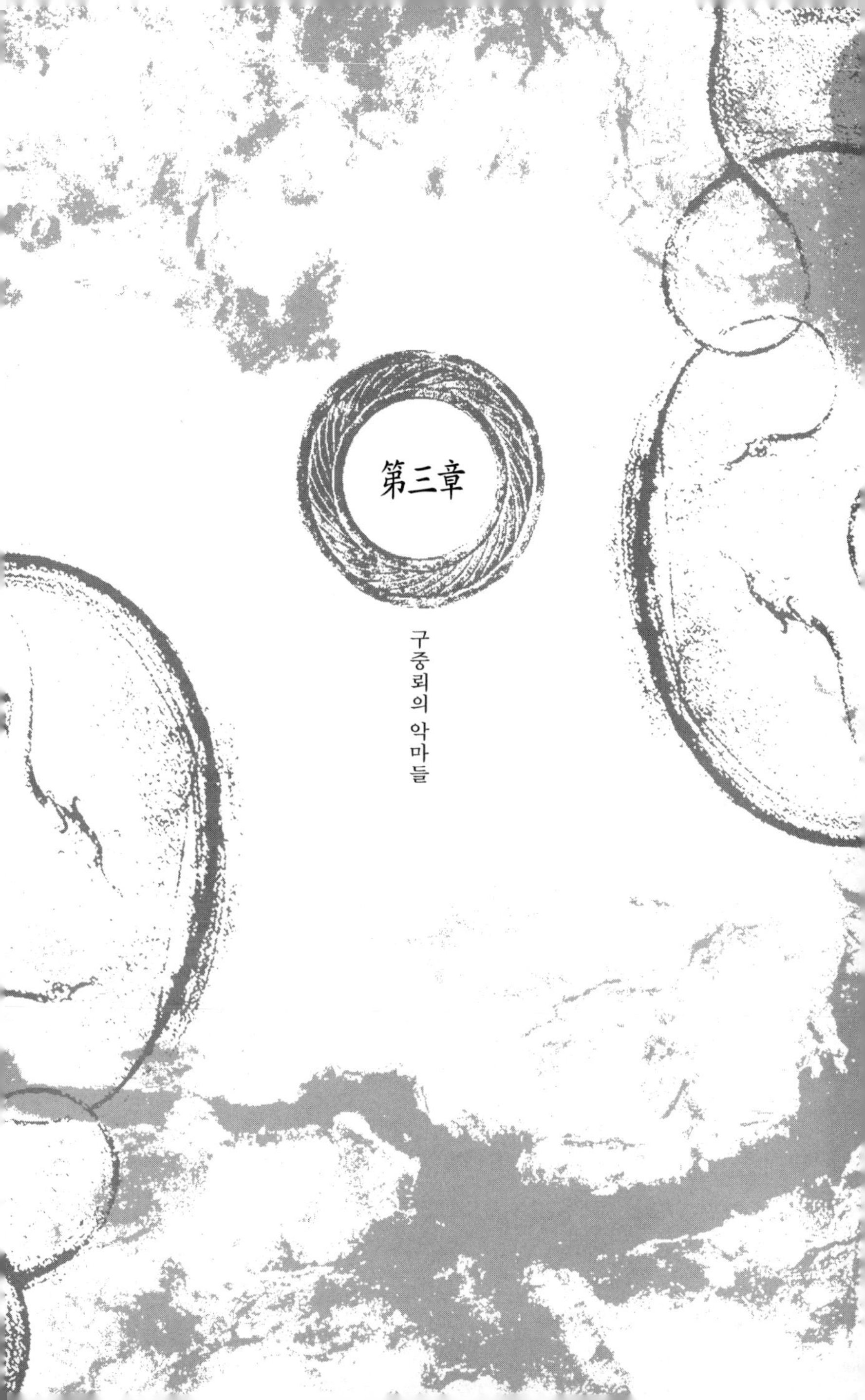
第三章
구중뢰의 악마들

구중뢰옥주 어범지(淤梵志).

그에 대해 알려진 것이라고는 구중뢰를 결코 벗어나지 않는다는 것과 나이가 상당함에도 혼자라는 것 정도였다.

치익─

마른 잎 타 들어가는 소리와 함께 주위가 환해졌다.

"후……."

내뱉은 연기로 인해 얼굴이 드러났다.

돌출된 눈에 코는 납작하고 이빨은 이리저리 마음대로 나 있는 중년인이었다.

연기가 사라지자 담뱃대의 불씨가 붉은 점이 되어 어둠 속에 남았다.

"그분들은 내게 생명과 무공을 주셨소. 차라리 다시 구중뢰에 들어가라면 그렇게 하겠소. 하지만 사부들을 배신할 수는 없소."

어범지가 누군가에게 얘기를 건네는 듯하자, 어둠 속에서 두 개의 빛이 열렸다.

"그륵… 배신하라는 것이 아니오. 옥주의 사부들에게 선물을 주라는 거요."

"선물?"

어범지가 솔깃한 목소리를 냈다.

대화를 나누는 상대는 마령신마였다.

"오십 년… 그륵… 가까이 싸우지 못한 분들 아니오? 싸우고 싶어서 미치지 않은 것이 신기하지. 그륵… 십방변주마해(十方邊柱魔海)의 위력은 익히 들어서 잘 알고 있소. 그 무공 하나로… 그륵… 구중뢰의 지배자가 됐잖소. 구중뢰의 아홉 악마, 구중천마의 무공을 합친 것이니 오죽할까. 그륵……."

마령신마의 거칠고 탁한 목소리는 한동안 계속됐다.

구중뢰옥주의 신분은 마교 서열로 따져도 마령신마와 별 차이가 없었다.

"쿵. 쿵쿵……."

어범지가 갑자기 코 막힌 소리를 냈다.

태어날 때부터 후각의 기능이 일반인보다 현저히 떨어지

는 그에게 생긴 병이었다.

"그륵… 그분들만 좋은 것이 아니오. 옥주에게도 좋은 일이오. 보시오."

마령신마가 꺼낸 물건은 한 장의 낡은 가죽 주머니였는데, 거기에는 두 가지 물건이 들어 있었다.

얇은 인피면구 하나와 매미 날개처럼 생긴 장갑.

어범지는 천천히 담뱃대를 들어 올렸다.

치이익.

마교에 전설처럼 전해지는 기물이었다.

천 개의 얼굴을 가질 수 있는 인피면구인, 천면인마의 마면(魔面)과 내공이 없이도 천력을 발휘할 수 있는 광마의 수투(手套).

"……."

꽤나 매력적인 제안이었다.

어범지가 사부들을 소중하게 생각하는 것 같으면서 동시에 그들에게서 벗어나고 싶어한다는 것을 잘 아는 제안이었기 때문이다.

대상을 정해주면 가서 싸우게 하기만 하면 된다.

마령신마가 생각할 때는 어범지가 망설일 이유가 전혀 없었다. 하지만 어범지는 망설였다. 그것도 심각하게 고민까지 하면서.

'그륵… 고민을 해봐야 소용없다. 네가 사부들에게 죽지

않으려면 받아들여야 한다.'

마령신마는 구중천마들의 염원을 무시한 어범지의 현재 상태를 잘 알고 있었다. 구중뢰옥주가 된 제자를 구중천마가 가만히 내버려 둘 리 없었다.

"알겠소. 단!"

"……."

"세 분만이요."

"셋… 그륵… 그들로 가능하겠소?"

"쿵쿵. 흐헤. 마라혈제께 혈사자 사부에 대해 물어보시면 알 것이오. 오십 년 전에 싸워보신 적이 있으니."

치이익.

어범지의 담뱃대가 다시 소리를 냈다.

빨간 불빛에 살짝 드러난 눈빛은 비웃고 있었다.

마라혈제는 오마제 중 한 명이었다.

마령신마가 아무리 백마전에 있다고 하지만 함부로 말을 걸 수도 없는 신분인 것이다.

오십 년 전에 싸워봤다고?

오마제의 무공은 마교주 장찬익을 제외하고는 어느 정도 강한지 아무도 알 수 없었다.

오십 년 전과는 비교 자체가 불가능한 것이다.

마령신마는 웃었다.

그리고는 조용히 어둠의 방을 나갔다.

문이 열렸다가 닫히는 것을 확인한 어범지가 입을 열었다.

"쿵. 그녀는 정말 대단해."

어범지는 얼마 전에 자신을 찾아온 한 여인을 떠올렸다. 시력과 후각이 약한 그였으나, 유독 그녀의 냄새는 머릿속으로 떠올려도 향기가 나는 것 같았다.

채운하는 그에게 믿을 수 없는 힘을 주었다.

구중뢰를 관리하는 것 따위로 힘을 낭비하지 말라고, 곧 큰일을 해야 할 사람이니 받으라고. 정성을 다해 조제한 약이라며 건넨 환단 한 알을 먹은 뒤로 힘을 주체하지 못했다.

"쿵쿵. 암흑마환단은 정말 대단해. 그걸 사용하면 사부들 모두와 싸워도 안 죽을 것 같아. 흐헤. 하지만 그럴 필요 없지. 이제 나와."

치이익.

다시 한 번 담뱃대에서 소리가 났다.

구중천마들을 풀어주는 것은 어범지에게 더 이상 문제가 되질 않았다.

사르락.

얇은 옷자락 끌리는 소리가 들리고 난 후, 어범지의 입에서 기분 좋은 소리가 흘러나왔다.

"음, 음음……."

"기분 좋으세요?"

"응."

어범지의 어깨를 주무르며 등에 기가 막힌 감촉을 전달해주는 여인은 채운하가 보낸 선물이었다. 암흑마환단의 효능을 흡수하기 위해서는 많은 양의 음기가 필요하니 취하라는 말과 함께.

추한 외모 때문에 어둠 속에서만 생활하는 어범지에게 여인은 최고의 선물이었다.

"킁킁. 앞으로, 어서 앞으로."

'사르락' 거리는 소리와 함께 여인은 빠르지 않게 어범지의 코에 가슴을 스친 후 안아주었다.

"아이, 서두르지 마세요."

"킁. 내, 내가 안 서두르게 생겼냐. 흐헤."

이내 어둠 속에서 피어나던 붉은 점이 아래위로 흔들렸다. 그에게 최고의 쾌락을 느끼게 해주던 시간이 다시 돌아온 것이다.

"좋아. 킁, 킁킁. 크웅… 킁킁."

어둠이 존재하는 곳이라면 어디든 갈 수 있는 그였다. 빛과 상관없이 사물을 구별할 수 있는 특이한 능력을 타고난 그에게 있어 어둠은 생명 그 자체이기 때문이다.

"아윽!"

여인이 어범지의 등을 할퀴며 비명을 질렀다.

이제 곧 암흑마환단의 기운이 전신으로 퍼지게 된다.

쾌락 후에 채워지는 힘을 느낄 시간이었다.

스스슷.

어범지는 여인이 몸에서 떨어지고 나서도 한동안 꼼짝을 할 수 없었다. 여인은 항상 그렇듯이 방 안을 빠져나갔다.

"보고드립니다."

어둠 속에서 나직한 음성이 흘러나왔다.

"말해. 아유, 죽겠다. 흐헤. 역시 여자는 좋아."

"마화혈주가 움직였습니다."

"뭐! 그 예쁜이가 움직였다고?"

어범지의 눈이 번쩍였다.

혼자 있을 때 채운하를 부르는 별명이 예쁜이였다.

"천외신마의 거처로 갔습니다."

"천외신마?"

어범지의 음성에 불쾌한 빛이 드러났다.

천외신마는 마교 서열 이십위에 올라 있는 자로, 어범지와 좀 차이가 나는 자였다.

"예쁜이를 왜! 그놈, 예쁜이에게 무슨 짓을 하려는 거지? 쿵쿵. 마제육가의 애송이 가주가 껄떡대는 걸 알면서도 예쁜이가 참으라고 해서 참았어. 어? 그러고 보니까 나도 참았구나. 아니지, 뭐라고 했지? 아, 천외신마! 예쁜이 건드리면 죽일 거야. 쿵. 흐흐, 헤헤헤. 아… 기분 좋다……."

어범지는 정신없이 말을 쏘아붙이다가 갑자기 미친놈처럼 웃었다.

‘듣지 않아야 한다. 들으면 죽는다. 보고한 내용이 나는 뭔지 모른다.’

보고한 자는 자신에게 최면을 걸며 조용히 방을 벗어났다.

똑똑똑.

채운하의 고운 손이 조심스럽게 문을 두드렸다.

마교 서열 이십위, 천외신마의 거처라는 것 하나만으로도 긴장이 됐다.

갑자기 무슨 이유로 보자고 했을까?

아무리 천외신마라도 특별한 일이 있지 않고는 마화혈주를 단독으로 부를 수 없었다.

"들어오게."

문이 열리며 천외신마의 강인한 모습이 보였다.

"부, 부르셨다고 해서……."

"불렀으니 왔을 게 아닌가. 들어오게."

"…예."

채운하는 일부러 겁먹은 표정을 지으며 천외신마의 반응을 알아보려 했으나 아무것도 읽을 수가 없었다.

천외신마는 자리에 앉은 그녀에게 차를 한 잔 건넸다. 맛을 본 채운하의 표정이 기묘하게 일그러졌다.

그녀가 싫어하는 신맛이 강하게 나는 차였으나, 애써 태연한 표정을 지으며 물었다.

“무슨 일로…….”

“얼마 전에 마마대원 한 명이 실종됐네. 마마대주의 말을 들으니 꽤나 유능한 대원이었더군. 교내의 순찰을 총괄시킬 정도로 말이야. 한데 갑자기 사라졌네. 이상하지 않나?”

“예? 그걸 왜 제게…….”

“그놈이 이런 걸 갖고 있었네.”

천외신마는 뒤로 돌아서더니 무언가를 집어서 채운하의 앞에 놓았다.

분홍색 끈이었다.

“…제 것이네요.”

채운하는 놀랐지만, 천외신마가 기대하는 놀람과는 전혀 다른 놀람으로 반응했다.

“그래, 자네 거야.”

“망할 자식!”

“……?”

“겁도 없이 제 것을 훔쳐 냈군요! 이건 제가 목욕할 때 머리를 묶는 끈이에요. 이렇게…….”

채운하는 양손을 들어 자신의 머리를 쓸어 올리려 했다. 천외신마는 그 모습에 헛기침을 하며 손을 내저었다.

“됐고. 놈을 본 적이 있나?”

“제가요? 그런 것들까지 만날 정도로 제가 시간이 많아 보이세요?”

채운하가 어이없다는 듯이 천외신마를 쳐다봤다.

꿈틀.

천외신마의 이마가 좁아졌다.

'아차!'

"지금 내게 반문을 했느냐?"

"아, 아닙니다. 너무 황당한 일이라… 죄송합니다."

채운하는 급히 무릎을 꿇었다. 그런 그녀의 등이 골반까지 멋지게 이어졌다. 절구 양쪽을 이어놓은 것처럼 잘록한 허리가 천외신마의 눈을 찔러왔다.

'매번 느끼지만 우물이야.'

천외신마는 채운하를 혼자 오라고 한 것이 다행스러웠다. 손만 뻗으면 한 손에 잡힐 것 같은 허리가 눈에 박혀들었다.

묘한 침묵에 슬쩍 들려진 채운하의 눈이 애처롭게 천외신마를 바라봤다. 피해자는 자신인데 왜 그러냐는 눈이었다.

"흠, 다른 이유는 없다. 누가 자네의 끈이라고 하기에 물어본 것뿐이야. 아니면 됐으니 가보게."

"제 끈이라고 누가 알려줬다고요?"

분명히 조금 전에 목욕할 때 사용하는 끈이라고 말했다. 다른 사람이 말해줬다는 것은 그녀와 가까운 비녀들이란 소리였다.

"소교주님이 다치셨다는 보고 때문에 신경이 예민해진 모양이다. 그만 가보라."

좀 더 채운하와 얘기를 하고 싶었던가?

천외신마는 슬며시 장주극에 대한 얘기를 꺼내놓았다. 그것을 놓칠 채운하가 아니었다. 자리에서 일어나 돌아서 있는 천외신마의 옆으로 다가갔다.

빠르게 움직였다가 느리게 섰다.

그녀보다 먼저 그녀의 방향이 먼저 천외신마의 코를 자극했다.

"험, 그만 가보래도."

"저도 교의 일원이에요. 알려주세요. 어쩌다 소교주님이 다치셨지요?"

"알 것 없다."

"알려주세요, 천외신마님. 누가 감히 소교주님을 다치게 할 수 있는 거죠?"

천외신마는 채운하가 언제부터 장주극을 걱정했는지 의아한 생각이 들었으나, 오히려 다행이라는 듯이 입을 열었다.

"…나도 모르는 자들이다."

"자들? 그럼 한 명이 아니란 말씀이세요?"

보채는 그녀의 질문에 천외신마는 입을 굳게 닫았다.

좀 더 채근대면 몇 마디 더 들을 것도 같지만, 그렇게 되면 그가 원하는 것을 들어줘야 하는 상황으로 가게 된다. 그건 채운하의 자존심으로선 도저히 못할 짓이었다.

'이 늙은이가 정말!'

신맛이 강한 차를 마시는 것은 아직 입맛이 살아 있다는 뜻이었다. 채운하는 백마 중 대다수가 백 세 넘은 늙은 귀신들이지만 정력은 젊은이 못지않다는 것을 잘 알고 있었다.

'이상하네? 장주극이 죽은 것이 아니라, 다쳤다고? 잠마혈존이 그곳으로 간다고 잠마께서 말씀하셨는데 어떻게 된 일이지? 알아봐야겠다.'

서운한 표정으로 채운하가 천외신마의 방을 나서려 할 때였다.

"소교주님을 그리 만든 자의 시체를 곧 가져올 테니 자네는 기다리기만 하면 돼. 악마들은 충분히 그런 능력을 지녔으니까."

"악마들?"

"알고 싶나?"

천외신마의 눈이 채운하를 직시했다.

채운하는 겁에 질린 표정을 만들어내며 고개를 절레절레 흔들었다. 그리고는 곧장 방을 빠져나왔다.

'아무래도 저 늙은이에게도 여자를 보내줘야겠군. 악마들이라, 악마들……'

채운하는 천외신마의 방을 나서며 심각해졌다.

그녀의 상식으로는 있을 수 없는 말들을 두 가지나 들은 탓이다.

장주극이 죽지 않았다는 말과 악마들을 보냈다는 말이 전혀 이어지지 않았다.

천외신마의 방을 나와 채운하가 찾아간 곳은 구조백의 거처인 마제육가였다.

"구 사형 계시느냐?"

채운하의 옥음에 그녀를 맞이한 사람은 마제육가의 조 총관이었다. 해쓱해진 얼굴로 당황한 표정을 지었다.

"그, 그것이⋯⋯."

"몰라? 어째서? 당신이 총관 아닌가?"

"마, 맞습니다."

"어머, 이 땀 좀 봐."

채운하는 손수건을 들어 진땀을 흘리는 조 총관의 이마를 닦아주려 했다. 하나 이 모습이 구조백의 귀에라도 들어가는 날에는 조 총관은 목이 잘리고 만다. 지위가 잘리는 것이 아니라, 진짜 목이.

화들짝 놀란 그는 손을 저었다.

"왜?"

"괘, 괜찮습니다. 가주께서 오시면 혈주님이 왔다고 말씀드리겠습니다."

"어머, 호호호. 안 그래도 돼. 그냥 왔거든."

"⋯⋯."

"⋯⋯."

“…….”

조 총관의 이마에 다시 땀방울이 맺혔다.

보는 것만으로도 아찔한 채운하의 눈이 자신을 직시하고 있었다. 행여나 심장 뛰는 소리가 들릴까 싶어 돌아서며 헛기침을 해댔다.

“내가 오래 있으면 곤란한가?”

“그, 그것이 아니라…….”

“한 가지만 대답해 주면 그냥 가고.”

“마, 말씀하십시오.”

“호호호. 천외신마께서 보냈다는 악마들이 누구야?”

“허헙!”

조 총관은 자신의 손으로 입을 막으며 기함을 했다.

어떻게 그 사실을 알았는지 몰라도 그 일에 대한 것은 구조 백과도 연관이 있는 일이라 일급비밀에 속했다.

채운하는 함구한 채 가만히 있는 조 총관에게 다가가 귀에 대고 조용히 속삭였다.

“이 자세에서 내가 조 총관 머리라도 쓰다듬으면 구 사형이 싫어할 텐데, 괜찮겠어?”

“……!”

조 총관은 눈을 휘둥그레 뜨고는 고개를 저었다.

“그럼 말해줄 테야?”

“구, 구중뢰의 악마들입니다! 그들 중 셋이 교를 떠났다고 합니다. 인간 같지 않은 자들로 개개인의 무공이 교내 서열 오십위 안에 든다고 합니다.”

“어머! 나는 왜 그런 자들이 있다는 것을 모르고 있었지?”

“다, 당연한… 것은 아니지만, 그들이 구중뢰에 갇힌 지 오십 년이 지났습니다. 채 혈주께서 알고 있는 것이 오히려 신기한 일이지요.”

“아하. 한데, 그런 죄인들이 왜…….”

“죄인들이기 때문이지요.”

“자세히!”

채운하의 아미가 찌푸려졌다.

“그, 그들이 움직여야 할 정도의 인물들이 나타났기 때문입니다. 제, 제가 말씀드릴 수 있는 부분은 여기까지입니다.”

조 총관은 이 말을 끝으로 입술까지 오므리며 주위를 둘러봤다. 더 이상은 대답하지 않겠다는 확고한 의지를 보였다.

“알았다. 이건 내 보답이야.”

“헉!”

채운하가 갑자기 조 총관을 자신의 가슴으로 안아버렸다. 다른 사람이었다면 인생 최고의 순간이겠으나, 그에게는 등골이 서늘해지는 순간이었다.

‘끄악! 크, 큰일 났다! 누가 봤으면 어쩌지?

심장은 두근거리고, 눈은 튀어나올 것처럼 부릅떠졌고, 발은 제자리에서 동동거렸다.

밖으로 나오던 채운하의 눈은 조 총관의 모습을 놓치지 않고 살폈다. 그의 모습에서 두 가지를 알게 됐다. 한 가지는 그가 지금까지 한 말이 모두 진짜였다는 것과 다른 한 가지는 구조백이 현재 마교 내에 없다는 것이었다.

'구조백이 어딜 갔지?'

*　　　*　　　*

대벽공마대진은 자리를 지키는 사람들의 내공에 따라 크게 달라진다. 서(西)와 동(東)은 방어를, 북(北)과 남(南)은 공격을 담당하고 있지만 외부의 침입이 있는 동시에 모든 힘이 공격을 튕겨낸다.

열네 명의 밀위는 현 무림에서 대벽공마대진을 깰 수 있는 존재가 있다는 생각을 전혀 하지 않았다. 설혹, 천추성주가 이 자리에 있다고 해도 깨지지 않을 자신도 있었다.

일단 대벽공마대진이 펼쳐지는 순간 주위 사물들과 동화되어 보이지 않게 되기 때문이다.

그런 공간이 흔들렸다.

쿠콰콰!

열네 명의 내공이 한 곳으로 집중됐다.

그러나 공격이 튕겨지기는커녕, 더욱 강한 힘으로 대벽공마대진을 눌러왔다.

“으으으윽.”

밀위들 중 몇몇의 입에서 피가 흘렀다.

한순간에 너무 많은 내공을 소모한 탓이다.

밀위들은 가만히 앉아 있다가 날벼락 맞은 얼굴로 공격한 자를 찾았다.

뚱한 얼굴에 손목까지 붉은 청년.

자단과 같은 괴물에게 아무런 준비 없이 달려들던 멍청이였다.

그럴 수 있었다. 자단에게서 살아남은 것만 봐도 제법 강한 놈인 것은 사실일 테니까. 하지만 적어도 그런 놈이라면 함께 있는 자가 저런 황당무계한 표정 따위는 짓지 않아야 하는 것이 아닐까?

갈피독은 오히려 밀위들보다 더욱 당황한 표정으로 등천화를 쳐다보고 있었다.

대벽공마대진을 깨버린 자들치고는 너무 허접해 보여서 반격할 생각도 안 들었다.

“지금 내 눈으로 보는 것이 현실인가?”

갈피독은 밀위들의 놀란 얼굴을 보고서야 꿈이 아님을 깨달았다. 하나 꿈이 아니라면 도대체 지금의 상황을 어떻게 해석을 해야 한단 말인가?

“이, 이보게, 갈 아우.”

문대성 역시 믿지 못하겠는지 갈피독을 불렀다.

"묻지 마세요."

갈피독의 고개가 좌우로 흔들렸다.

"그럼 내가 본 것이 사실인가?"

"아마도."

갈피독은 자신의 어깨를 돌아봤다.

텅 빈 어깨.

그곳에 있어야 할 한 사람이 갑자기 사라져서는 두 사람의 앞에 서 있었다. 방금 전까지 혼절한 상태에서 깨어나지 못했던 등천화였다.

어깨가 가벼워졌다고 느끼는 순간 등천화는 허공을 달려가고 있었고, 붉은 빛이 번쩍였다 싶은 순간 눈앞에 벌어진 결과를 만들어냈다.

두 사람은 밀위들보다 더 황당해했다.

이런 갈피독을 더욱 황당하게 만드는 말이 등천화의 입에서 흘러나왔다.

"엄… 아니네……."

등천화가 처음이자 마지막으로 한 말이었다.

'아니네? 뭐가 아니란 말이지?'

갈피독이 듣기에는 아는 사람인 줄 알고 뒤통수를 때렸는데, 얼굴을 보니 아니라는 뜻으로 들렸다. 아닐 거라고, 그런 일이 일어날 리 없다고 생각했다.

그러나 황당한 상황을 만들어낸 등천화가 갑자기 이렇다

할 설명도 없이 쓰러졌다.

"엇!"

갈피독은 일단 등천화를 처음과 마찬가지로 어깨에 들쳐 멨다. 여기까지는 순조로웠지만, 자신을 쳐다보는 열네 쌍의 눈을 외면하기란 쉽지 않았다.

"이런, 주군께서 실수를. 쿵. 뭘 그렇게 노려봐. 우린 갈 테니까 하던 일이나 마저 해. 갑시다, 형님."

갈피독은 문대성을 보지도 않고 말을 끝내고는 지옥팔보를 젖 먹던 힘까지 내서 달렸다.

잡히면 죽는다!

이들은 다행히 아직 정신을 차리지 못하고 있었다.

다른 자들에게 연락을 취하기 전에 한시라도 빨리 이곳을 벗어나는 것이 살길이었다.

흘끔.

갈피독의 뒤를 따르던 문대성이 뒤를 돌아봤다.

열네 명 중 누구도 따라올 생각을 하지 않았다.

'응?'

무언가 그들의 중앙에서 일어서는 것 같았다.

"문 형님, 서둘러요!"

"응? 그, 그러세."

갈피독이 보채는 바람에 그것의 정체도 파악하지 못하고 고개를 돌려야 했다.

밀위들이 앉아 있는 곳에서 이백여 장은 족히 떨어진 나무 위에 두 남녀가 서 있었다.

길을 지나다가 갑자기 들린 폭음에 멈춰 섰다.

연한 갈색 머리칼을 지닌 여인은 바람이 지나가자, 입술에 묻은 몇 가닥 머리칼을 손으로 떼어내며 좌우로 고갯짓을 했다.

헝클어진 머리칼이 찰랑거리며 제자리를 찾았다.

그 사이로 하얀 피부에 오밀조밀하게 생긴 귀여운 얼굴이 드러났다. 그녀의 맑은 눈은 아연실색한 표정을 짓고 있는 밀위들을 향해 있었다.

"표정이 재미있는걸?"

"그렇군요."

여인과 나란히 선 사내의 묵직한 목소리가 뒤따랐다.

사내의 눈가에는 칼자국이 길게 그어져 있었는데 험악하다기보다는 오히려 신의가 있어 보였다.

"혼유(昏硫), 너라면 가능했을까?"

"……."

혼유라 불린 사내는 대답하지 못했다.

등천화가 깨뜨린 것이 대벽공마대진인지, 열네 명 밀위의 방어인지를 모르기 때문이다.

혼유는 모든 상황이 끝났고 나서 본 것이 아쉬웠다.

"…저들을 한꺼번에 상대하는 건 힘들 것 같습니다."

"웅?"

여인은 혼유의 대답이 의외인지, 의아한 눈으로 돌아봤다. 분명히 그는 '해보겠습니다'가 아니라, '힘들 것 같습니다'라고 말했다.

그녀의 오른팔이랄 수 있는 자가 할 말이 아니었다.

"은하전의 수석무장이 할 소리가 아니지. 아니어도, 그렇다고 해야지. 고지식하긴. 훗. 이런 상황에 대사형은 어떤 대답을 했을까?"

"모르겠습니다."

혼유의 입술이 무겁게 닫혔다.

"아직도 그때 일을 마음에 담아두고 있는 거야?"

"잊었습니다."

"잊기는. 나 때문에 상처가 생겼으면서. 일단 넷째부터 만나러 가자. 여우들이 괴롭힐 시간은 좀 줘야겠지? 까르르."

"전주님, 여우들이 아니라 여후들입니다."

"내겐 다 여우들 같아. 까르르."

"아무리 전주님의 부하지만, 은하일비에 속해 있는 고수들입니다."

"다들 여우같잖아."

"전주님!"

혼유의 표정이 자못 심각해졌다.

"알았어, 장난이야. 고지식하긴."

부하들에게는 엄하지만 평상시의 그녀는 냉정하고 철저한 여제의 자세를 지켜왔다. 그렇기에 은하전이 천추성의 이대 전 중 한 곳으로 자리를 지킬 수 있었다.

'철저히 신비에 가려진 천추성의 은하전주이자, 천추성주님의 제자, 고매은이 이분이란 것을 알면 천하는 어떤 반응을 보일까?'

혼유는 고매은을 보며 실소했다.

그의 파천십삼검을 한 번 보고 파훼법을 찾아버린 무서운 여인이었다.

'전주님이 소성주님이나 대공자님처럼 남자로 태어났다면… 후후후. 능히 그들을 앞지르는 훌륭한 무인이 됐겠지.'

고매은이 사공원과 일 대 일 대결을 펼친 건 아무도 알지 못했다. 반 수 차이로 밀리는 그녀를 보호하기 위해 뛰어들었다가 얼굴에 검상까지 생겼지만, 다시 그런 일이 있어도 똑같은 행동을 했을 것이다.

"전주님, 저쪽입니다."

가리킨 곳은 밀위들이 있는 곳과 정반대 방향이었다.

고매은은 밀위들이 마교의 고수들이란 것을 알았지만, 굳이 웅징 같은 걸 해서 자신을 알릴 필요는 전혀 없었다.

'혼유는 모르고 있는 것 같은데… 저 진은 분명히 마교의 대벽공마대진이야. 정도의 합벽진 중 수위에 올라 있는 천외밀밀현진(天外密密絃陣)과 버금가는 진을 이런 곳에서 보다니. 더구나 그런 진을 한방에 깨뜨리는 고수라… 호호호. 재 밌네. 열네 명의 내공이 고스란히 둘려진 장벽을 깨뜨리는 건 쉽지 않은데. 그런 사람이 왜 갑자기 도망을 가는 거지?

돌아서려던 고매은이 다시 밀위들 쪽을 바라보자, 혼유가 이마를 짚으며 재촉했다.

"전주님."

"알았어. 가자."

고매은은 돌아선 후에도 미심쩍은 표정을 감추지 않았다. 황당한 장면을 목격해서가 아니었다. 넷째 사제 용현도가 돌아온다는 사공원의 연락을 받은 후부터였다.

이유는 말해주지 않고 일단 가보라는 재수없는 내용을 써서 보내다니.

천추성에서 보고만 받던 강호의 모습이 생각보다 평화롭질 못했다. 은하삼후를 만나보면 자세히 알게 되겠지만.

'뭐라고 말씀을 드리다? 나보다 더 갇혀서 지내는 분에게……'

천추성에서 고매은을 움직일 수 있는 사람은 풍우신장과 풍우산산뿐이었다.

*　　　　*　　　　*

자신들을 누군가가 보고 있다는 것도 모르고 열네 명의 밀위는 황당함과 어이없음에 갈피독과 문대성을 쫓아갈 생각도 못하고 멍한 표정만 짓고 앉아 있었다.

"대, 대벽공마대진이 깨졌다……."

"강기도 아니었소. 도대체 무슨 수법으로……."

"그것보다는 그 괴물과 싸우고도 이런 힘이 남아 있다는 거요."

"……!"

"한데, 왜 그냥 갔을까?"

밀위들이 입을 모을 때였다.

그들의 등 뒤로 낯선 기운이 일어서는 것이 모두에게 느껴졌다.

밀위들은 일제히 말을 멈추고 뒤를 돌아봤다. 아니, 돌아보려 했다. 하지만 낯선 기운은 그들이 자신들의 몸을 움직이는 것조차 마음대로 못하게 할 정도로 커져 있었다.

밀위 중 한 명이 안간힘을 쓰며 고개를 돌려 낯선 기운의 정체를 봤다.

"소, 소교주님? 컥!"

장주극을 알아본 그의 눈이 찢어질 듯 커졌다.

끔찍한 광경을 본 탓이다.

퍼벅!

그의 맞은편에 앉아 있던 밀위 둘의 머리가 사라졌다.

“무, 무슨… 왜, 왜…….”

손만 닿았을 뿐인데 머리가 터져 나간 것이다.

장주극으로 보이는 회색빛 안개가 그렇게 만들었다.

“크르…….”

장주극의 입에서 짐승의 소리가 흘러나왔다.

이지를 상실한 것 같은 모습.

밀위들은 그 모습을 보면서 처음엔 놀랐으나, 이내 감격한 표정들이 되어 일제히 그를 향해 무릎을 꿇었다.

“소교주님! 마교천하!”

“마교천하!”

“마교천하!”

밀위들은 마치 폐관 수련을 끝낸 주군을 대하듯이 일제히 머리를 조아리며 외쳤다.

그러나 정작 장주극은 밀위들의 외침을 알아듣지 못하는지 시끄럽다는 듯 인상을 썼다.

손을 들어 밀위들을 일일이 가리켰다.

그로 인해 밀위들은 더 이상 소리칠 수 없는 상태가 됐다.

파바바박!

손짓이 지나치는 밀위들의 머리가 터져 나가는 소리였다. 그제야 장주극은 만족스러운 웃음을 지었다. 회색빛 동공은 한층 어둡게 침잠해 갔다.

“크르…….”

　장주극은 자신이 무슨 짓을 저질렀는지 전혀 인지하지 못하는 듯 자신을 깨어나게 한 자를 찾았다.

　대벽공마대진을 뒤흔드는 충격에 무의식이 몸속의 잠재력을 건드렸고, 태어날 때부터 체내에 흐르던 기운이 모여 하나의 능력을 만들었다.

　낯설지만 화를 내게 만드는 기운.

　그 기운에 대항하기 위해 잠재된 능력이 장주극의 몸을 바꿔 버렸다.

　태어날 때 이미 악마대능력을 이어받았다.

　끓어오르는 분노와 죽음을 접해본 사람만이 가질 수 있는 각성이 처음으로 찾아온 것이다.

　이 힘을 받아줄 상대가 필요했다.

　처음 만들어진 힘을 소비해야 진짜 장주극만의 악마대능력을 다룰 수 있게 되어 있었다.

　그런 그의 눈이 멈춘 곳.

　갈피독과 문대성이 사라진 방향과 전혀 다른 곳에서 강한 기운의 냄새가 났다.

　그의 신형이 허공을 날았다.

　그곳은 자단과 빙마가 싸움을 벌이고 있는 장소였다.

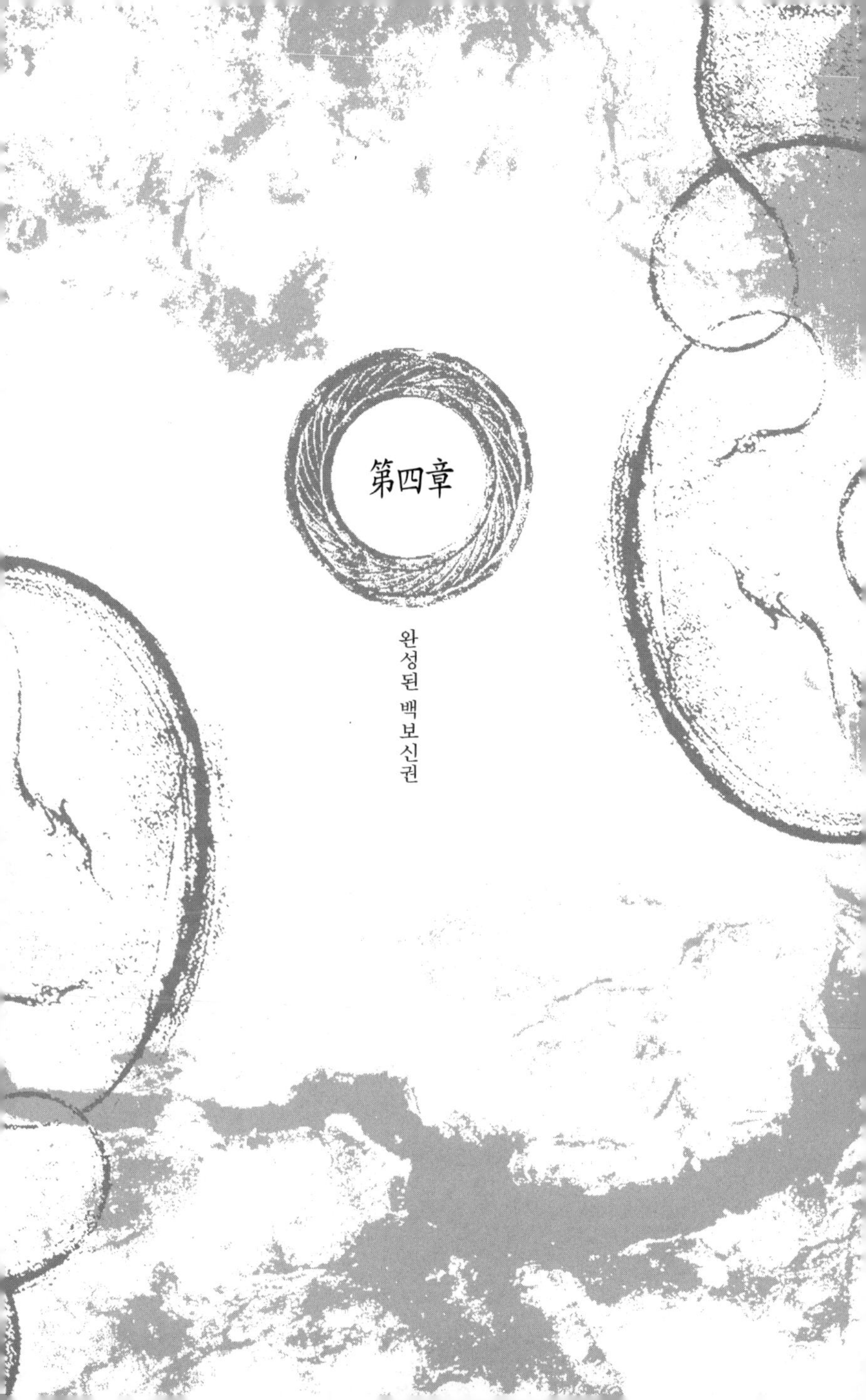

第四章
완성된 백보신권

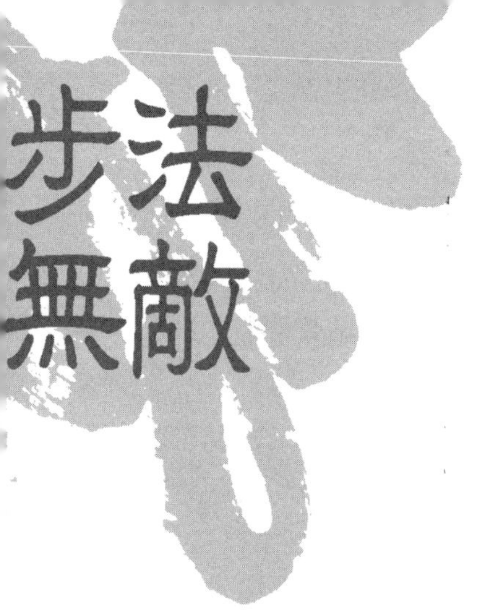

한 사람의 귀환으로 천추성 원로원이 발칵 뒤집어졌다. 천추성주의 넷째 제자 용현도가 백발이 된 채 돌아왔기 때문이다.

그를 데려온 고매은은 침묵으로 일관했다.

"용 공자, 나를 알아보시겠소?"

요료 성승은 답답한 마음에 용현도의 눈꺼풀을 억지로 열었으나, 무의미한 노력이었다.

"헤……."

입가에 침이 고였다가 웃으면서 흘러내렸다.

백치가 된 것이다.

"이럴 수가… 그 영민하셨던 용 공자가 어쩌다……."

"성승."

잠우 진인이 심각한 얼굴로 요료 성승을 불렀다.

"이걸 어찌 설명해야 할꼬."

"성승."

"진인께서 하실 말씀이 뭔지 알고 있습니다. 하나, 인정하기 쉽지 않습니다. 아미타불."

요료 성승은 잠우 진인이 무엇을 말하는지 알고 있었다. 지금과 똑같은 상황을 십 년 전에 이미 겪었기 때문이다.

"소성주님을 모셔옵시다."

"소… 성주님?"

고매은의 입에서 놀란 음성이 흘러나왔다.

할 말을 잃은 그녀는 원로들을 일일이 둘러본 후 격앙된 음성으로 다시 말을 이었다.

"지금 뭐라고 하셨죠? 서, 설마 제가 알고 있는 그 소성주님께서 돌아오셨다는 말씀이세요?"

"상황이 이상하게 변하기는 했지만 비밀로 하려고 했던 것은 아니었소. 소성주님께선 지금 문 공자와 함께 지내고 계십니다."

"……."

고매은은 머릿속이 텅 비는 것 같았다.

사공원이 그래서 그토록 패기가 넘쳤던 것이다.

그녀만 몰랐다.

입술을 잘근 씹었다.

"제가 직접 모시고 올게요."

풍우건중을 데려온 사람은 고매은이 아니라 옥상아였다. 그녀는 감히 원로원 안까지는 들어오지 못하고 되돌아갔다.

"보자고 하셨다고요?"

풍우건중은 원로원에 들어서며 깊이 숨을 들이마셨다. 낯익은 얼굴들이 눈에 들어왔다. 가벼운 목례로 그 눈들을 지나친 후 중앙으로 향했다.

또릿또릿하던 어린애에서 완전한 무인으로 성장한 백발의 청년이 헤벌쭉 웃고 있었다.

"현도……."

"그렇습니다, 소성주님."

원로들은 풍우건중의 반응을 예상한 듯 고개를 들지 못했다. 풍우신장의 제자들이라고는 하지만 풍우건중과는 형제처럼 지내던 사이였던 것을 기억하는 까닭이다.

그러나 풍우건중이 화를 낼 것이란 원로들의 예상과 달리 그는 착잡한 표정으로 용현도의 어깨를 잡으며 탄식을 토해냈다.

잠시 그 상태로 있던 그의 시선이 천장을 향했다.

"그때, 천추성의 하늘을 지나가던 구름이 유난히 검었습니다. 가을이었고, 겨울 냄새가 나뭇잎사위들에 얹히기 전까지 해야 할 일이 있었지요. 강호를 평정하는 것이 내게 주어진 천명이라 여겼기에 서찰 한 통 남기고 성을 떠났습니다. 아셨다면 허락하지 않으셨을 겁니다."

풍우건중은 잠시 말을 멈추고 쓴웃음을 지었다.

"그때는 제가 하늘을 지키는 신장(神將)처럼 강하다고 생각했으니, 당연한 것이었죠. 제마천강(制魔天罡)에 삼형무결법, 망안, 천압의 제마삼신위(制魔三神衛)까지 지닌 내게 적이 존재하지 않을 줄 알았습니다."

그때를 회상하는가?

풍우건중의 표정이 급격히 메말라갔다.

얼마 전에 꾸었던 꿈이 떠올랐다.

"지금부터 제가 하는 얘기는 아버님을 제외하고 아무도 모르는 얘기입니다. 아버님께서 극구 만류하셨지만, 현도까지 저리 된 것을 보고는 도저히 그냥 넘어갈 수가 없군요."

너무 무거운 목소리에 원로원은 완전한 침묵의 상태로 빠져들었다.

풍우건중은 말을 이었다.

"저는 요즘도 꿈을 꿉니다. 그는 스스로를 '잠마'라고 했습니다. 불과 삼성에 불과한 십이천강추였지만, 그것만으로도 능히 마교주와 자웅을 결할 수 있을 줄 알았던 제게, 너무나도 엄청난 충격을 안겨준 자였습니다. 잠마의 영역에 들어간 후… 제가 아무것도 아니란 것을 알았습니다.”

십이천강추를 사용할 때, 시전자는 적과 똑같은 반발력을 감수해야 하는데, 그것을 완화시키기 위해 삼형무결법과 천압이 필요했다.

호신강기로는 한계가 있기에 갑옷처럼 몸과 일체시켜야 하는 필수 무공인 셈이다. 또한 적의 움직임을 놓치지 않기 위해 망안 역시 필수였다.

필요에 의해 언제든 사라지고 만들어지는 별빛들이 모두 열두 개라 해서 십이천강추.

그것을 익히기 위해서는 제마천강부터 익혀야 하고, 제마천강이 완벽하지 않으면 십이천강추는 꿈도 꾸지 말라고 했다.

십이천강추는 제마천강을 열두 개로 쪼개는 것이 아니라, 열두 개의 제마천강을 만드는 것임을 알게 된 것은 잠마에 의해 폐인이 된 이후의 일이었다.

천강비마보(天罡飛魔步)를 익히지 않은 제마천강 세 개는 모래성일 뿐이었던 것이다.

“결국, 지금은 익히고 싶어도… 익히지 못하는 처지가 되었네요. 후후후.”

이 말을 끝으로 풍우건중은 침묵하고 말았다.

풍우건중의 얘기는 원로원 전체를 심해 저 밑바닥처럼 침묵하게 만들었다.

더 얘기를 하게 놔두면 아무도 말을 꺼내기 힘들 것 같았는지, 계창수가 일어나 풍우건중에게 포권을 취하며 입을 열었다.

"그 힘든 세월을 잘도 버티셨습니다, 소성주님. 그 마음이 어떠실지 짐작하고도 남음이 있습니다. 하지만… 이젠 그 짐을 나누어주셨으면 합니다. 언제까지고 마교를 저대로 놔둘 수는 없잖습니까?"

"계 원로!"

요료 성승이 눈치없이 말을 시작한 계창수를 언짢은 눈으로 쳐다봤다.

"성승, 괜찮습니다. 계 원로 말씀대로 이제는 말해야 할 때입니다."

"소성주님, 힘드시면 굳이……."

"아버님께서 지난 십 년간 모든 노력을 기울이셨습니다. 하지만 어떤 수단으로도 제 끊어진 혈맥은 이어지질 않았습니다. 현도… 아마도 저 아이도 무공을 잃게 될 것입니다."

"시, 십 년!"

원로원의 모든 원로들이라고 해도 무방할 정도로 많은 인원이 이구동성으로 외쳤다.

풍우건중의 한마디는 엄청난 것이 아닐 수 없었다.

천추성의 미래를 책임질 두 사람이 사라졌다는 뜻이기 때문이다.

"헤… 으에……."

용현도의 응석받이와 같은 옹알이만이 원로원을 감쌌다. 원로들 모두 용현도의 무공 정도에 대해 짐작하고 있었다. 각 용성보다 못하기는 해도 천추성에선 충분히 강한 측에 속했다.

"잠마… 도대체 어느 정도나 강하길래……."

누군가의 중얼거림.

풍우건중이 기다렸다는 듯 대답해 주었다.

"이곳에 그자가 있다면, 상대할 사람은… 아버님이 유일하실 겁니다. 막연한 추측이 아니라, 제가 경험을 했기에 확신할 수 있습니다. 저는 그만큼 강했었습니다. 비록 십 년 전이긴 하지만."

풍우건중의 목소리는 높지도 낮지도 않았다.

그렇기에 아무도 다른 말을 하지 못했다.

"마교만 해도 벅찬데, 잠마라니… 헐……."

계창수는 허탈해지고 말았다.

마교를 상대하기 위한 계획을 모두 짜놓은 상태였다.

이럴 때, 변수가 생겨 버린 것이다. 그것도 좋은 쪽이 아니라, 나쁜 쪽으로.

그러나 걱정스러운 계창수의 눈동자가 왼쪽으로 이동했다가 다시 오른쪽으로 돌아가며 번뜩였다.

'십 년 전이다. 얘기 듣기로, 당시 소성주님의 무공은 분명성주님을 제외하고는 최강이었다. 하나 지금은? 지금은 아니지. 대공자가 있다. 또 나후전과 은하전이 있다. 아직은 실망부터 하기엔 이르다. 더구나 서문세가를 혼자서 멸문시킨 괴인과 싸웠다는 유령신보가 있잖은가? 그러고 보니 너무 늦네. 위험에 처했다면 연락이 올 텐데…….'

계창수는 등천화에 대한 얘기를 아무에게도 하지 않았다. 서문혜와의 관계도 그만 알고 있었다. 보고에 의하면 서문세가를 멸문시킨 자의 능력은 상상을 초월한다고 했다.

그런 자와 대등하게 싸운 등천화의 잠재력은 상상 이상이었다. 괴인은 마교의 고수와도 싸웠다고 했다. 등천화만 돌아오면 해결될 문제였다.

'보고가 들어온 지 벌써 보름이 지났는데… 일단은 종명기를 보냈으니 소식이 오겠지. 종명기, 그 친구 대단하군. 요료성승께서 직접 자신을 뛰어넘을 유일한 소림의 제자라고 칭할 정도면 얼마나 강해진 거야?'

계창수는 용현도를 보며 오만가지 인상을 쓰다가도 종명기를 생각하자 웃음 짓지 않을 수 없었다.

*　　　*　　　*

갈피독과 문대성은 보름 내내 달려서 섬서성과 호북성의 경계에 위치한 평리(平利)까지 올 수 있었다.

일부러 길을 돌거나, 인적이 드문 곳으로만 다녀서 시일이 지체된 것이다.

등천화는 여전히 깨어날 기미를 보이지 않았다.

"갈 아우, 이대로 움직이는 것보다 문주님을 치료하고 나서 가는 건 어떻겠는가?"

걱정스러운 문대성의 말에 갈피독은 어깨에 메고 있는 등천화를 돌아보고는 이내 심드렁한 표정을 지었다.

"치료는 무슨……."

문대성이 궁금해한다는 걸 모르지는 않지만, 등천화의 상태는 회복 단계에 접어들고 있었다.

대벽공마대진을 깬 후에는 갈피독조차 등천화가 어떻게 되는 줄 알고 기겁했었다. 하지만 그것은 갈피독의 기우에 불과했다. 하루도 지나지 않아 안심하게 됐기 때문이다.

등천화는 계속 움직이고 있었다.

어깨에 멘 사람만이 느낄 수 있는 미약한 움직임이 한 번도 쉬질 않은 것이다.

설명을 바라는 문대성에게 뭐라 말을 해주고 싶지만 계속 움직이니 걱정 말라는 대답은 할 수 없었다.

"쿵. 살 맞대고 며칠 지내면 다 알게 돼요."

"…사, 살……."

문대성의 눈이 납작해졌다.

상식적인 대답이 아니었기 때문이다. 그렇다고 되묻기에

는 너무도 정확히 듣고 말았다.

“허허… 험. 사, 살을 맞댄 사람이… 알겠지. 가, 가세.”

문대성은 당황한 표정으로 앞장섰다.

그 모습에 갈피독은 ‘씨익’ 웃으며 뒤따랐다.

보름 동안 웃음이라곤 모르던 갈피독의 입가에 처음으로 웃음이 감돌았다.

“저 아래일세. 잠시 쉬어가기에 적당하고, 사방이 산으로 둘러싸여서 쉽게 발견되지 않는 곳이지.”

문대성은 산 중턱쯤 도착해서 바위틈을 찾았다.

그리고는 서둘러 그 안으로 들어갔다.

갈피독은 경계를 늦추지 않고 뒤따르다 갑자기 환해지는 환경에 손을 들어 빛을 가렸다. 온통 초록빛으로 물든 곳이 눈으로 쏟아져 들어왔다.

외부에선 회색빛 암반 외엔 보이지 않았으나 땅거미 질 무렵의 빛만으로도 아름답기 그지없었다.

“이야, 이런 곳을 언제 알아두셨습니까, 문 형님? 제가 낭왕으로 고독을 씹고 있을 때 지내던 곳과 많이 비슷하네요.”

“그, 그런가? 허허. 사실 이 정도일 줄은 나도 몰랐네. 감탄이 절로 나오는군 그래.”

문대성은 시원하게 숨을 내뱉으며 초행이라는 듯이 말을 했다.

“우연히 들은 곳일세. 언제고 평리에 오면 한 번은 들러보라며 유람하고 돌아온 제자에게 들었네. 산 아래 몇 채만 지어놓고 사는 평가촌이란 곳일세."

"큽. 크하. 크크크크."

갈피독은 문대성의 말이 끝나자, 뭐가 그리 우스운지 웃음을 그치지 못했다.

"왜 그러나, 갈 아우?"

"크하! 그렇잖아요, 문 형님. 세상에 어떤 문파의 제자가 적의 동향이 아니라, 산세 좋은 곳을 문주한테 알려준답디까? 큭큭큭."

문대성은 듣고 보니 그런 것 같아 심하게 공감한다는 듯이 고개를 끄덕이고 말았다.

"허… 자네 말을 듣고 보니 그렇긴 그렇군. 허허, 허허허."

두 사람은 산을 내려가며 웃고, 또 웃었다.

그러나 한참을 웃던 갈피독의 안색이 갑자기 굳어졌다.

'가만, 이게 무슨 냄새지?

마을이 손바닥 반만 하게 보이는 위치였다. 피 냄새를 맡기엔 턱도 없이 먼 거리인 것이다. 하지만 갈피독의 콧속을 파고드는 건 혈향이었다.

갈피독의 직감이 좋지 않은 상황이 기다리고 있다고 말해주며 움직임을 저지하려 했다.

"형님… 냄새 안 납니까?"

"냄새?"

“피 냄새요.”

“피? 킁킁. 안 나는데?”

“그래요?”

갈피독은 표정을 풀지 않고 좀 더 내려갔다.

그리고 마을 입구에 다다랐을 때였다.

“역시. 형님, 누가 우리를 기다리고 있는 모양인데요?”

“누가? 어디?”

문대성은 갈피독의 뜬금없는 소리에 주위를 둘러봤으나, 아무런 것도 감지할 수 없었다.

“어떻게 하시겠어요?”

“갈 아우, 나는 자네가 무슨 말을 하는지 전혀 모르겠네. 누가 우리를 기다린다는 말인가?”

“킁. 아, 저 살기가 안 느껴지세요?”

“살기? 전혀. 그러지 말고 마을 사람들부터 만나보세. 그러면 알 게 아닌가?”

“산 사람이 있어야 묻죠.”

“……?”

문대성의 의문은 촌각도 지나지 않아 풀렸다.

그동안은 계곡에서 마을로 바람이 불다가, 그때서야 마을을 지나 계곡 쪽으로 바람이 불었기 때문이다.

“흡! 피 냄새!”

“사람들이 보이지 않는 건, 모두 죽어서 그런 거예요.”

"자네, 언제 알았나?"

"마을에 도착하기 전부터요."

"……."

문대성은 더 이상 묻지 않고 갈피독을 따라갔다.

두 사람이 도착한 곳은 작은 호숫가였다.

그곳에는 얼굴들이 모두 뭣같이 생긴 세 사람이 자신들의 무기를 옆에 세워두고 음식에 열을 올리고 있었다.

거대한 도끼와 그에 못지않은 거대한 도, 나머지 한 명은 아무런 무기가 없을 것을 보니 보통 사람의 두 배는 족히 되어 보이는 주먹이 무기인 것 같았다.

"이곳 사람들을 몰살시킨 게 너희들이냐?"

갈피독은 고갯짓으로 뒤쪽의 시체들을 가리켰다.

그러나 세 명은 아무런 대답 없이 계속해서 먹는 데에만 열을 올렸다.

이럴 때가 가장 당혹스럽다. 상대의 의도가 분명하면 다음 행동을 실천하는데 별 어려움이 없겠지만 그렇지 않은 경우, 특히 지금처럼 완전 무관심으로 일관할 때는 상당히 답답하게 된다.

"이……."

갈피독이 짜증을 내려 할 때, 셋 중 거대한 도끼의 주인이 돌아봤다.

더럽게 흉측한 그의 얼굴은 이끼 잔뜩 낀 바위를 연상케 해주었다. 그 사이로 예사롭지 않은 안광이 번뜩였다.

"바, 밥… 없다고… 거짓말… 다 죽어… 마땅하다."

"이 사람들이 당신들에게 밥이 없다고 했다고?"

도끼 든 사내는 이빨이 잔뜩 낀 고기를 드러내며 고개를 끄덕였다.

"그래서 이들을 모두 죽였다고?"

다시 한 번 그의 고개가 끄덕여졌다.

"이거, 개새끼들이네."

"가, 갈 아우!"

문대성은 깜짝 놀라 소리쳤다.

셋 중 누구 한 명도 만만한 자가 없었다.

"자네, 자신있나? 괜한 일에 끼어들지 말고……."

"괜한 일은요. 저것들 눈 보세요. 우릴 기다리고 있었는데요, 뭐."

"……."

문대성은 갈피독의 말에 유심히 세 사람을 관찰했다.

그러나 아무리 봐도 세 사람이 갈피독과 자신을 기다렸다는 느낌을 받을 수가 없었다.

"끄윽… 빛이 사라졌다. 이젠 우리 세상이다."

안이 텅 빈 나무처럼 울리는 음성.

거대한 도를 움켜쥔 괴인이 자리에서 일어났다.

"내, 내가… 하, 한……."

"도끼, 넌 밥이나 마저 먹어."

이들 셋도 상하 관계가 있는 것 같았다.

도를 든 괴인이 한마디 하자 도끼를 든 괴인이 탁자에 다시 앉아 음식을 입에 넣기 시작했다.

"지금 소교주는 어디 있느냐?"

"소교주? 니들, 마교에서 나온 거냐?"

갈피독이 삐딱한 시선으로 도를 든 괴인을 노려봤다.

그냥 보기에도 강해 보였다. 하지만 기분 상으로 한 번 붙어봐도 될 것 같아 보였다.

"마교는… 맞지만, 정확하게는 구중뢰라고 해야겠지. 우리가 알고 싶은 건 소교주의 행방이다. 소교주를 마지막으로 본 사람들이 너희들이니 사실대로 말해."

"사실대로 말하면 뭐가 달라지는데?"

"산다."

"큿. 웃기고 자빠졌네. 그놈을 만난 적이 없다고 하면 죽이겠다고 할 거면서."

갈피독은 뻔한 수법에 넌더리가 난다는 듯이 콧방귀를 뀌었다.

"만난 적이 없다고?"

"큿. 크헤. 저 봐. 생긴 것과 달리 순진해 보이니 니들에게만 특별히 말해줄게, 잘 들어. 나는 말이야! 설혹 니들이 지나가는 똥개를 봤냐는 질문을 한다고 해도 모른다고 할 테니까 알아서 판단해.”

“…….”

집중해서 듣고 있던 도를 멘 괴인의 표정이 일그러졌다. 갈피독은 적인데, 적의 말을 완전히 몰입해서 듣고 말았기 때문이다.

“우린! 배고프면 먹고, 졸리면 잔다.”

도를 멘 괴인이 갑자기 뜬금없는 말을 했다.

“근데?”

“말귀가 어둡군. 우린! 소교주의 행방을 들어야 한다.”

갈피독의 말투를 나름대로 흉내 낸 모양이다.

“아하! 들어야겠으니 말해라?”

“말귀는 밝군.”

“킁. 좀 전에는 어둡다고 하더니, 영 줏대가 없는 인간들이네. 하지만 지금 너희들이 한 얘기는, 지나가던 똥개새끼 불알 차는 소리야! 이거, 웃기는 놈들이네? 싸우고 싶으면 싸우고 싶다고 해. 못생긴 얼굴과 조화를 이룰 정도로 안 좋은 머리를 들이대지 말고.”

“어, 얼굴 얘기는 하지 마!”

도를 멘 괴인은 버럭 소리를 질렀다.

후앗—

“헛!”

갈피독과 문대성은 기겁을 하며 뒤로 물러섰다.

도를 든 괴인의 고함으로 밀려난 것이다.

갈피독의 손에 여의마검이 쥐어졌다.

"형님, 주군을 좀 부탁하겠소."

"이, 이보게……."

문대성은 갈피독의 어이없는 행동에 위험을 느끼고 급히 손을 내저었으나, 갈피독은 자신의 결정을 바꿀 생각이 없어 보였다.

'저자, 기합만으로 우릴 물러서게 했다. 이러다가는 일부러 돌아온 보람이 사라지겠는걸?'

문대성은 이럴 때 만저유가 있었으면 했다.

그가 있으면 등천화를 데리고 먼저 떠나게 할 수도 있을 텐데.

"생긴 건 이끼 낀 바위처럼 생긴 놈들이 실력은 제법인 모양이군. 한 번 붙어보자. 나도 그동안 쉬어서 몸이 근질거리거든. 으합!"

갈피독은 기합을 외치고는 발을 뗐다.

척. 척. 척.

해볼 테면 해보라는 듯이 젖 먹던 기운까지 일제히 끌어내 개방시켰다. 도를 멘 괴인은 갈피독의 행동에 이채를 발했다.

"제법이구나."

"아니지."

갈피독은 이를 갈며 고개를 저었다.

“뭐가 아니란 말이냐?”

“그건 내가 할 말이거든. 제법인데? 내 검을 받을 자격이 있겠어.”

츠르릇.

갈피독은 말이 끝나기 무섭게 여의마검에 내공을 주입해 푸른빛 검신을 만들었다.

“한 놈이 검자루만 있는 이상한 검을 사용하는 낭인이라고 했다. 너, 맞네.”

“헛! 이, 이럴 수가. 네 설명을 가만히 듣고 보니 내가 맞기는 한 모양이다. 그걸 알아내다니 대단하다.”

갈피독의 놀리는 말투는 전혀 통하지 않았다.

“유령신보를 따라다니는 놈. 그럼… 저놈이 유령신보겠구나. 기절한 놈은 저놈밖에 없으니까. 이곳으로 올 거라던 말이 맞잖아?”

도를 멘 괴인은 자신이 하고 싶은 말만 하면서 알아서 판단을 내리고는 등천화를 쳐다봤다.

“크하하하! 나야말로 정말 운이 좋구나. 안 그래도 심심하던 차였는데, 알아서 죽으려고 와주기까지 하는 얼굴 더럽게 못생긴 놈들도 만나고. 하하하!”

갈피독은 도를 든 괴인보다 훨씬 큰 목소리로 한껏 비웃어 주고 나서는 싸울 태세를 취했다. 뒤에서 지켜보는 문대성의 눈이 동그래질 정도로 당당했다.

'갈 아우가 왜 저렇게 자신있어하는 거지? 그러고 보니 아까부터 이상하잖아? 내가 느끼지 못하는 살기를 느끼질 않나, 저자의 엄청난 기세에 전혀 밀리질 않아. 운공할 시간이 없어서 내상이 완치되질 않았는데, 갈 아우는 운공없이도 멀쩡해졌다. 이상해…….'

문대성의 생각이 지나온 시간을 되짚기 시작했다.

곽수정이 죽은 뒤로 그는 혼자서 움직였고, 갈피독은 여전히 등천화를 어깨에 멘 채로 움직였다.

보름이나 지나서야 이상함을 발견하다니.

갈피독이 고수란 것은 분명하지만 보법에 있어서는 문대성이 앞서는 것이 사실이었다. 그런데도 두 사람은 나란히 달렸다.

문대성의 시선이 갈피독의 손으로 향했다.

'저 검… 저 검에 비밀이 있다. 갈 아우에게 기연이 닿은 모양이야. 잘됐다. 일단은 다른 자들이 문주를 해치지 못하게 막고서…….'

문대성은 등천화를 옆구리에 끼고서 두 괴인의 움직임을 살폈다. 도끼를 세워놓은 괴인과 여전히 식사 중인 괴인은 아직 움직일 생각이 없어 보였다.

쯔즈르— 쯔와왕—

갈피독이 움직이면서 만들어낸 소리였다.

천을 끊어지지 않을 정도로 잡아당겨 팽팽하게 만들면 저런 소리가 날 것 같았다.

두 사람의 투기가 연속으로 부딪치는 것이다.

저런 상태는 일정 이상의 경지를 벗어났을 때나 일어날 수 있는 현상이었다.

'갈 아우, 역시……'

문대성이 갈피독의 성장을 믿기지 않는 눈으로 바라보고 있을 때였다.

"안 늦었군."

남자의 기개가 물씬 풍기는 묵직한 목소리가 문대성을 돌아보게 만들었다.

사십대 초반으로 보이는 사내는 종명기였다.

단단한 걸음걸이와 금강야차와 같은 강인함이 전신에서 풍기고 있었다.

"누구신가?"

"질문에 대답하기 전에 그 사람과 노인의 관계부터 알려주겠소?"

"누구? 이분?"

문대성은 존칭을 사용하며 등천화를 쳐다봤다.

"이분? 적은 아닌 모양이군요."

"당연히 아니지. 난… 이분의 가신일세."

"가신? 그사이에 등 아우가 일문의 문주라도 됐다는 말입니까?"

"등 아우? 자네는 문주를 아시는가?"

"호형호제하며 지냈습니다. 천추성에서."

"처, 천추성!"

"천추성의 종명기라 합니다."

"아… 난, 문대성이라 하네. 천추성에서 나왔다니 정말 반갑구만."

"한담은 나중에 나눠야 할 것 같습니다. 잠시……."

문대성을 지나치는 종명기의 호흡이 무척 안정되어 있었다.

등천화가 혼절한 채 마교의 무리들에게 쫓기고 있으니 도와주라는 계창수의 말이 끝나자마자 이곳까지 한달음에 달려왔다.

무사한 것을 봤으니 됐다.

이젠 괴인 셋을 처리하는 문제가 남아 있었다.

한 명은 갈피독이 상대하고 있었고, 둘이 남았다.

산 정상에서 떨어져 내릴 때 우연히 본 자가 먼저 움직였다. 탁자에 앉아 계속해서 식사를 하고 있던 자였다.

"허!"

문대성은 괴인이 앉아 있을 때는 도를 멘 자보다 약할 것 같았으나, 막상 걸어오는 모습을 보자 절로 마른침이 삼켜졌다.

그가 양 주먹을 쥔 채로 움직인 것뿐인데, 문대성의 양쪽

불이 밀려나는 착각이 들 정도로 엄청난 압박감을 느낀 것이
다.

문대성이 종명기를 돌아봤다.

저런 괴물을 상대할 수 있겠냐는 질문이었다.

종명기 역시 괴인이 만만찮은 상대라는 것을 느끼며 주먹
을 매만지고 있었다.

'백보신권은 완성됐다. 사부님께서 그러셨잖느냐, 완성된
힘을 믿으라!'

팡!

종명기는 기합 대신 손바닥을 부딪쳐 위축될 것 같은 마음
을 다잡았다.

새롭게 얻은 백보신권을 사용할 기회가 왔다.

요료 성승이 전해준 무공은 금강부동신법과 백보신권을
완벽하게 몸에 익히고 있는 종명기라는 솜에 물처럼 흡수됐
다.

이론상으로는 더 이상 빨아들일 물은 없었다.

남은 것은 실전을 통해 몸과 하나를 이루는 것뿐.

갈피독은 이미 싸움을 시작하고 있었다.

콰콰쾅!

슬쩍 돌아보고는 다시 눈앞의 괴인에게 집중했다.

괴인은 벙어리처럼 지금까지 한마디도 하지 않았다.

"당신도 권을 사용하는군. 오래 끌고 싶은 생각 없으니, 한

방으로 승부를 냅시다."

"……."

괴인은 아무 말도 하지 않고 손을 들어 올렸다.

종명기는 주먹을 들어 올렸다.

최고의 일권이 아니면 안 된다. 최고의 일권은 공격에서 나온다. 최선의 공격은 최선의 방어. 선공으로 승기를 잡자.

훙─

한쪽 주먹을 앞으로 내밀고 반대쪽 주먹은 허리에 두었다. 이 상태에서 바위를 무너뜨려 본 적이 있었다. 물길 또한 갈라봤다.

그러나 괴인은 바위도, 물길도 아니었다.

바위에 붙어 있는 모난 부분을, 물길 중간에 놓여진 작은 조약돌을 노리고 주먹을 뻗어야 했다. 전체가 아닌 일부분만 전력으로 쳐낼 수 있다면 움직이는 사람에게도 통하리란 판단을 한 것이다.

'저 괴상하게 생긴 자를 모난 돌이나, 물속의 조약돌로 여겨야 한다. 전력을 다해 부순다. 부순다. 부순다!'

허리에 둔 주먹을 천천히 밀어냈다.

우두둑.

전신의 근육이 비명을 질렀다. 이미 앞서간 권로(拳路)를 따라가기 위한 신체의 노력이었다. 모든 힘을 한 곳으로 모아 쏟아내기 위한 과정이었다.

불과 삼 장도 안 되는 거리를 백 보로 나누고 전력을 다해 그 백 보를 압축시켰다.

느리지만 상대인 괴인이 느낄 때는 그런 생각까지 할 여유가 없었다. 괴인은 양 주먹을 들어 올리며 다급한 눈빛을 띠었다.

아직 다가오지도 않은 종명기의 주먹은 무거웠다. 괴인의 이끼 낀 바위와 같은 얼굴 피부가 밀렸다. 밀리는 것 같은 느낌이 아니라, 실제로 밀리고 있었다.

괴인은 주먹이 다가올 때까지 기다렸다가는 공격 기회조차 가질 수 없다는 것을 본능적으로 알았다.

파학—!

종명기의 주먹이 공간을 찢으며 그에게 달려들었다.

거대한 입을 가진 곰이 들이대는 것 같은 착각.

괴인은 급히 곰을 향해 일권을 내질렀다.

쾅!

괴인의 주먹은 평생을 어둠만 먹고 자란 어둠에 익숙한 주먹이었다. 주먹을 뻗었음에도 형체는 없었다.

어둠이 내리면 괴인의 시간이 되는 것이다.

그러나 빛과 어둠을 초월한 부동의 상태에서 뻗은 종명기의 주먹은 혼란을 겪지 않았다.

꺼극—

괴인 쪽에서 뼈 어긋나는 소리가 들렸다.

“……!”

“……!”

종명기와 괴인의 눈이 서로를 노려봤다.

‘으읍!’

종명기는 속에서 올라오는 피를 간신히 참아냈다.

괴인의 상태가 어떤 상태인지 뻔히 보이지만 그 역시 만만찮은 부상을 입었다. 주먹의 위력만 가지고 겨룬 첫 번째 격돌에선 무승부였다.

종명기를 살려준 사람은 도끼를 든 괴인이었다.

“카, 칼, 가, 가자. 버, 버, 벙어리… 다, 다쳤어!”

싸움에 집중을 하고 있어도 도저히 듣지 않을 수 없는 도끼괴인의 외침. 덕분에 갈피독과 싸우던 도를 든 괴인은 물러설 수밖에 없었다.

갈피독의 고함이 이어졌다.

“야, 어디 가! 끝장을 봐야지!”

“뭐냐, 도끼?”

어느새 도끼괴인에게 다가온 도를 멘 괴인이 물었다.

“버, 벙어리… 다, 다쳤다. 한 방이다.”

“한 방?”

벙어리괴인의 탈골된 어깨가 도를 멘 괴인의 눈에 들어왔다. 믿을 수 없는 일이었다. 벙어리괴인의 실력을 누구보다 잘 안다고 자부하는 그이기에 놀람은 더욱 컸다.

"네놈은 누구냐? 벙어리를 한 방에 물러서게 만들 실력을
가진 놈이 있을 리가 없는데……."

"천추성에서 나왔소."

"천추성? 켕! 천추성에 주먹을 사용하는 놈은 요료뿐이다.
그 늙은 중이 아니고서야……."

"제자, 종명기요."

"제, 제자… 겨우 제자 따위가."

도를 든 괴인의 팔뚝에 힘줄이 돋았다.

그러나 그가 어떠한 행동을 하기도 전에 갈피독이 먼저 나
섰다.

"이봐. 한눈도 팔고, 팔자 좋은데?"

츠르르릇—

여의마검의 푸른빛 검신이 죽 늘어나며 도를 든 괴인에게
뻗어왔다.

"제길……."

도를 든 괴인은 막으려다 물러서는 쪽을 택했다.

갈피독과 십여 번이나 격돌했지만 승패가 나질 않았다. 모
양 빠지는 일은 그만하고 싶었다.

갈피독과 종명기의 등장은 세 괴인을 충분히 당황하게 만
들었다. 겨우 사십 안팎으로 보이는 애송이 둘이 백 세가 넘
도록 구중뢰의 악마들이라 불린 자신들을 막아낸 것이다.

"범지! 이 개새끼를 반드시 죽이고 말리라!"

으드득!

“이봐, 그냥 가게?”

갈피독의 비아냥거림에 도를 멘 괴인이 뒤를 돌아봤다. 거리만 가까웠으면 그 눈빛에 갈피독의 전신은 구멍이 숭숭 뚫릴 것 같았다.

“기억해라. 우린 구중천마 중 셋이다. 세상에 나왔으니 너를 찾아갈 일은 수도 없이 많을 것이다.”

“그러든지. 난, 갈피독. 낭왕이라고 불리지. 찾는다는 자가 그 정도 정보는 알아야지. 푸하하.”

갈피독의 웃음소리가 끝나기도 전에 그들의 신형은 이미 산 정상 가까이 올라가 있었다. 대단한 신법들이 아닐 수 없었다. 하지만 갈피독은 그런 것이 전혀 대단해 보이지 않았다.

그들이 사라진 직후.

“우웩……”

말 한마디 못하고 있던 종명기의 신형이 무너졌다.

말을 안 한 것이 아니라, 못하고 있던 모양이다.

갈피독도 그제야 입가로 가느다란 선혈을 흘렸다.

“끄음… 어쩐지. 나만 그런 게 아닌 모양이군. 문 형님, 죄송……”

털썩.

갈피독은 말도 끝내지 못하고 그대로 바닥에 엎어졌다.

“이보… 갈 아우!”

문대성의 난감한 목소리가 쓰러지는 두 사람 위로 지나갔
다.

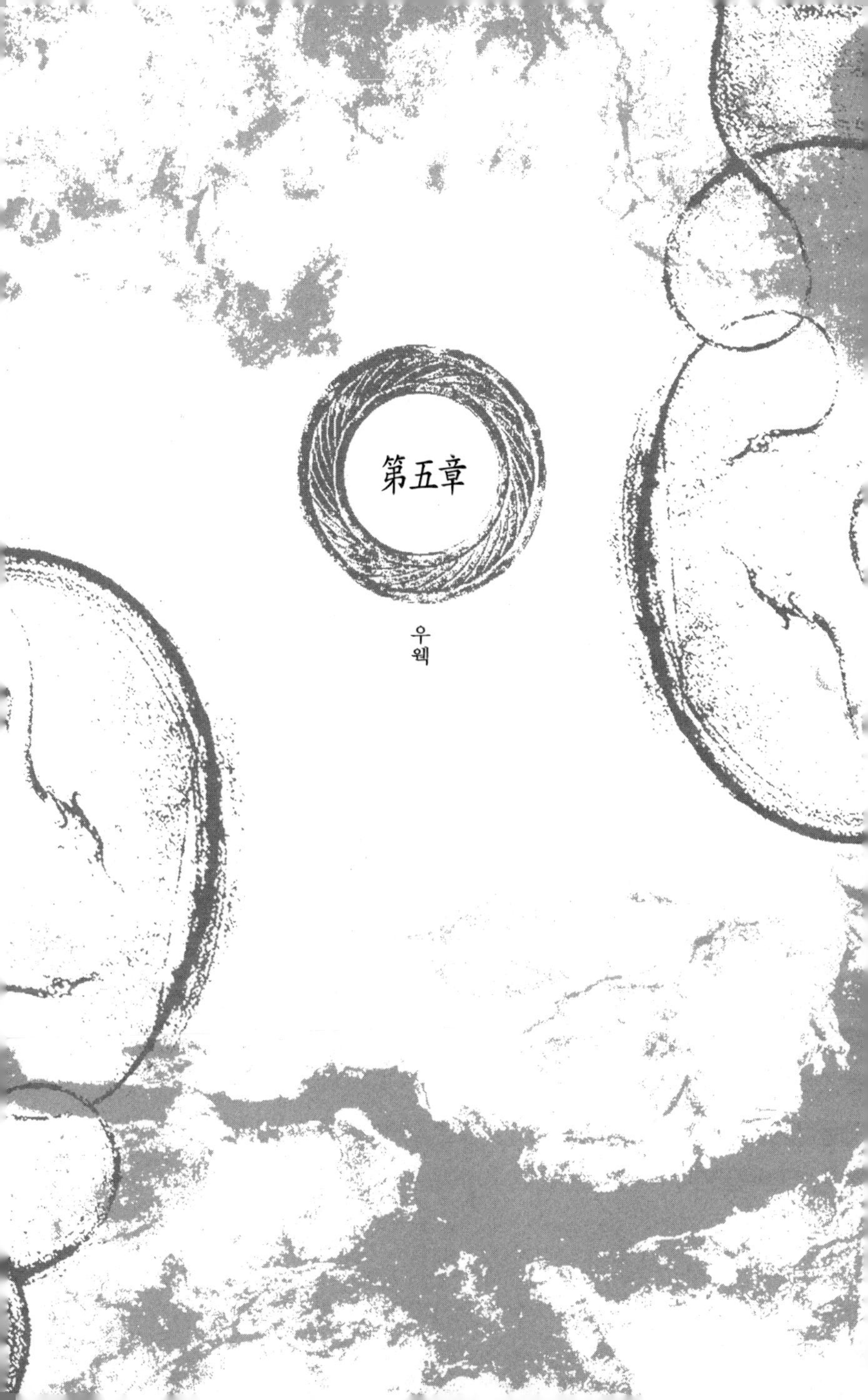

第五章
우웍

步法無敵

금빛 햇살이 창을 통해 마웅전(魔雄殿) 안으로 들어왔다. 바닥에 만들어지는 네모난 틀을 조금씩 옆으로 움직이며 대전 안을 비추었다.

대전 안에는 십여 명의 인물이 침묵의 끝에 앉아 있는 한 사람에게 시선을 모으고 있었다.

흑포를 목까지 올려 입은 노인.

대전 안에 앉아 있는 백마들이 목숨보다 소중히 여기는 거인, 마교주 장찬익이 그였다.

악마의 능력을 얻은 자, 시험에 들리라. 악마의 육체를 넘어,

악마의 목소리를 들어야 한다. 육체는 모든 것을 부수고, 목소리는 모든 능력을 부여하리니…….

손이 닿기만 해도 부서질 것 같은 양피지를 허공에 띄운 채로 읽은 지 벌써 한 식경이 지났다.

"악마의 목소리, 나는 듣지 못했다. 하나, 육체만으로도 이 자리에 서 있다. 여기에 악마의 목소리까지 들을 수 있다면 더욱 좋겠지."

읊조리듯이 느리게 울리는 장찬익의 목소리에 꺼끌거림이 담겨 있었다.

심기가 불편하다는 표시였다.

장찬익은 젊을 때 얻은 악마의 육체로 지금의 자리에 올랐지만 육체만으로는 한계가 있었다. 새로운 것을 받아들일 육체가 사라진 후에야 깨달은 것이다.

정도의 걸출한 영웅 풍우신장 역시 악마의 육체 못지않은 몸을 갖고 있었다. 장찬익의 육체가 악마의 것이라면 풍우신장의 육체는 금강역사의 그것이랄 수 있었다.

"주극이가 각성을 시작했다고?"

"예. 밀위들의 머리를 터뜨린 후 빙마가 있는 곳으로 갔습니다."

장찬익의 말이 끝나기 무섭게 가장 가까운 곳에 앉아 있던 자가 일어나서 대답했다.

"빙마의 머리를 터뜨린 것이 아니라, 있는 곳으로 갔다? 아직 완전한 각성을 이루진 못한 모양이군. 폐관한다고 할 때만 해도 능히 악마의 목소리를 들을 것처럼 굴더니. 쯧쯧. 됐다. 빙마 정도를 죽이지 못하면 각성은 아직 멀었다. 빙마에게 기회를 봐서 열제와 함께 자극해 보라고 해라."

"…알겠습니다."

미지근한 대답.

장찬익의 주름진 오른손이 왼쪽에 끼어져 있는 알 굵은 반지를 매만졌다.

"할 말이 있는 모양이군. 칠천마, 말하라."

칠천마라 불린 자는 잠시 대답하길 주저하다가 조심스럽게 입을 뗐다.

"소교주는 각성을 했습니다."

"조금 전엔 빙마를 죽이지 못했다고 하지 않았느냐?"

"빙마는 소교주가 그곳에 도착했을 때, 이미 팔이 잘린 상태였습니다."

"뭐라! 빙마가 팔이 잘려?"

장찬익이 자리에서 벌떡 일어났다.

"뒤늦게 그 장소에 도착한 열제가 한 말입니다. 하나 열제 역시 그 이후로는 모르겠다고 합니다."

"어째서?"

"두 눈을 잃었습니다."

장찬익의 미간에 주름이 잡혔다.

빙마와 열제는 그리 호락호락한 자들이 아니었다. 그랬기에 장주극을 비밀리에 호위하도록 한 것이다.

"주극이는 지금 어디 있느냐?"

"…찾고 있습니다."

"갈!"

장찬익의 입에서 고함이 터졌다.

쫘좌좍―

대전의 모든 벽에 금이 갔다.

"그자가 누구냐?"

"꼬리를 드러낸 것 같습니다."

"꼬리?"

장찬익은 칠천마의 대답에 이번엔 턱을 매만졌다.

가볍게 여길 사안이 아니란 뜻이었다.

"칠천마."

"존명!"

"네가 직접 주극이를 찾아서 보호하라. 무슨 뜻인지 알겠느냐?"

"존명!"

칠천마는 장주극을 데려오라는 명령이 아니라, 완전한 각성을 할 수 있도록 도와주란 뜻임을 알고 있었다. 신뢰하지 못하면 내릴 수 없는 명령이었다.

대전 안에 있는 인물들 중 최고의 고수인 그였으나, 장찬익의 한마디는 그가 처음 백마에 올랐을 때보다 더욱 기쁘게 만들었다.

모두 떠나간 텅 빈 대전 안.

탁자 중앙쯤의 공간이 일그러지는 것 같더니 한 사람이 모습을 드러냈다. 잔상을 이용해 시각적인 착각을 불러일으키는 환(幻)류의 무공이었다.

"풍마, 모두 들었겠지? 네 의견은?"

장찬익은 반기는 말도 없이 명령을 내렸다.

풍마라 불린 사내는 한쪽 무릎을 꿇으며 보고를 시작했다.

"소교주님은 누군가를 기다리는 듯했습니다. 천추성 장액지부 앞에서 보름 가까이 머문 일도 그렇고, 백안마군과 추격전을 벌이신 일도 그렇고, 서문세가로 향한 일도 그렇습니다."

"그 일들이 모두 연관이 있다?"

"그렇습니다. 유령신보라고, 강호에 모습을 드러낸 지 불과 몇 달 되지 않는 애송이가 있습니다. 혈포사신 중 살아남은 자의 입에서 소교주님이 유령신보를 쫓는다는 말을 들었다고……."

"갈! 주극이가 왜 그런 버러지 같은 놈을 쫓아!"

"백안마군도 같은 자를 쫓고 있었다고 합니다."

“뭐라?”

“그다음의 일은 칠천마가 설명한 그대로입니다.”

장주극 혼자서 유령신보란 애송이를 쫓아갔다는 말을 들었을 때는 분노가 확 치밀었지만, 백안마군까지 그 애송이를 쫓는다니 오히려 유령신보란 애송이에 대해 궁금해졌다.

“유령신보란 애송이의 행적은?”

“빙마와 열제를 불구로 만든 자의 정체가 미심쩍어 구중뢰의 악마들 셋을 붙였습니다. 하지만 중간에 그자를 놓쳤다는 보고를 받고 곧장 애송이를 데려오도록 명령을 내려놓았습니다.”

장찬익은 풍마에 대해 잘 알고 있었다. 벌써 삼십 년 가까이 그를 보좌하며 자리를 지키는 자였다.

“알았다. 알아서 했겠지. 그나저나 빙마와 열제를 불구로 만들 정도의 고수가 천추성 외에 또 있다니 의외구나.”

“각각 상대했던 모양입니다. 빙마와 열제가 합공만 했어도… 그러지 못한 것이 둘에겐 불행을 가져온 것 같습니다.”

“오마제와 칠천마의 위치까지 능히 올라갈 자들이었건만. 쯧. 그래도 전혀 수확이 없지는 않았구나.”

장찬익의 목소리가 낮게 깔리며 대전 전체를 감쌌다.

곧이라도 누군가가 비명을 터뜨리며 나타날 것 같은 정적이 두 사람 사이에 흘렀다.

“빙마와 열제가 금지에서 얻은 힘까지 사용했다면… 틀림

없을 것 같습니다."

"금지에서 얻은 힘까지! 그런데도 불구가 됐다고? 놈들의 수는?"

"혼자였습니다."

"……."

빙마와 열제가 얻은 금지의 힘은 극양과 극음의 힘이었다. 두 힘이 동시에 사용됐다면 오마제나 칠천마와 버금갈 수도 있는 엄청난 힘이었다.

그런 힘을 사용하고도 불구가 됐다니!

"풍마, 칠천마에게 백마 몇을 붙여 보내라."

"알겠습니다."

풍마는 대답을 하면서 뭔가 빠졌다는 생각을 지울 수가 없었다.

'뭐지… 아! 유령신보.'

처음에 보고를 올릴 때는 유령신보가 요주의 인물일지 모르니 관심있게 지켜봐야 한다고 말하려 했다. 하지만 어느새 대화에서 유령신보는 사라지고 자단에 관한 얘기만 오간 채 끝났다.

한 번 보고가 끝난 이상 장찬익 앞에서 번복이란 있을 수 없었다. 어쩔 수 없이 풍마 개인적으로 알아봐야 할 것 같았다.

칠천마 서열 이위 풍마가 바로 그였다.

　　　　　*　　　　　*　　　　　*

"아!"

등천화가 갑자기 소리치며 눈을 떴다.

채 초점이 잡히기 전에 눈으로 들어온 것은 주위의 모습이 아니라, 두 눈을 동그랗게 뜬 여인이었다. 그렇게 보였다.

"누……."

등천화는 누구냐고 물어보려고 했다.

그러나 몸은 벌써 일어서고, 여인의 흐릿한 형상은 확대되고 있었다.

딱.

"어?"

"아야!"

여인의 입에서 뾰족한 비명이 터졌다.

뒤로 발랑 자빠진 여인의 치마가 걷히며 뽀얀 살결의 예쁜 무릎이 보였다. 그제야 등천화는 이곳이 방 안이고, 여인이 간호를 하고 있었다는 것을 깨달았다.

대자로 뻗은 여인.

얼굴을 똑바로 보진 않았으나 뾰족한 목소리가 어디선가 들어본 것 같았다. 게다가 화려하기 그지없는 옷차림은 한 명을 떠올리게 만드는데 전혀 부족함이 없었다.

“푸……”

“아프… 어? 깨어났어요? 미, 미안해요. 너무 아프게 발랐
나 보다. 흑흑… 흐엉… 미안해요. 난, 남자가 그렇게 참을성
이 없을 줄 몰랐어요.”

뻗었던 여인이 일어나며 조잘거렸다.

등천화는 여인의 말속에 포함된 감정으로 한 가지 사실을
유추할 수 있었다. 깨어나서 기쁘다는.

그러나 그전에, 이 여인이 왜 약을 들고 있는지 궁금했다.
등천화는 의아한 얼굴로 입을 열었다. 아니, 열려고 했다.

그 순간.

“푸… 욱……”

아픔 때문에 나온 신음이 아니었다.

몸속에서 무언가가 입을 통해 밖으로 나오고 싶어하는 소
리였다.

이런 등천화의 속 깊은 곳의 변화도 모르고 여인은 아픔도
잊은 채 다가와 다시 약을 바르려고 했다. 등천화의 이마와
부딪친 그녀의 눈 상태는 그리 좋지 않았다.

“미, 미안해요. 흐앙, 그래도 최선을 다하는 거란 말예요.
해본 적 없는 거라서 죄, 죄송해요. 훌쩍… 서툴러서… 그러
니까 가만히 계세요.”

“으……”

등천화는 더 이상 듣고 있지 못하고 손을 내저으며 피하라

는 시늉을 했다.

“아, 아파요?”

여인은 등천화가 신음을 흘리자, 재빨리 등천화의 어깨를 누르며 움직이지 못하게 하려고 했다. 그 덕분에 등천화는 나오고 싶어하는 내용물을 참지 못하고 내뱉고 말았다.

“우웩……!”

그나마 다행스러운 것은 고개를 옆으로 돌려 여인의 정면은 피할 수 있었다.

“……!”

등천화의 모습을 바라보던 여인은 눈만 껌뻑거렸다.

자신을 발견한 등천화가 갑자기 놀란 눈을 하더니 고개를 돌린 것도 모자라 내용물을 토하고 있었다.

“뉘이… 에엑…….”

강하게 뱉어내고 있었다.

“에에엑…….”

아직도 하고 있었다. 그것도 아주 많이.

등천화의 몸속에 보름이 넘도록 쌓여 있던 나쁜 기운이 신체가 깨어나며 한꺼번에 정제되어 밖으로 분출되는 현상임을 그녀가 알 리 없었다.

“힉!”

여인은 코를 찌르는 엄청난 악취의 원인이 옷에 묻을까 앉은 채 발을 굴러 뒤로 물러섰다. 하지만 그것도 잠시였다. 종내는 손을 들어 코를 막은 후 자리에서 일어났다.

그 와중에도 등천화가 보고 있다는 생각에 눈물을 감추는 것 같은 행동을 잊지 않았다.

믿을 수 없는 충격은 그녀의 머릿속을 백지장으로 만들어 버렸고 정신을 차린 그녀의 입에서 한마디 하지 않을 수 없게 만들었다.

"흑, 흑흑… 넝뭉… 싱해……."

등천화의 행동이 너무 심하다는 것인지, 냄새가 너무 심하다는 것인지 정확히 밝히진 않았으나, 정황상 둘 모두 그녀를 서럽게 만드는데 일조한 것이리라.

밖으로 나온 뒤에도 사라지지 않는 그녀의 머릿속에 각인된 장면은 오직 하나. 등천화가 자신을 보자마자 바로 토해 버린 것이었다.

그녀가 누군가?

천추성의 꽃인 풍우산산이었다.

너무너무 서러웠다.

등천화가 다쳐서 돌아왔다는 말을 듣자마자 곧바로 달려가 직접 간호를 했건만, 대놓고 꼴 보기 싫다는 표현을 저런 식으로 한 것이다.

"나빠… 흑… 나빠!"

서문혜의 일 때문에 지난 보름 가까이 속이 새까맣게 탈대로 탄 그녀의 속이 다시 한 번 뒤집어지고 있었다.

이런 그녀를 뒤에서 지켜보면서도 나서지 못하는 옥상아의 마음도 썩 편치는 않았다.

'아가씨께선 너무 착하셔서 큰일이야.'

옥상아는 서문세가와 관련된 일을 모두 수집했다.

그런 후에 내린 결론은 상관세가에 서문혜가 돌아왔다고 알려준 것은 전혀 무관하다는 것이다.

그토록 풍우산산의 잘못이 아니라고 설득을 했지만, 풍우산산은 무조건 자신 때문이라고 우겼다.

"휴우, 아가씨 그만 우세요. 제가 들어가 볼게요."

"흑흑… 사, 상아가? 왜? 훌쩍……."

"예?"

"들어가서 뭐 하게?"

"당연히 아가씨를 울렸으니 혼이 나야죠."

"……."

"……."

풍우산산은 대답하지 않고 옥상아를 쳐다봤고, 옥상아 역시 딱한 눈으로 풍우산산을 쳐다봤다.

한동안 두 사람은 그대로 서 있었다.

그리고 풍우산산이 먼저 입술을 열었다.

"나… 풍우산산, 맞지?"

"그, 그럼요."

옥상아는 당황한 얼굴로 대답했다.

"상아는 지금까지 내가 부끄러웠던 적 없어?"

"예? 그, 그럴 리가 없죠! 아, 아가씨 왜 그러세요?"

"날 보면 막 토하고 싶고, 그런 적 없어?"

"절대!"

옥상아가 강력하게 고개를 내저었다.

그러자 풍우산산의 얼굴이 코를 기준으로 모이는 것 같더니 이내 폭발하고 말았다.

"으아아아앙… 난 어쩌면 좋아. 으허헝……."

"……."

옥상아는 조용히 풍우산산을 가슴에 안았다.

거처로 돌아온 풍우산산은 서러운 눈물을 펑펑 쏟아냈다. 등천화를 처음 만났을 때보다 훨씬 심해졌다는 것을 제외하면 달라진 것은 하나도 없었다.

"흑, 내가, 내가 있잖아, 상아… 흐엉… 정말 미, 미안해서 흐엉… 약 발라주려고 했어. 그런데… 그, 금방 깨어나잖아. 그래서… 으아아앙… 기뻐서 다가갔거든. 그런데… 으앙… 그러지 말걸 그랬어. 내가 너무 자세히 보여줘서 그랬나 봐."

'자, 자세히? 뭘?

옥상아의 시선이 풍우산산의 가슴을 향했다.

열려진 흔적이나, 찢겨진 흔적은 없었다.

"다행… 아가씨, 답답하게 울지만 마시고 말씀해 주세요.

그 사람이 아가씨의… 봤나요? 아니면 만진 건가요?”

“응? 상아야, 뭘 만져? 그런 게 아니야.”

“예에…….”

옥상아는 그제야 안심했다.

밖에 나가 있는 것이 아니었다.

풍우산산이 모욕감을 느낄 정도의 일이 일어났다면 그것은 모두 등천화의 책임이었다. 용서할 수 없는 짓을 한 것이다.

“날 보고…….”

‘보고…….’

“토했어.”

‘토… 토? 그러니까… 흐익!’

옥상아의 눈이 점점 커졌다.

풍우산산의 아름다운 얼굴을 보고서 토악질을 했다는 소리였다. 있을 수 없는 상황에 옥상아는 한동안 아무 대답도 하지 못했다.

그 때문에 풍우산산의 울음소리는 더욱 커졌다.

옥상아는 풍우산산을 혼자 들여보낸 것을 후회하며 함께 울고 싶어졌다.

그러나 그녀의 안타까움이 후딱 사라지게 만드는 말이 풍우산산의 입에서 흘러나왔다.

“흑, 흑… 옷 때문일 거야. 이 옷차림이 낯설어서 나인 줄 몰랐던 거야. 그래. 옷을 갈아입고 다시 가봐야겠어."

'이, 이건 뭐지? 그때와 하나도 다르지 않잖아?

옥상아는 머리가 지끈거리며 아파왔다.

*   *   *

햇빛이 좋았다.

백마처럼 생긴 구름을 쫓아가는 물고기의 모습이 선명하게 보였다. 이런 날은 풀밭에 누워 한숨 자도 좋을 것 같았다.

건물 안으로 들어가 문을 두드렸다.

그러나 방 안에는 아무도 없는지 대답이 없었다.

"너무 늦었나?"

종명기는 고개를 갸우뚱하고는 돌아섰다.

계창수를 만나러 왔다가 헛걸음 하게 생긴 것이다.

"클클. 왔으면 들어가지, 왜 멀쩡히 서 있어."

"아, 계 원로님."

"자자, 들어가세."

계창수는 땀을 닦으며 종명기에게 들어오라는 손짓을 했다. 손에 들린 수건은 젖어 있었다. 종명기를 오라고 하고선 수련을 했던 모양이다.

"제가 너무 늦게 온 건 아닌지 모르겠습니다."

"맞지. 그러니 기다리기 지루해서 수련하고 온 거 아닌가."

우웩 137

‘윽.’

계창수의 천연덕스러운 한마디에 종명기는 당황해서 어쩔 줄을 몰라 했다.

“왜 그렇게 서 있나?”

“그, 그런 것이 아니라, 오전 연공이 길어져서 그간 미뤄뒀던 일들을 처리하느라…….”

“됐어. 자네가 어디 내 말을 한두 번 무시하나.”

“계, 계 원로님!”

“아고, 귀청 떨어지겠네. 농담이야, 농담. 클클클.”

“예에…….”

종명기는 그제야 숨을 내쉬며 자리에 앉았다.

“그래, 녀석은 괜찮고? 얘길 들으니 많이 다쳤다고 하던데 말이야.”

등천화를 가리키는 말이었다. 계창수 나름의 관심을 표현하는 방식이었다. 하지만 종명기로서는 딱히 뭐라고 대답할 말이 떠오르지 않았다.

“그것이… 제가 봤을 때는 안 괜찮은 것 같은데, 낭왕의 생각은 다르더군요. 등 아우는 괜찮고, 자기만 다쳤다고…….”

“낭왕! 참, 일행이 더 있다고 하던데, 노인이라지 아마?”

“예. 등 아우의… 관련있는 분이라고만…….”

“뭐? 누구라고?”

“저도 자세히는 모르겠습니다.”

"그래? 이상하군. 별 사이도 아닌데 그 몸으로 세 사람을 모두 데려왔단 말이지? 큼. 하긴, 녀석과 관련이 있는 사람치고 제정신인 사람이 몇이나 되겠느냐? 클클."

계창수는 말을 하고 나서야 자신이 무슨 말을 했는지 깨달았는지, 풀썩 헛웃음을 내뱉었다.

'그 몸으로 세 사람을 모두 데려왔다? 이미 다 알고 계셨던 건가?

종명기에게 바랐던 질문이 따로 있었던 것일까?

종명기는 복잡해지려는 생각을 접었다.

생각할 것이 많은 사람은 많이 생각하고, 굳이 생각하지 않아도 되는 사람은 생각을 적게 하면 그만인 것이다.

"왜 그러나?"

"아닙니다. 계 원로님의 거처에 방문할 때마다 몸이 성치 않다는 생각이 떠올라서요."

"그런가? 유령신보가 밖에 나갔다 돌아올 때마다가 아니고?"

"그, 그게 또 그렇게 되나요? 하하하."

"클클클. 자!"

"……?"

"이젠 어떻게 된 일인지 자세히 좀 들어볼까?"

계창수의 표정이 진지해졌다.

종명기는 평리에서 만났던 자들에 대해 묻고 있음을 깨달는데 얼마 걸리지 않았다. 길게 숨을 들이마신 후 입을 열었다.

"그들은 지옥을 지키는 수문장들이라도 되는 것처럼 무지막지하게 강했습니다. 저는 그중 한 명과 권으로 겨뤘고요."

"이겼군, 그렇지?"

종명기의 표정을 유심히 살피던 계창수는 희미한 미소를 지으며 반문했다. 마치 제자의 무용담을 듣는 사부처럼 자상한 말투였다.

"한 번 부딪친 것만 가지고 이겼다고 할 수는 없지만, 제가 혼절하기 전에 그가 먼저 떠나기는 했습니다."

종명기는 머쓱해져서는 고개를 살짝 숙이며 코를 매만졌다. 언제나 보고만 하던 때와 달리, 질문과 대답을 자연스럽게 하고 있었다.

적과 일 대 일로 싸워서 승부를 낸 경험은 수도 없이 많았다. 하지만 격이 다른 상대와 일수를 나눈 것 가지고 칭찬을 받는 것은 처음이었다.

그 대상이 계창수란 것만으로도 감정이 고무되기에 전혀 모자람이 없었다. 더구나 계창수의 시선은 종명기를 무척이나 자랑스러워하고 있었다.

"그들의 정체에 대해서는 모릅니다. 저보다 먼저 싸운 갈 대협이 알고 있을 겁니다. 좀 더 싸웠으면……."

종명기는 계창수의 기대를 어기지 않기 위해 당시의 상황을 가감없이 모두 설명하기 시작했다.

'화산오검의 보고에 따르면 유령신보의 이름은 백마, 그 이상이라고 했다. 백안마군을 죽인 건 낭왕이지만, 그전의 상황까지 몰고 간 것은 녀석이라고. 이번 일로 실력이 훌쩍 커진 건가?'

심각하게 평리 계곡에서 있었던 상황을 설명하는 종명기를 보며 요료 성승의 말을 떠올렸다.

"명기를 곁에 두고서야 알았소이다. 군자는 제자리에 맞춰 처신하며 그 외의 것을 바라지 않는다는 것을 말이오. 그간 나는 진짜 용을 좋아했던 것이 아니라 용과 비슷하나 실제로는 용이 아닌 것을 좋아했던 모양이오. 아미타불……."

계창수는 신의가 있고 진중하며 따를 줄 아는, 눈앞의 종명기와 같은 제자를 두고 싶어졌다.

*　　　*　　　*

턱 아래, 목젖 바로 옆, 쇄골 앞, 어깨와 팔목, 골반 양쪽, 허벅지 안쪽, 그리고 옆구리.

등천화는 자단에게 맞았던 곳들을 기억해 냈다.

지난 보름 동안 상당 부분 회복됐지만 제대로 보법 수련을 하지 않아 개운치가 않았다.

보법 수련은 항상 해온 그대로였다.

상체는 고정시켜 놓고 하체만 움직여 한 걸음 옮겼다. 이전과 다른 것이 있다면 훨씬 느려졌다는 정도? 굼벵이도 등천화보다는 빠를 것이다.

느렸다. 그것도 아주 무지막지하게 느렸다.

한 걸음 떼어 반 족장 앞에 놓고는 발을 모았다. 그리고는 다시 반 족장 뒤로 옮긴 후 다시 발을 모았다.

'한 동작을 마치는데 일 다경이 걸려?'

한 번은 참을 수 있었다.

그러나 수련 과정을 지켜보는 사람에게 두 번은 곤욕이었고, 세 번은 죽음과 맞바꾸고 싶을 정도의 인내심을 요구했다.

더더욱 지켜보는 눈을 우울하게 만든 것은, 한 걸음 움직인 뒤에 짓는 등천화의 환한 미소였다. 뭐 그리 대단한 일을 했다고 저렇게 활짝 웃는가 말이다.

등천화는 정말로 세상에서 제일 행복한 순간이 지금이라는 듯이 웃고 있었다.

참고 참아 반나절을 지켜봤다.

여인, 옥상아는 도저히 더 이상은 무리라는 판단을 내렸다. 망설임없이 모습을 드러내며 어금니 꽉 깨문 목소리를 냈다.

"이봐, 유령신보."

꾹꾹 눌러 담은 목소리로 불렀다.

곧 등천화의 뚱한 얼굴이 돌아설 것이다.

그 얼굴에 대고 해줄 말을 준비하며 옥상아는 자세를 똑바로 했다.

그녀의 눈꺼풀이 감겼다 떠지길 세 번.

등천화는 여전히 발을 옮기고 있었다.

"장난치지 말고 돌아서!"

옥상아의 목소리가 뾰족해졌다.

하지만 그건 그녀의 사정이고, 정작 돌아서야 할 등천화는 자신의 몸과 대화를 나누느라 몰입되어 있었다.

등천화는 달라진 몸의 변화에 놀라는 중이었다.

일반적인 보법은 단전에서 시작된 힘이 하체로 향하는 흐름을 갖고 있는 반면, 십보문의 보법은 하체를 움직여 내부에 힘을 쌓는 흐름이었다.

그렇기에 축이 되어줄 상체의 역할이 어마어마하게 중요했다. 조금이라도 흔들리면 균형이 무너지기 때문이다.

한 발을 옮기는 등천화의 상체는 전혀 흔들림이 없었다. 여기까지는 이전과 같았다. 하나 등천화의 손, 상체와 마찬가지로 고정되었던 그 손이 움직였다.

막혀 있던 길이 뚫린 것이다.

이 기쁨은 십 년이란 시간을 한 가지 일에 몰두해 온 사람이 아니라면 알 수 없는 기분이었다.

기쁨을 만끽하던 등천화의 신형이 갑자기 제자리에서 사라졌다. 대신 그 자리를 당황스런 옥상의 목소리가 채웠다.

"이런……."

뒤돌아보지 않는 등천화를 공격했다가 엄한 허공만 자른 그녀의 손이 멋쩍게 뻗어 있었다.

"누구… 아! 풍우 소저와 함께 있던……."

"옥상아."

"네에, 등천화예요."

"안다."

"그럼 다행이네요."

'다, 다행이라고?

옥상아는 등천화를 노려봤다.

뭐가 다행이라는 거지?

내가 알아봐서 다행이라는 건가? 아니면 알아봤으면 방해하지 말고 할 말이나 하라는 건가?

그녀의 머리가 복잡해졌다.

보법을 수련하는 모습만 봐도 속 터지게 만드는 놈이 이젠 아예 대놓고 속 한 번 제대로 터지라고 염장을 지르는 것 같았다.

"그……."

등천화는 말을 이으려다가 날카롭게 쳐다보는 옥상아를 의아한 눈으로 바라봤다.

“어떻게 알았지?”

옥상아의 질문은 자신이 공격할 것을 어떻게 미리 알았냐는 질문이었다. 하지만 등천화는 갑작스런 그녀의 질문에 뭐라고 대답해야 할지 감이 잡히지 않았다.

그녀 스스로 이름을 알려줬으면서 어떻게 알았냐고 되물으면 어쩌란 말인가?

“옥 소저가 알려줬잖아요.”

“내가?”

“조금 전에.”

‘그럼 내가 부른 소리를 들었다는 거 아냐?’

옥상아는 순간적으로 바보가 된 기분이 들었다.

도저히 용서할 생각이 들지 않았다.

그녀는 자신의 검을 뽑았다. 아니, 뽑으려 했다.

턱.

“……!”

아직 검을 뽑지 않은 그녀의 손등을 가볍게 누르는 손가락 하나.

등천화가 어느새 다가와 있었다.

맹세코 옥상아는 기척을 전혀 느낄 수가 없었다.

“그러지 마세요.”

“뭐?”

옥상아는 어이가 없었다. 감히 그녀에게 이젠 명령까지 내리고 있었다. 하지 말란다고 안 하면 그녀가 아니었다.

“어림……!”

“하지 마세요.”

“…….”

옥상아는 대수롭지 않은 등천화의 말에 얼어붙고 말았다. 조금 전까지만 해도 순진하게만 보이던 등천화의 얼굴에 왜 갑자기 오한이 드는지 알 수 없었다.

방금까지 타올랐던 그녀의 기세가 순식간에 사라지고 말았다.

“아, 알고 있었으면서 왜 대답하지 않았지… 요? 나 정도는 얼마든지 상대할 수 있다는 뜻인가요?”

옥상아의 목소리가 살풋이 떨리고 있었다.

등천화를 몰아세우는 것이 아니라, 하고 싶은 말을 끝까지 하기 위한 발악처럼 보였다.

“몰랐어요. 옥 소저가 말해줘서 알았어요. 그렇지 않으면 제가 어떻게 옥 소저의 이름을 알겠어요. 만난 적도 없는데.”

“그건 또 무슨 소리죠? 거기서 왜 내 이름이 나오는 거죠?”

옥상아는 등천화의 장황스러운 말에 약간 용기를 얻어 목소리를 높였다. 여차하면 다시 검을 뽑을 기세가 된 것이다.

“이름을 어떻게 알았냐고 해서 이유를 말했잖아요. 옥 소저가 알려줘서 옥 소저의 이름을 알았다고요.”

“내 이름?”

"예. 이젠 오해가 풀렸나요?"

등천화는 예의 순진한 웃음을 지어 보였다.

대화가 어긋난 것이다. 옥상아는 듣고 싶은 대답이 있어서 물아갔고, 등천화는 그녀의 말을 있는 그대로 해석했기에.

결론은 옥상아 혼자서 알아서 화내고, 알아서 겁먹고, 알아서 바보가 되어버린 꼴이 됐다.

"끙. 아가씨께서 보자고 하세요. 따라와요."

"풍우 소저가요?"

"그럼 얼굴 보고 있는 내가 다른 곳에서 보자고 하겠어요? 관둬요. 이쪽으로 오세요."

더 화를 내봤자 그녀만 또 이상한 해석을 하게 될 것 같아 말을 먼저 멈췄다.

그러나 그녀는 인식하지 못하고 있지만, 어느새 등천화에게 존댓말을 하고 있었다. 변화된 등천화의 모습을 가장 먼저 알아차린 사람이었다.

갈피독과 문대성은 할 말을 잃고 멍하니 서로를 쳐다봤다. 등천화의 상태를 알아보기 위해 왔다가 흥미만점의 장면을 목격했기 때문이다.

"와! 저 계집의 콧대를 완전히 눌렀네. 파하! 그나저나 어떻게 저런 움직임이 가능하지? 나름 보법을 익힌 사람으로서 무지하게 창피하네. 놓쳤어요. 쿵."

"허허. 문주님, 대단하시군. 순간적으로 그런 움직임을 보이시다니, 내 눈으로도 쫓아가기 힘들 정도로 빠르셨네."

두 사람 모두 등천화의 움직임을 놓쳤다.

옥상아처럼 가까이 있지 않았으면서도 언제 옥상아에게 다가갔는지 보지 못했다.

"수련이라고는 단순하게 한 걸음 앞으로 갔다가 한 걸음 뒤로 가는 것밖에는 없으면서. 휘유."

갈피독은 고개를 저었다.

"문주님의 보법을 반도 흉내 내지 못하는 내가 할 말은 아니지만, 내 생각엔, 그러니까 순전히 내 생각일세. 내 생각엔……."

"아이구, 답답하게 정말. 뭔데요?"

"원 사람도. 그냥 내 생각일세, 내 생각."

"아, 그러니까! 그 생각이 뭐냐고요!"

"허허. 문주께서 그 괴물과 싸울 때를 봤잖은가?"

"이형환위?"

어렵잖게 떠올릴 수 있는 단어였다.

"안 잊고 기억하는군. 그때 봤던 대로 이형환위는 실제 하는 모양일세."

"뭔 소린지……."

문대성은 알려주는 것 같지만 자세히는 설명해 주지 않으면서 혼자만 웃었다. 그런 문대성을 보며 갈피독은 눈을 납작하게 만들며 고개를 가로저었다.

"속도야. 보법은 신법과 달리 속도 조절이 어렵잖은가?"

문대성은 자신의 생각에 확신을 갖으려다, 갈피독이 보법과 신법을 모두 펼칠 줄 아는 고수란 것을 상기하고 동의를 구하는 쪽으로 방향을 틀었다.

"속도?"

갈피독은 아직도 문대성이 말하는 속도의 의미를 확실히 이해하지 못한 것 같았다.

"느려야 빨라지는 의미와 같은 거지."

"느려야 빨라진다? 쿵."

"하나, 반드시 속도만 빠르다고 해서 이형환위라고 할 수는 없지."

"쿵. 매번 느끼는 거지만 형님의 말은 알다가도 모르겠소."

"하나는 분명하네. 문주께서 아프고 난 지 한 달도 안 돼서 더 멀리 가버리셨다는 걸세. 휴우……."

문대성은 꽤나 묵직한 한숨을 내쉬었다.

등천화가 보여준 동작을 문대성은 못 본 부분까지 머릿속으로 유추해 낼 수 있었다.

'저 여인이 문주님을 공격하겠다고 결심한 순간 문주님은 이미 움직였다. 그걸 몰랐으니 여인은 문주님의 잔상을 공격하게 됐고… 허! 잔상이라니. 얼마나 빨리 움직여야 생기는 건가. 허허. 냉정하게 주시해도 보기 힘든 움직임을 격앙된 상태에서 검까지 뽑으려 했으니 못 보는 것이 당연하지. 손가락 하나로 저 정도의 여인을 제압했다면 누가 믿을까? 또 올라가셨군. 도대체 어디까지 가시려는 건가. 허허, 허허허.'

헛웃음밖에 나오질 않았다.

문대성은 옆에서 갈피독이 이상한 눈으로 보고 있지만, 딱히 설명할 수 있는 방법이 없기에 모른 척 등천화를 뒤따랐다.

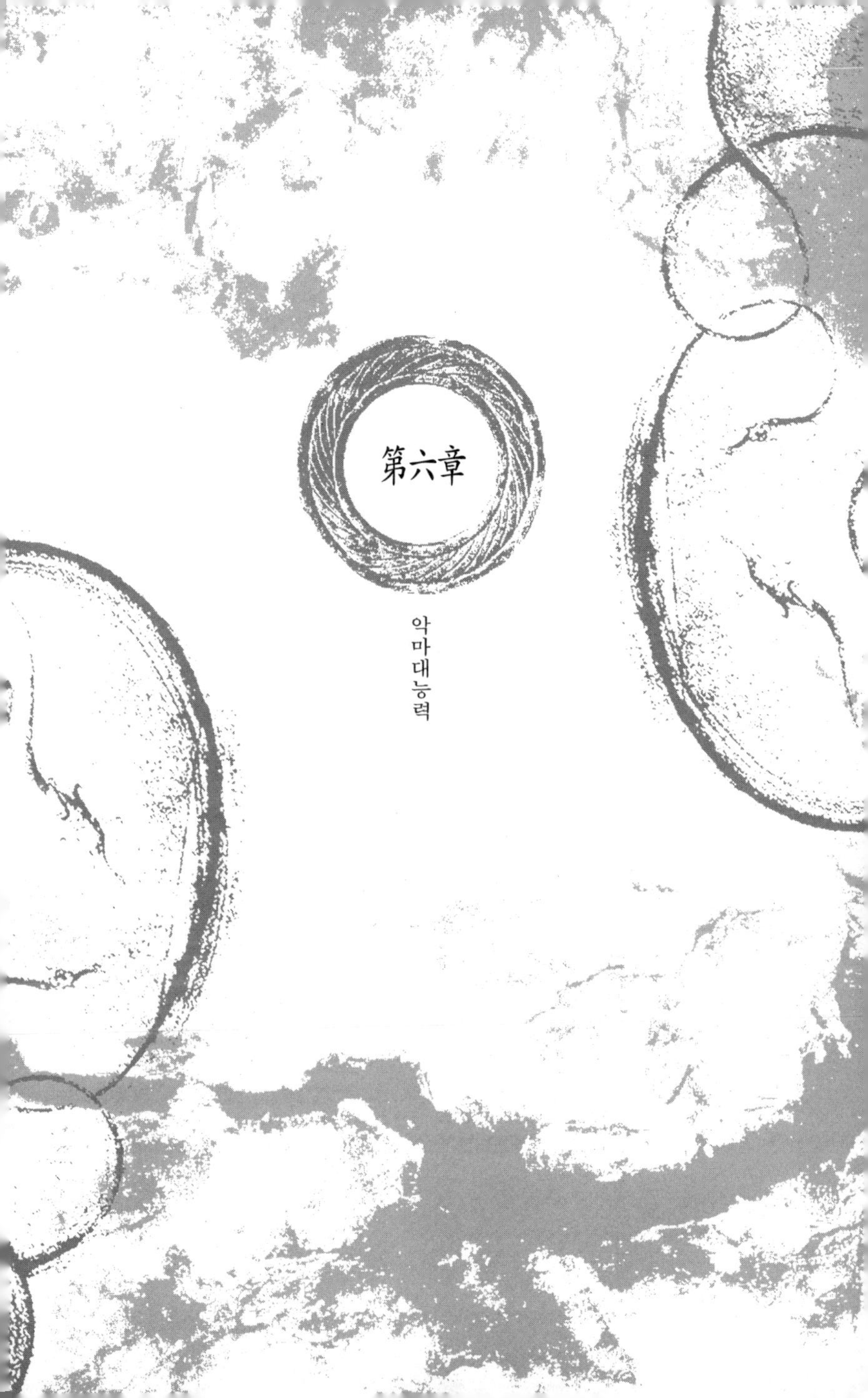
第六章
악마대능력

　빙마의 팔을 자르는 대가로 피부가 수십 군데나 찢겨져 나갔고, 열제의 두 눈을 파버린 대가로 팔 한쪽이 뭉그러지고 말았다.

　"끄으으… 아아압!"

　자단은 고통스러운 비명을 지르며 허리를 쭉 폈다.

　척추에서 피부색보다 진한 암흑마기가 피어났다.

　겉으로 보기에는 다친 것 같지만, 실제로는 암흑마기가 찢겨지고 뭉그러진 것뿐이었다.

　암흑마기가 전신을 감싸자 이내 피부는 원래대로 돌아오게 됐다. 자단은 호흡을 가다듬으며 몸을 이리저리 움직였다.

"개뼈다귀 같은 놈들. 감히 소중한 내 몸을 이렇게 만들어? 다 죽었어. 다… 큭. 이건 뭐지?"

자단의 목 뒤쪽이 따끔거렸다.

무의식적으로 손을 목 뒤로 가져갔다.

"……!"

황당하게도 상처가 만져졌다. 상처에서 손을 떼어 눈앞으로 옮기는 순간 자단의 한쪽 눈썹이 치켜 올라갔다.

"피……."

암흑마기로 치료가 안 될 정도의 상처를 입은 기억이 없었다.

그렇다면 이 피는?

빙마의 수분을 얼려서 사용하는 강기나 열제의 화염 공격이 위력적이긴 했어도, 등 뒤를 내줄 정도는 아니었다.

'그럼… 놈이?

빙마와 열제를 죽이려는 순간 멀리서 짐승과 같은 포효가 들렸다. 괴물의 형상을 한, 언뜻 보기엔 장주극이 분명했으나, 다가올 때까지 기다리기엔 그 기세가 제법 대단했다.

그러나 몸을 피할 때도 공격을 받은 기억이 없었다.

상당한 거리가 떨어진 것도 있지만, 공격이 몸에 닿았다면 자단이 모를 리가 없기 때문이다.

주먹 한 방에 실신하며 나가떨어지던 장주극을 떠올렸다. 그것이 모두 계획된 행동이라면? 본 실력을 감추고 마지막 순간을 노린 행동이었다?

'말이 안 된다.'

그런 실력을 가진 놈이 부하들의 한 팔이 잘리고 두 눈을 잃은 상태까지 두고 볼 리가 없잖은가?

하지만 심증이 가는 사람은 뒤늦게 나타난 장주극처럼 보이는 놈뿐이었다.

일단은 숨을 돌려야 했다.

암흑마기를 한 번 더 끌어올렸다.

제법 시간이 지난 후에 자단은 다시 목 뒤로 손을 댔다.

"……!"

피는 묻어나지 않았으나, 오돌토돌한 느낌이 여전했다. 현 강호에서 자단의 암흑마기를 뚫고 피부까지 상하게 할 수 있는 무공은 오직 악마대능력과 십이천강추 외에는 없었다.

잠마의 말이었으니 틀림없을 것이다.

"악마대능력… 놈이 그걸 익히고 있었단 말인가?"

장주극의 모습을 떠올리자 목 뒤쪽이 따끔거렸다.

목 뒤쪽이라 자단 자신은 볼 수 없었으니, 오돌토돌하게 만져지는 부분이 변색되고 있었다. 타원형의 회색빛의 둥근 반점이었다.

장주극이 악마대능력을 각성했을 때 나타나던 색과 거의 일치했다.

*   *   *

어두운 회색빛 하늘이 점점 옅어지며, 낯선 군청색 하늘로 변한다. 전신의 힘이 어딘가로 빠져나가는 것이 느껴진다.

천지가 회색빛으로 물들었다가 색을 되찾는 이 시간은 바로 빼앗겼던 정신을 되찾는 순간이었다.

기억하기로 두 번째 하늘을 보는 것 같았다.

첫 번째는 곧바로 잠에 취해 버리고 말았고, 언제 깨어났는지는 기억에 없었다.

이번이 두 번째였다.

이번에는 정신을 놓지 않아야 했다.

감기려는 눈을 억지로 부릅떴다.

얼마나 흘렀을까?

앉아 있었던 모양이다. 고개를 돌려 주위를 돌아봤다. 무감정한 눈이 수없이 널려진 시체들을 지나쳤다. 이와 비슷한 광경을 본 것도 같았다. 아마도 첫 번째 정신이 돌아왔을 때일 것이다.

"다 뒈진 모양이군."

무감정한 말을 툭하고 내뱉었다.

못해도 수백 구는 족히 될 법한 시체들.

그들을 자신이 죽였는지 아니면 다 죽은 후에 이 자리에 오게 됐는지는 중요하지 않았다. 벌레처럼 꿈틀거리기만 할 줄 아는 자들은 죽어도 괜찮았다.

일어나 발을 뗐다.

마교총단으로 돌아가야 한다는 생각을 떠올린 순간, 눈앞을 엄청난 속도로 주위 경물이 지나갔다.

느낌상으로는 두어 걸음 움직인 것 같았으나, 어느새 시체들을 지나친 후였다.

설마 겨우 두어 걸음 움직였을 뿐인데.

장주극은 뒤를 돌아봤다.

"……."

시체들이 가득했던 장소가 보였다.

단 두 걸음에 삼십여 장을 지나친 것이다.

멍하니 시체들을 바라보던 장주극의 시선이 위쪽으로 올라갔다. 의식적으로 한 행동은 아니었다. 그저 누군가 다가오기에 쳐다본 것뿐이었다.

그들 중 가장 앞서서 달려오는 자는 장주극도 아는 신법을 펼치고 있었다.

'마흘류(魔吃流).'

마교 내의 수많은 신법 중에 자신의 등장을 알리고 싶은 사람들이 종종 사용하는 신법이었다.

'구조백.'

얼굴이 기억났다.

"마제육가주 구조백이 소교주님을 뵙습니다!"

구조백은 급히 신형을 떨어뜨려 장주극의 앞에 무릎을 꿇었다. 그 모습에 장주극은 미간을 좁혔다.

이곳에 그가 있는 것을 어찌 알고 왔을까?

기억에 없는 시간 동안 무슨 일이 있었지?

그러나 구조백이 장주극을 발견한 것은 우연에 불과했다. 근처에 시체들이 많다는 보고를 받고 흉수가 누구인지 알아보려 왔던 것뿐이었다.

구조백은 장주극의 행색이 말이 아닌 것을 보고 의아하게 여겼다. 하지만 일단은 장주극 외에 다른 사람이 있는지를 확인해야 했다.

'태어나길 잘 태어난 놈. 교주님의 혈육만 아니었어도……'

구조백의 돌아선 얼굴에는 장주극을 경멸하는 빛이 가득 담겼다.

"구조백… 기억난다."

'기, 기억난다?

장주극의 황당한 말에 구조백은 돌아서서 다시 허리를 가볍게 숙였다. 겉으로 내색하면 안 된다는 것은 이미 마교 내에 있을 때부터 수없이 겪어온 일이었다.

장주극은 돌아선 구조백을 가볍게 무시해 주고는 그의 뒤쪽으로 시선을 옮겼다.

"저들도 마제육가 소속인가?"

행색만큼이나 힘 빠진 목소리였다.

구조백의 눈에 순간적으로 갈등이 스쳤다.

'칠천마가 나섰다는 말만 듣지 않았어도 이자들로 하여금 죽여 버리라고 하고 싶구나.'

그랬다가는 마제육가는 삼족이 멸해지고 말 것이다.

구조백은 쓴웃음을 지으며 자신의 뒤쪽에 있는 세 괴인을 돌아봤다. 조금만 충동질시키면 장주극을 죽이겠다고 덤벼들 텐데.

"아닙니다. 이들은 다른 임무를 띠고 온 자들입니다. 구중천마 중 셋입니다."

"구중천마?"

"구중뢰에 있던 자들입니다."

"구중뢰? 거긴 감옥 아닌가? 한 번 들어가면 나오지 못한다는."

"마, 맞습니다. 하하하."

구조백은 자신도 모르게 웃음이 튀어나왔다.

구중뢰를 단순히 감옥을 치부하는 장주극이 우스웠기 때문이다.

꿈틀.

장주극의 미간에 주름이 잡혔다.

"웃어? 구조백, 지금 내 앞에서 웃은 거냐?"

장주극의 눈동자가 천천히 구조백에게 고정됐다.

'뭐, 뭐지? 이 위압감은?'

구조백은 전신을 옭아매는 장주극의 시선을 떼어내기 위
해 몸을 움직여 봤으나, 그럴수록 더욱 얽매이는 느낌을 떨칠
수 없었다.

"죄, 죄송합니다."

부지불식간에 대답이 튀어나왔다.

장주극의 시선이 조금만 더 자신의 몸에 붙어 있으면 어떻
게 될지 모른다는 불안감이 생각보다 먼저 입을 움직이게 한
것이다.

말도 안 되지만 구조백은 두려웠다.

장주극에게 두려움을 느끼고 있었다.

"용서는 한 번뿐이다."

"뼈에 새기겠습니다."

겉일 뿐이지만 구조백의 완전한 굴복의 표시에 장주극은
시선을 풀어주었다.

"죄인들을 데리고 뭘 하는 거지?"

번뜩!

장주극의 고갯짓에 구조백의 뒤에 서 있던 세 괴인의 눈빛
이 험악해지며 거북이 등껍질처럼 갈라진 얼굴들을 들었다.

눈빛에서 흘러나오는 기운이 예사롭지 않은 자들이었다.
하나 그들을 바라보는 장주극의 눈에는 일말의 긴장감도 없
었다. 마치 너희들 정도는 자극도 안 된다는 듯이 오연히 바
라보기까지 했다.

'내 앞에 있는 자가, 내가 알고 있던 자와 동일인물이라니. 어떻게 할까?'

구조백은 곧 손을 쓸 세 괴인을 말릴지, 말지에 대한 결정을 내리지 못했다. 내버려 두면? 어쩌면 그가 원하는 결과가 생길지도 몰랐다.

그러나 이 모든 것을 칠천마가 지켜보고 있다면?

"소교주님, 죄송합니다. 설명이 늦었습니다. 제 동생을 죽인 자를 찾아 교를 떠났다가, 이들과 함께 움직이라는 천외신마님의 명령을 받고 수행 중이었습니다."

"천외신마?"

장주극의 반문에 구조백은 뒤쪽의 세 괴인을 눈짓으로 가리키며 조용히 대답했다.

"따로 말씀드리겠습니다. 안 그래도 칠천마님께서 소교주님을 찾기 위해 교를 떠나셨다는 연락을 받은 참이었습니다. 만나셨습니까?"

"칠천마께서? 아버님이 보내신 모양이군."

"만나실 때까지 모시겠습니다."

칠천마에 관한 애기가 나오자, 구조백의 뒤쪽에 있던 괴인들도 움찔거렸다. 아무리 구중뢰의 악마들이라 불리는 자들이었지만 칠천마란 이름은 무시하기에 너무 컸다.

"어쩔 수 없지. 놈을 아직 찾지도 못했는데… 어이, 너희들 셋."

장주극이 다시 한 번 턱짓으로 세 괴인을 불렀다.

세 괴인은 이를 악물고 참았다.

돌아가 제자인 어범지를 죽이기 위해서는 장주극의 건방짐은 참아야 했다. 하지만 그건 그들의 생각이고, 대답도 하지 않는 죄인을 장주극이 봐줄 이유가 없잖은가?

"다들 벙어리로 만들었나? 죄인 주제에 주인의 질문을 씹어? 너희들은 돌아가는 즉시 죽는다."

장주극은 세 괴인에게 통보를 하고는 돌아섰다.

쿵.

묵직한 물체가 땅에 박히는 음향과 함께 기괴한 목소리가 장주극을 돌려세웠다.

"크크크. 더 이상 두고 볼 수가 없구나. 안 그래도 네 아비에게 빚이 있었다. 대가리에 피도 안 마른 놈이 뭐라고? 우리는 저 약삭빠른 놈하고 달라. 벙어리가 어떻다고? 카, 퉤. 우린… 우린……."

도를 땅에 박은 괴인의 말끝이 흐려졌다.

돌아선 장주극의 눈과 마주치는 순간, 그의 머릿속에 있던 무수한 말들이 날아가 버리고 말았다.

회색빛 동공.

구중뢰로 끌려가기 전에 단 한 번 만났던 마교주 장찬익의 눈빛이 이곳으로 소환된 것만 같았다. 생애 처음으로 두려움이란 것을 느꼈던 눈이었다.

괴인은 도를 뽑자마자 공격하는 것이 아니라, 방어 자세를 취했다. 그의 모습에 도끼를 든 괴인이 답답하다는 듯이 앞으로 나섰다.

"어, 어… 이, 이봐, 칼. 왜, 왜… 그, 그냥 미, 밀어. 내, 내가 한……."

"안 돼!"

도를 든 괴인이 소리치는 것과 동시에 벙어리 괴인이 도끼를 든 괴인의 팔을 잡아끌었다.

그러나 세 괴인의 반응은 회색빛으로 물든 장주극의 신형을 잡지 못했다.

찌우― 욱!

공간이 찢기는 음향이 일었다.

세 괴인의 뒤쪽에 나타난 장주극이 잔인하게 웃으며 손을 들었다.

퍽.

도끼를 치켜든 괴인의 뇌 한쪽이 터져 나갔다.

"어……."

남아 있는 뇌에서 입은 벌리도록 해주었다.

그러나 도끼 든 괴인을 말리려고 했던 다른 두 괴인의 심장과 단전이 차례로 터져 나가며 그의 행동은 무의미해지고 말았다.

신체의 일부분을 잃어버린 세 구의 시체는 너무도 처참했다.

“이, 이럴 수가⋯⋯.”

극강(極剛)!

구조백은 쩍 벌어진 입을 다물지 못했다.

펑리계곡을 지날 때 세 괴인과 함께 움직이라는 서찰을 받았다. 개개인의 능력만 놓고 따지면 백마 중위권 서열에 있는 누구와 싸워도 밀리지 않을 실력의 소유자들이라고 했다.

다른 경로를 통해 확인해 본 바에 의하면 틀림없었다.

그런 자들을 장주극은 가볍게 터뜨려 버렸다.

‘으으으⋯ 지, 지금 내가 꿈을 꾸는 거냐? 쓸모없어야 하는 인간이 어떻게 저들 셋을 단 한 수로 죽일 수 있단 말이냐!’

시체에서 흐르는 피를 봤다.

장주극이 악마의 탈을 쓴 신장처럼 보였다.

정신이 번쩍 들었다.

눈앞에 있는 젊은 악마는 그가 알던 장주극이 아니라, 위대한 마교주 장찬익의 피를 고스란히 전해 받은 선택된 존재인 것이다.

스스슷―

반쯤 부풀었던 장주극의 머리카락이 가라앉았다.

눈이 시린 듯 눈을 여러 번 감았다 떴다.

“죄인이면 죄인답게 뒈지는 것도 더러워야지. 크크크. 안 그러냐, 구조백?”

뼛속까지 차가워지는 목소리에 구조백은 허리를 반으로

접었다.

"마, 맞습니다!"

장주극은 강자였다.

강자한테 허리를 숙이는 것은 마교인이라면 전혀 부끄러운 일이 아니었다. 그런 환경에서 자란 그에겐 너무나 당연한 일이었다.

"피곤하다. 칠천마가 오기 전까지 쉬겠다. 안내하라."

장주극은 쏟아지는 졸음을 참기 위해 눈을 부릅떴다.

악마대능력의 위력이 이 정도일 줄은 손을 쓴 장주극도 예상하지 못한 결과였다. 세 괴인의 움직임이 한눈에 들어오며 어떻게 움직여야 하고, 어떤 수법을 사용해야 할지 몸이 알아서 움직였다.

머리카락 한 올까지 신경이 닿는 느낌이 어떤 것인지 알 것 같았다.

"예."

구조백은 장주극에게 완전한 승복을 약속하는 목소리로 말했다. 하지만 그의 머릿속은 바쁘게 움직이고 있었다.

그에게 서찰을 전해준 사람은 채운하였다.

그녀가 이르길, 구중뢰에 남아 있는 악마들까지 불러내야 하니 시간을 최대한 끌라고 했었다.

'그녀가 원하는 대로 됐군. 이제 놈만 끌어내면 된다. 유령신보, 의걸이에 이어 허무까지. 사지를 갈기갈기 찢어 죽여

버리겠다!

*　　　*　　　*

하늘엔 붉은색 빛과 먹을 찍어 바른 것 같은 검은 구름이 조화롭게 어우러져 있었다. 풍우산산의 눈동자에 담긴 하늘은 또 달랐다.

“아가…….”

“부르지 마세요.”

등천화가 조용히 손가락 하나를 입에 대며 고개를 저었다. 옥상아는 째려보기는 했으나 더 이상은 풍우산산을 부르지 않았다.

등천화는 풍우산산의 눈에 담긴 그림을 감상하고 있었다. 웃음 짓게 만드는 길이 그녀의 눈에서부터 시작됐다.

이때, 옥상아의 입에서 불쑥 한마디가 튀어나왔다.

“아가씨, 아름답지 않나요?”

“예? 예.”

“아름다운 건 볼 줄 아네… 요? 그런데 아까는 왜 그랬죠?”

“예?”

“깨어나자마자 아가씨를 보고 토했다면서요? 그게 아름다운 아가씨께 할 짓인가요? 그것 때문에 아가씨께서 얼마나 큰 충격을 받으셨는지 아나요? 가서 사과하세요.”

옥상아는 풍우산산이 듣지 못하게 최대한 조용히, 꽉꽉 눌러서 말했다.

"아!"

"아? 혹시… 이제야 기억이 났다는 말을 하려는 건 아니겠죠?"

"엄… 이제야 기억이 났어요."

"이이……."

차라리 인정이나 하지 말 것이지.

그때였다.

"등 소협, 오셨어요?"

풍우산산이 활짝 웃으며 두 사람을 향해 걸어왔다.

일어선 그녀의 모습은 앉아 있을 때보다 훨씬 아름다웠다.

"호호호. 상아, 네가 보기엔 어때? 전에는 너무 화려한 것 같아서 단아하면서 차분한 옷으로 골랐어."

"……."

옥상아는 대답할 말이 없었다.

토한 것도 잊어버리는 자가 풍우산산의 옷차림에 관심을 둘 리가 없다는 것을 깨달았기 때문이다.

풍우산산은 옥상아가 대답을 하지 않자, 걱정스러운 표정이 되어 조심스럽게 다시 입을 열었다.

"…다른 걸로 바꿀까?"

풍우산산의 표정이 시무룩해졌다.

옥상아가 급히 손을 내저었다.

"아, 아니에요, 너무 아름다우셔서 잠시 할 말을 잃었을 뿐이에요. 아가씨께서 앉아 계신 모습을 보고 등 소협이 황홀한 표정을 지었다니까요?"

"정말?"

믿기지 않는다는 풍우산산의 반응에 옥상아는 속으로 난처했으나, 이미 배는 강을 건너고 있었다.

"등 소협, 아가씨 너무 아름답지 않으세요?"

"예? 예에."

등천화의 어정쩡한 대답에 옥상아의 눈빛이 변했다. 풍우산산이 만족할 만한 대답을 찾으라는, 그렇지 않으면 목숨을 걸겠다는.

"아, 아름다우세요, 풍우 소저!"

등천화가 다급하게 다시 대답을 하자, 그제야 옥상아의 눈빛이 풀어졌다. 그 모습에 등천화는 풍우산산에게 하고 싶었던 말을 이었다.

"조금 전에 노을을 바라보고 있을 때 풍우 소저가 만들어 낸 길은 정말 일품이었어요."

'길?'

풍우산산은 해석 불능의 단어에 고개를 갸웃거렸으나, 자신을 칭찬하는 말이란 것을 분위기로 파악하고 손뼉을 쳤다.

"어머, 어떻게… 고마워요, 등 소협!"

‘윽.’

옥상아는 슬며시 손바닥으로 살갗을 조용히 문질렀다. 풍우산산의 반응이 너무도 놀라웠기 때문이다. 놀랍게도 사랑에 빠진 여인에게서만 볼 수 있다는 닭살스런 형태의 대화를 하고 있는 것이다.

“아, 아가씨, 저녁 식사를 소성주님과 함께 하시기로 한 것 잊지 않으셨죠?”

“응? 응. 어차피 네가 오빠를 모시고 올 거잖아. 난 괜찮으니까 알아서 해. 너도 그게 좋잖아?”

말을 마친 풍우산산의 입가에 웃음이 걸렸다.

너도 그게 좋잖아, 너도 그게 좋잖아…….

옥상아의 귀에 풍우산산의 목소리가 계속해서 감돌며 얼굴을 화끈 달아오르게 만들었다.

풍우산산은 괜찮아 보였다. 그녀를 잘 아는 옥상아가 그렇게 느낄 정도면 괜찮은 것이다.

“흠흠. 그럼 저는 소성주님을 모시고 오겠습니다.”

“응.”

옥상아는 지나가면서도 등천화만 남겨놓은 것이 영 마음에 들지 않는 표정을 지었다. 하지만 어쩌겠는가, 풍우산산이 저토록 들뜬 표정을 짓고 있는데.

옥상아가 문을 나서는 것을 확인한 풍우산산은 등천화에게 앉을 자리를 내주고는 직접 차까지 따라주었다.

“서문 소저가 없어서 심심하시죠?”

“예?”

등천화는 갑작스런 질문에 멍한 표정을 지었다.

스스로에게 묻는다.

서문혜가 없어서 심심했나?

귀찮게 하는 사람이 없기는 하지만, 안 보이면 은근히 걱정돼는 사람이 없기는 하지만, 그렇다고 심심하진 않았다.

단지, 보고 싶었다.

“…….”

풍우산산은 등천화가 대답을 못하고 상념에 빠지자, 방해하지도 못하고 안절부절못했다.

괜한 말을 꺼낸 모양이다.

그녀는 사과를 하기 위해 꺼낸 말인데, 분위기만 어색해져버리고 말았다.

“등 소협, 제가 괜한 얘기를…….”

“…….”

“등 소협?”

“…….”

등천화의 귀에는 아무 소리도 들리지 않았다.

서문세가에 갔을 때, 수혜련이 끓여준 맛있는 차를 마실 때가 생각났고, 서문일청에게 암기 던지는 수법을 배울 때가 떠올랐기 때문이다.

"등……."

"헤, 이렇게 큰 무덤을 만들어줬어요. 사부님 무덤보다 크면 안 되지만, 비슷하면 사부님도 뭐라고 하지 않으실 테니까. 예? 뭐라고 하셨어요?"

"아니에요. 그래서요?"

풍우산산은 고개를 저으며 편안하게 웃었다.

"곽 소저는 많이 괴로워하다가 길이 끊겼어요. 이거 보이세요? 죽기 전에 씌워주고 갔어요. 안 받아도 되지만, 그럴 수가 없었어요."

등천화가 붉은 손목을 보여주었다.

"받기 싫으면 받지 말지 그랬어요."

"꼼짝 못하고 누워 있었거든요. 거부할 형편이 안 됐던 거죠. 하하하."

"예? 호호호."

"……."

"……."

풍우산산은 등천화가 웃기에 따라 웃었을 뿐이었다.

그런데 갑자기 웃음을 멈추면 어쩌란 말인가?

또다시 어색해지고 말았다.

"강해요."

등천화가 어색함을 전혀 개의치 않으며 말을 꺼냈다.

"제, 제가요?"

"아니요, 그자요. 서문 소저와 서문 대협 부부의 길을 끊은
자, 강해요. 기억은 안 나지만 피하는 것도 힘들었던 것 같아
요. 그래도 자전초는 갖고 왔어요. 이것도 가져오지 못했으면
아마 서문 소저가 꿈에 나타나 막 혼냈을 거예요. 그 사람도
길이 끊겨야지요."

'아! 이제야 알겠다. 길이란 말은 사람이 죽는 것을 뜻하는
거구나.'

보물도 아니고 한 사람의 입에서 나오는 단어를 해석하는
것이 이렇게 기쁠 줄이야.

등천화의 말은 두서가 없었으나, 듣는 풍우산산은 가슴이
울렁거리는 걸 참느라 혼이 나야 했다.

서문세가를 멸문시킨 자단이란 자를 죽이겠다는 의지가
느껴졌기 때문이다.

풍우산산은 서문혜가 집으로 돌아간 것을 상관세가 알린
사람이 자신이라고 말을 하려 했으나, 차마 입이 떨어지질 않
았다.

그 말을 하고 난 후에 자신을 보는 등천화의 시선을 감당할
자신이 없었다. 무슨 말인가를 하려고 몇 번이나 시도했으나,
끝내 아무런 말도 하지 못하고 두 사람은 앉아만 있어야 했
다.

조용해서 어색한 건지, 어색해서 조용한 건지 모르는 시간
이 계속됐다.

등천화가 풍우산산과 낯선 상황을 보내고 있을 때, 갈피독과 문대성은 문지혁의 거처로 들어서고 있었다.

"어?"

"오랜만에 뵙는군요."

놀라는 갈피독과 달리 풍우건중은 담담하게 아는 척을 했다. 은근히 부담스럽게 만드는 사람이었다.

"큭. 오랜만이오."

갈피독의 입에서 무의식중에 반 존대가 나왔다.

함께 들어서던 문대성은 깜짝 놀라 풍우건중을 쳐다봤다. 멀쑥하게 생긴 청년으로 기품이 느껴지기는 했어도 갈피독에게 반 존대를 받을 정도의 실력은 없어 보였다.

풍우건중의 뒤를 따르는 옥상아가 갈피독을 노려보며 살기를 드러냈다. 하지만 만날 때마다 노려보는 그녀를 갈피독은 가볍게 무시하며 안으로 들어갔다.

막 문이 닫히려는 순간, 가녀린 손이 문을 잡았다.

"낭왕."

옥상아였다.

"왜?"

"한 번만 더 소성주님께 무례하면 그때는 각오해야 할 것이다."

"알았으니까, 너부터 각오하고 와. 뒤에 숨어서 고백도 못하는 주제에. 쿵."

"……!"

옥상아는 문을 잡은 채로 굳어버렸다.

갈피독의 말뜻을 알아버렸기 때문이다.

부정할 수 없는 여심을 다른 사람에게 들켰다는 것이 그녀의 수치심을 자극했다.

"당신, 각오해."

탕—

문이 닫혔다.

"당신, 각오해. 쳇. 쿵이다, 쿵."

"갈 아우, 괜찮나?"

"계집이 말이야, 고분고분한 맛도 없이 딱딱한 막대처럼 있으면 어느 남자가 좋아하겠냐고요. 지가 잘못하는 걸 알려주면 고맙다고나 할 것이지."

갈피독은 신경 쓸 것 없다며 따라오라고 손짓했다.

그러나 문 밖에는 당연히 따라 나올 줄 알고 기다리던 옥상아가 몸을 바르르 떨고 있었다.

"마, 막대… 나보고 막대라고 했겠다."

빠드득.

옥상아는 이를 갈며 문을 노려봤다.

"일단은 소성주님을 모셔야 하니 참지만, 오늘 밤에 두고 보자."

"갔던 일은 잘 해결하고 왔나?"

풍우건중은 풍우산산과 함께 있는 등천화를 보고 웃으며 먼저 말을 건넸다. 만날 때마다 당황스럽게 만들어서 성가시기만 했던 등천화였으나, 근 한 달 만에 보니 오히려 반가웠다.

그러나 반가움에 건넨 한마디로 인해 분위기가 희한하게 변하고 말았다.

등천화는 눈을 껌뻑이며 뚱한 표정으로 대답을 하지 않았고, 풍우산산은 딸꾹질을 참으며 놀란 눈이 됐으며, 옥상아는 눈을 감고는 고개를 돌리고 말았다.

"잘 안 된 모양이군. 잠깐 얘기 듣기로는 서문……."

"소성주님, 등 소협은 서문 소저를 만나러 갔었습니다."

"……."

옥상아의 한마디로 풍우건중은 모든 상황을 이해하게 됐다. 서문세가의 혈겁이 일어났던 것과 등천화가 무관하지 않다는 것까지.

"그랬군. 어떻게 할 생각인가?"

"찾아야죠."

등천화는 예의 순진한 웃음을 지으며 대답했다.

찾아야 한다는 말속에 숨겨진 의미를 모를 풍우건중이 아니었다.

“산산이라면 도움을 줄 수 있을 걸세.”

“괜찮습니다.”

“그자를 찾아서 응징할 생각이라면 도움을 받게. 도와줄 사람까지는 몰라도 산산이가 말을 해놓으면 자네 혼자 움직이는 것보다 찾는 것이 훨씬 빠를 테니까. 그렇지 않니, 산산아?”

“그럼요! 서문 소저의 일은 곧 천추성의 일이니까요.”

풍우건중이 돌아보기도 전에 풍우산산은 활짝 웃으며 대답했다.

같은 말이라도 참으로 듣기 좋은 말이었다.

등천화는 새삼스럽다는 듯이 풍우산산을 바라봤다.

“엄… 풍우 소저를 위해서도 그 편이 낫겠네요.”

등천화가 한 말은 듣기에 따라 별말 아닐 수 있었다.

그러나 듣고 싶은 말을 듣지 못한 사람에겐 오해의 소지가 다분한 말이기도 했다.

‘나를 위해서라니? 혹시 다 알고 있는 거 아니야? 어떻게 알았지?

풍우산산은 긴장한 얼굴로 등천화를 빤히 쳐다봤다.

어떻게 알았는지 묻고 싶어 미치기 일보 직전이었다.

그러나 다행스럽게도 비녀들이 다가왔다.

이후로 식사가 끝날 때까지 네 사람은 거의 말을 하지 않았다.

"다들 입맛이 없는 모양이군. 식사는 이만 끝내기로 하지. 등 소협, 서문세가를 멸문시켰다면 보통 고수가 아닐 텐데, 어찌 상대할 생각인가?"

"사람들의 길을 끊지 못하게 해야죠."

"길?"

등천화가 말하는 길은 목숨이라고 풍우산산이 조용히 귀띔을 해주었다. 풍우건중은 여동생의 말 때문에 더욱 의아해지고 말았다.

무슨 수로 자단을 죽이겠다는 건지 감이 오질 않기 때문이다.

"그를 상대할 방법이 있다는 건가?"

풍우건중의 질문에 등천화는 오히려 의아한 눈으로 바라보았다.

"그가 나를 상대해야죠. 세상에는 똑바로 걷지 못하는 사람들이 많아요. 똑바로 걷는 것이 옳다는 것을 알려줄 생각이에요."

'똑바로 걷는 것이 옳다? 후후후.'

풍우건중은 등천화의 한마디로 그동안 심적인 변화가 많았다는 것을 느낄 수 있었다. 하지만 기분 좋은 변화였다.

"후후후. 좀 모질어진 것 같기도 하군. 하지만 아직 모자란 것 같아서 한마디 하지."

"……."

"한 가지는 명심하게. 자네가 그를 죽이지 못하면, 그가 자네를 죽인다는 것을."

의미심장한 조언이었으나, 등천화는 역시나 표정 관리를 너무 잘했다. 풍우건중은 등천화의 표정을 보면서 도통 무슨 생각을 하는지 의아해지고 말았다.

'내가 왜 저런 말을 했을까?

등천화가 첫 만남에서 호신위 세 가지를 한 번 보고 외워버려서? 아니면 이곳으로 오기 전에 마주친 갈피독과 같은 고수의 신뢰 깃든 눈을 봐서?

스스로의 마음은 다른 사람을 속여도 자신만은 속이지 못했다.

이젠 용서하지 않겠다는 등천화의 한마디 때문에 그의 가슴이 순간적으로 타오른 까닭이다.

'그러고 보니 사공원 그 친구에게 언제고 저런 말을 한 적이 있었던 것도 같군. 마교의 무리가 강호에 존재하는 한 천추성은 사라지지 않을 거라고. 후후후. 그때의 순수함은 이제 내게서 사라진 건가? 내가 돌아왔음을 알면서도 굳이 강호로 나간 것만 봐도 뜨거워진 것이겠지. 보고 싶네, 친구.'

풍우건중은 등천화를 통해 사공원을 보려다가 문득 어이없는 웃음을 터뜨렸다. 자신의 모습에서 사공원을 보았기 때문이다.

　　　　　*　　　　　*　　　　　*

　호남성 부근의 궁가주루.

　귀티 나는 옷차림을 한 사내의 모습은 주루 어디에서도 눈에 확 들어올 정도로 단연 군계일학이었다.

　소음으로 인해 술잔에 담긴 술이 흔들렸다. 주루 안의 모든 사람들은 자신들만 생각하며 먹고 마시고 떠들었다.

　이곳에 사내가 있다는 것을 어느 한 사람도 알아차리질 못하고 있었다.

　십 년 만에 처음으로 세상에 나왔다.

　사람들은 그에게 익숙해지려 노력하는 천추성의 무인들과 달랐다. 그를 아무도 신경 쓰지 않았다. 오히려 그에게 적응하라고 말하는 것 같았다.

　"쿡. 우습군. 내가 이런 무리들과 함께 앉아 있어야 하다니."

　주루 전체를 통틀어서 그의 일수를 받아낼 자는 한 명도 보이지 않았다. 이런 자들은 아무리 많아봐야 소용없었다.

　잔에 비친 자신의 모습을 목 안으로 털어 넣은 후 다시 잔을 채울 때였다.

　"혹시, 천추성에서 나오시지 않으셨습니까?"

　자리에 앉은 후부터 그에게 다가오기 위해 많이 망설이던 걸음의 주인공이었다.

“대공자님이 아니신지…….”

확신하지 못하는 목소리에 잔 떨림이 묻어났다.

그제야 그가 고개를 들어 아는 척하는 사람을 쳐다봤다.

‘저자가 야우십팔영(夜雨十八影)이란 곳의 대형인 막조(鄭造)인 모양이군. 야우비비라고 하던가? 발걸음이 가볍기는 하군.’

야우십팔영은 단 열여덟 명으로 이루어진 정보매매단으로, 정보를 매매하는 세계에선 제법 명성을 날리고 있는 자들이었다.

이 그들에 대한 얘기를 들은 후라 알아보는 것은 전혀 어렵지 않았다.

“얼마?”

“풉풉풉. 역시 대공자님이셨군요. 찾으시는 자들이 있는 곳을 알아내느라 제 아우 중 한 명이 크게 다쳤습니다. 황금 다섯 냥은 받아야 할 것 같습니다.”

“비싸군.”

“목숨 걸고 하는 일이니까요.”

“마교에선 누가 와 있지?”

“정보를 원하시면…….”

“위치를 물은 것이 아니라, 마교에서 나온 자를 묻는 것이다.”

“정보를 원하시면 황금 열 냥이 추가됩니다.”

꿈틀.

사공원의 이마에 살짝 주름이 생겼다가 사라졌다.

기분이 안 좋다는 뜻을 전달했으나, 막조는 생글거리는 표정으로 꿈쩍도 하지 않았다.

그때였다.

"황금 한 냥은 지금, 나머지 한 냥은 나중에 주겠다."

"……!"

사공원이 아닌 다른 목소리가 흥정을 건네왔다.

막조는 슬며시 목소리의 주인을 돌아봤다.

탁자 앞에 멈춰선 남자는 차가운 인상에 묵의를 입고 있었다.

"탄수 무벽!"

막조가 화들짝 놀라 뒤로 물러섰다.

덕분에 시끄럽던 주루 안이 일시에 조용해졌다.

무벽은 사공원과 함께 나온 제마강림대의 대주였다.

"한마디만 더 지껄이면 대공자님 모욕죄로 야우십팔영은 오늘부로 사라진다."

"정보……."

막조는 흥정을 하려다 이내 포기하고 말았다.

"탄수 무벽이 그렇게까지 말을 하면 어쩔 수 없지. 칠천마와 백마 중 일곱이 마교를 떠났는데, 목표가 이곳이라고 하오. 이곳에 얼마나 많은 마인들이 있는지는 모르오."

막조는 재수 옴 붙었다는 표정으로 돌아섰다.

툭.

"가져가라. 그 정도 정보라면 받을 자격이 있다."

사공원이 금낭을 던진 후 자리에서 일어났다.

소리만 들어도 금낭 안의 내용물이 무엇인지 아는 막조였다. 집어 들기를 망설이다가 재빨리 품에 넣고는 자리를 떠났다.

"밖에 제마강림대가 기다리고 있습니다."

무벽은 못마땅한 눈으로 사라지는 막조를 쏘아보고는 사공원에게 허리를 굽혔다.

"칠천마가 나왔다고 한다. 내가 오는 것을 안 모양이지? 후후후. 가자."

사공원은 칠천마의 애길 듣자마자 기분이 좋아졌다.

제마강림대는 마교를 상대하기 위해 정예 중에 정예들이었다. 이들이라면 백마 일곱은 몰라도 한둘쯤은 상대할 수 있었다.

'칠천마, 한 번 싸워보고 싶은 상대였다.'

벌써 몸이 달아올랐다.

원로원에서 언제나 말하던 오마제와 칠천마 중 한 명과 싸우게 된 것이다.

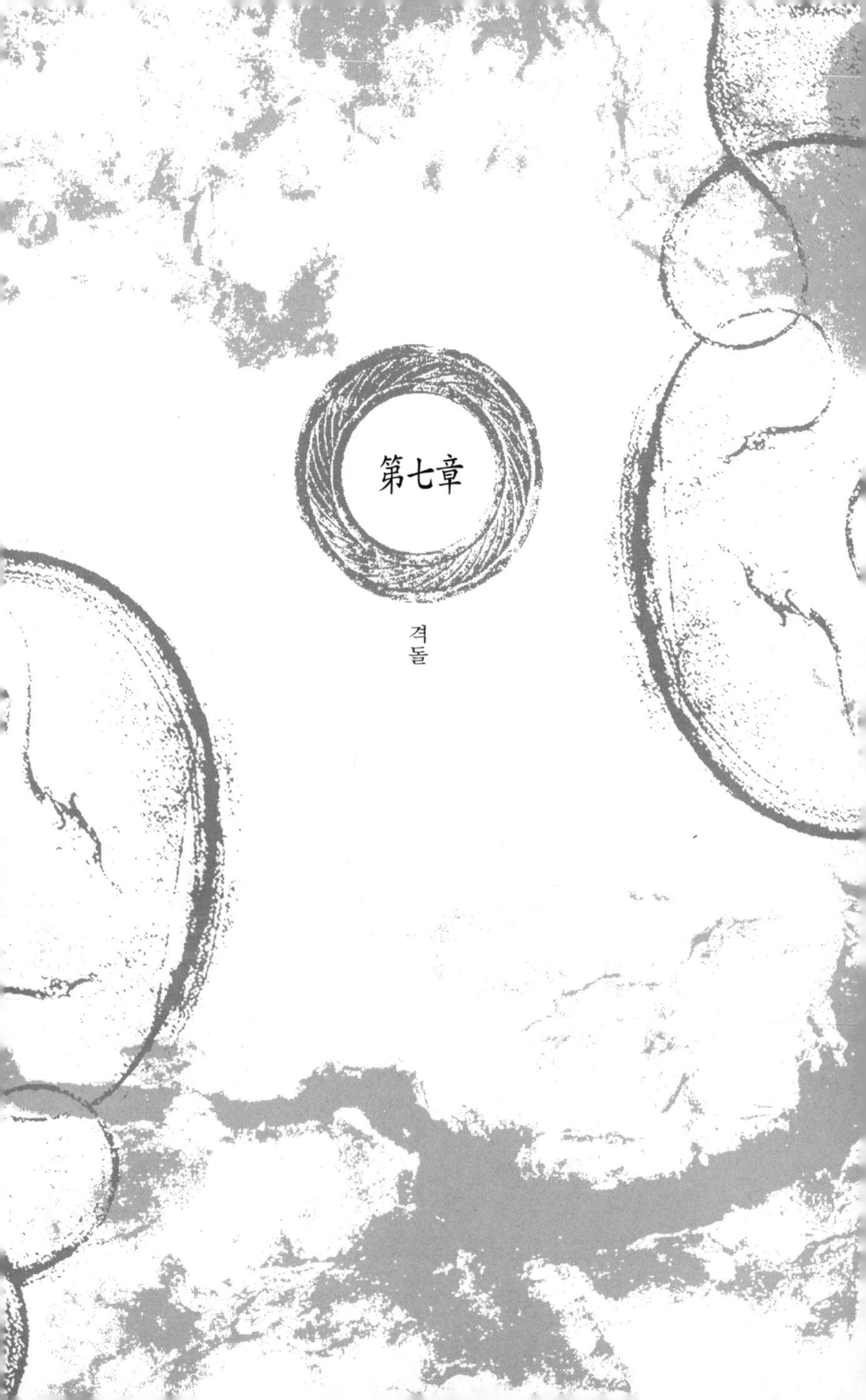
第七章
격
돌

步法
無敵

막조는 야우십팔영이 모여 있는 장소로 이동하는 도중 금
낭을 풀었다. 그 안에는 놀랍게도 금원보가 세 개나 들어 있
었다. 그중 한 개는 그의 품으로 들어가고 나머지를 다시 금
낭에 넣었다.

새로 들어온 대원 덕분이었다.

막조를 포함해 역대 야우십팔영 중 최고의 무공을 지녔으
며, 단신으로 마교의 임시 진영까지 엿보는 과감함까지 지닌
기대주였다.

이대로만 가면 몇 년 안에 야우십팔영을 그에게 물려주고
자신은 마누라 엉덩이나 두드리며 편안히 살 수도 있을 것 같

았다.

“마교에선 칠천마, 천추성에선 대공자 사공원이 떴다. 이보다 좋은 기회는 없다. 이들이 왜 호남에서 싸우려 하는지만 알면 더할 나위 없을 것 같은데 말이야.”

막조는 아쉬움에 입맛을 다셨다.

어느새 야우십팔영이 모여 있는 허름한 주루에 도착했다. 주인에게 거나한 상을 차리도록 한 다음 방으로 올라갔다.

“왔네, 형제들.”

“어찌 되셨습니까?”

홀쭉한 체형에 얄상한 목소리를 지닌 사내, 곽부가 제일 먼저 물었다.

“어찌 되긴, 금원보 두 개를 받아왔지.”

막조가 금낭 안의 금원보를 꺼내자, 모두 몰려들었다.

금원보 한 개만 해도 앞으로 이 인원이 일 년 동안은 아무것도 안 하고 실컷 먹고 놀 수 있는 금액이었다.

그러나 이들과 다른 생각을 하는 사람도 있었다.

“대형, 대공자와 만난 겁니까?”

“그러니까 이걸 받아왔지. 자네가 가져온 정보니, 당연히 자네의 몫이 제일 크네. 하하하.”

“언제쯤 싸운다고 합니까?”

“이보게 그런 것은 중요하지 않네. 우리가 낄…….”

“가시죠.”

"이보게, 우횡! 자네가 아무리 귀주제일검이라고 하지만 우리에겐 우리만의 규칙이 있는 거야."

막조의 외침에 우횡이 천천히 돌아섰다.

천추성의 나후무장이 될 뻔한 그가 야우십팔영에 들어간 이유는 오직 하나였다.

천추성이 아니더라도 자신의 이름을 알릴 수 있는 방법은 많았다. 천추성의 위사 따위에게 패한 것은 그리 중요하지 않았다.

그렇게 생각하기 위해 일부러 야우십팔영을 선택하고, 마교의 임시 진영에 있는 졸개들이 소변 보면서 나눈 얘기를 듣기까지 한 것이다.

"약속이 다르잖습니까, 대형. 이번 싸움에 우리도 나선다고 하지 않았던가요?"

"당연히 나서야지! 하나, 싸움은 그들이 하고 우리는 지켜보면서 필요한 정보를 얻어야지. 그것이야말로 우리가 할 일이요, 사명인 것이야."

막조는 마지막 말을 마치고 깜짝 놀랐다.

자신이 한 말이라고는 믿지 못할 정도로 멋있었다.

'나중에 또 써먹어야겠다. 그것이야말로 우리가 할 일이요, 사명인…….'

"닥쳐! 돈밖에 모르는 작자야!"

그의 생각을 우횡이 단칼에 잘랐다.

검까지 뽑아 든 우횡의 모습은 단호했다.

저 검을 막을 수 있는 사람은 이곳에 없었다.

"대형, 나도 우 소제와 같은 입장입니다. 왜 우리는 항상 정보나 캐러 다녀야 합니까? 이번엔 우리도 나섭시다. 다들 어때?"

"당연히 그래야지요! 기다리던 바입니다."

"곽 이형 말에 전적으로 동감입니다."

사람들이 저마다 우횡의 손을 들어주었다.

막조는 아우들의 행동을 보며 뿌듯함을 느꼈다.

"역시 아우들이다."

우왕좌왕하든지, 어정쩡한 편을 들면 우횡의 검은 벌써 불을 뿜었을 것이다.

일치단결해서 우횡을 속여주는 아우들의 모습은 감동, 그 자체였다. 하마터면 품에 감춘 금원보로 회식을 하자는 말까지 나올 뻔했다. 하지만 그건 아니었다.

"그 말을 기다렸다. 오늘은 실컷 마셔라! 이 대형이 한 턱 쏘마! 우횡, 그동안 잊고 있던 투지를 일깨워 줘서 고맙다. 하자, 우리 함께하자!"

막조는 말을 끝내며 우횡을 와락 끌어안았다.

"죄송합니다. 제가 너무 과격하게……."

"자넨 남자야. 남자라면 당연히 그럴 수 있다!"

"……."

우횡은 감동으로 눈물이 쏟아지려는 걸 억지로 참아냈다. 이들을 선택한 것은 참으로 잘한 일이었다.

그날 밤, 우횡은 술이 코로 들어가는지 입으로 들어가는지 모를 정도로 마셨다. 징그럽게 마셨다. 야우십팔영 전원이 돌아가며 부어주는 술을 전부 받아 마셨고 그것도 모자라 자진해서 술독에 빠지는 재주까지 보여주었다.

그렇게 그날은 지나갔다.

새벽닭이 울 때가 돼서야 뻗은 우횡을 보며 야우십팔영은 그 어느 때보다 뿌듯함을 느끼며 방바닥에 쓰러져 잤다. '자고 일어나도 싸우자는 소리는 못하겠지' 라는 생각에 킥킥대며 웃기까지 했다.

다음날, 일치단결된 자세로 썩은 내 풍기며 코를 골고 있을 때, 그들을 깨우는 목소리가 어렴풋이 들렸다.

막조가 가까스로 눈꺼풀과 싸움을 벌어 한쪽을 떴다.

해를 가리고 한 명이 어슴푸레 보였다.

땀을 줄줄 흘리는 우횡이 그곳에 있었다.

"대형! 사람들의 움직임이 심상치 않습니다. 우리도 서둘러 함께 움직여야겠습니다."

"너……."

"우횡이에요. 형님들의 의기에 반해서 잠을 거의 못 잤는데 몸이 가뿐하네요."

"……."

막조는 입에서 썩은 내가 나는 것도 모르고 입을 벌린 채 눈만 껌뻑거렸다. 그리고는 곽부와 나머지 아우들을 돌아봤다. 그들 역시 막조와 별반 다르지 않았다.

아무 말 못하는 아우들을 보다가 슬며시 품속을 만져 보았다. 다행히 금원보 하나는 남겨 있었다. 이것마저 풀었으면 억울해서 죽어버렸을지도 몰랐다.

"알았다."

말려줄 것이라 믿었던 아우들 어느 한 사람도 반박해 주는 놈이 없었다. 어제는 너무나 자랑스럽던 아우들이 이젠 바보 천치들로 보였다. 하지만 이미 엎어진 물이었다.

*　　　*　　　*

구름 한 점 없는 맑은 하늘인데도 천추성 정문을 나서는 세 사람의 눈에는 그리 화창하게 느껴지지 않았다.

"떠그랄. 여기도, 주군도 마음에 안 들어, 안 들어!"

갈피독은 뒤를 돌아보며 소리쳤다.

아침에 일어나자마자 등천화를 찾았다.

등천화가 갈 만한 곳은 모조리 뒤졌으나, 끝끝내 찾지 못했다. 곧장 계창수를 만나러 갔다. 그는 역시 등천화가 어디 있는 알고 있었다.

늙은 여우를 상대하는 건 이래서 싫었다.

등천화를 찾는다는 말을 어디로 들었는지, 갈피독을 부추기며 천추성에 도움을 달라는 말만 연거푸 하는 것이 아닌가?

당장 말하지 않으면 천추성으로서는 어마어마한 손해를 입을 것이라 호통을 치고서야 알게 됐다.

"허허. 그만하게. 문주님은 아직 모른다잖은가."

"주군이면 주군답게 어딜 가는지 알려는 줘야 할 게 아니유!"

"아셨다면 그리 가셨을 리 없지."

문대성은 갈피독을 다독거려 주고는 애잔한 눈으로 천추성을 뒤돌아봤다. 얼마나 보고 싶었던 손자였는지 모른다. 하지만 정작 만난 후에는 거의 얘기를 나누지 못했다.

등천화와 문대성의 관계는 초문에서 태어났을 뿐인 문지혁과는 무관한 문제였다. 그렇게 정리하는 것이 좋았다.

'할아비가 갑자기 떠나서 섭섭하겠지만, 그것이 좋은 게야. 성주님을 뵈었으면 했는데…….'

등천화가 계창수의 부탁을 받고 새벽에 성을 떠났다는 말을 듣자마자, 두 사람은 바쁘게 성을 나섰다.

갈피독은 아직도 화가 풀리지 않는지 계속해서 투덜거렸다. 문대성의 상식으로도 등천화의 행동은 이해할 수 없었다. 일문의 문주란 사람이 어떻게 부하들에게 알리지도 않고 사라질 수 있는지.

"등 아우라면 충분히 그럴 수 있습니다, 갈 대협. 계 원로께선 옳은 일을 해야 하는데, 손이 필요하다고 했을 겁니다. 그런 말에 무척 약하거든요, 등 아우는."

종명기는 등천화를 처음 만나서 마교의 지부를 깨뜨렸던 기억을 떠올렸다. 그때 등천화를 움직이게 만든 것은 한마디 말이었다.

"옳은 일을 해야 하는데 네가 필요하다."

이 말 때문에 등천화에게 유령신보란 별호가 생겼던 것이다.

"후후후."

종명기는 아무리 생각해도 그때 일을 잊을 수 없었다. 아니, 평생 그 일을 잊는 일은 생기지 않을 것이다.

갈피독은 혼자서 실실 웃는 종명기를 향해 뭐라고 쏘아주려다 그놈의 '등 아우' 란 호칭 때문에 참았다.

그가 주군으로 모시는 사람의 의형에게 함부로 대할 수는 없는 노릇이기 때문이다.

"허허허. 전부는 아니지만, 종 대협의 말을 어느 정도는 이해할 것 같습니다."

마교에서 천추성의 고수를 인질로 잡고서 유령신보와 교환하자는 제안을 했다는 걸 문지혁을 통해 들었다. 갈피독에겐 아직 비밀로 하고 있었다. 얘기를 해주는 것이 옳겠으나,

저 성질머리에 폭발이라도 하면 등천화의 입장이 난처해질
수 있었다.

"대공자님이 계시거늘 왜들 난리인지……."
계창수는 갈피독 등 세 사람이 성을 나섰다는 보고에 고개
를 가로저었다. 등천화를 보낸 곳엔 갈피독과 비교도 할 수
없는 고수인 사공원이 있었다.
요료 성승, 잠우 진인, 화산검선. 이 세 사람이 인정한 고수
인 사공원과 함께 있는데 뭐가 걱정돼서 줄줄이 쫓아가는가
말이다. 차라리 다른 곳의 일이나 도와줄 것이지.
이때, 문이 열리며 부하 한 명이 다급한 목소리로 보고를
올렸다.
"계 원로님, 급한 보고입니다."
"말해라."
"사천을 경유해 호남으로 들어선 자들이 있습니다."
"흘흘. 너, 죽고 싶냐? 사형이 꽤 쓸 만한 제자라고 해서 낼
름 받아왔더니, 좀 똑바로 못해!"
"열흘 전에 사천성 북측에서 발견한 자들과 어제 들어온
보고에 적힌 자들의 복장이 같습니다."
"가만, 열흘?"
"총 여덟 명, 그중 일곱은 백마들이었습니다."
"하나는?"

“그자 때문에 보고를 드리는 겁니다. 칠천마일 가능성이 큽니다.”

“뭐! 칠천마? 게다가 백마 일곱이라고? 이것들이 갑자기 미친 거 아니야? 확실하지?”

“예.”

계창수는 쏜살같이 방을 나섰다.

“칠천마!”

원로들이 이구동성으로 외쳤다.

백마 일곱 명이 함께 움직인다는 것만 해도 엄청난 사건이었다. 하지만 백마 따위라고 치부하게 만드는 인물이 등장한 것이다.

“대공자님이 위험합니다. 증원을 해야 합니다.”

계창수가 진중하게 제안했다.

“현재 그곳에 가 있는 인원은 어떻게 되오, 계 원로.”

잠우 진인이 머리를 싸매며 물었다.

“대공자님과 제마강림대, 그리고 새벽에 출발한 유령신보 뿐입니다.”

“유령신보?”

조용히 대화를 듣고 있던 화산검선이 반응을 보였다.

며칠 전 사문인 화산파에서 한 장의 서찰이 올라왔다. 거기엔 유령신보란 자에 대한 얘기가 적혀 있었다.

화산오검을 구해주고 백마 중 한 명을 간단히 제압한 청년 고수로, 서문세가의 혈겁을 일으킨 흉수와 일 대 일로 겨루기까지 했다는 글이었다.

"왜 그러십니까, 화산검선?"

"아닙니다. 말씀 나누시지요."

화산검선이 손을 내저었다.

잠우 진인은 그런 화산검선을 잠시 바라보다가 이내 말을 이었다.

"유령신보가 순순히 가던가요, 계 원로?"

"서문세가를 멸문시킨 괴물과 일 대 일로 싸우는 희생정신을 가진 훌륭한 청년입니다. 기꺼이 가겠다며 새벽에 출발했습니다."

"자세는 괜찮은 청년이구려. 하나, 소문은 과장이 심하게 됐더군요. 듣기로는 잠마혈존이란 자와 싸우던 자리에는 구대문파의 일대제자들과 오대세가 중 한 곳인 상관세가의 가주까지 있었다고 하던데 말이오. 어쨌든, 유령신보란 자의 선택은 훌륭했소."

잠우 진인은 등천화를 한 번도 본 적이 없으면서 아주 당연하다는 듯이 말했다.

"흠흠. 유령신보는 아직 자신이 인질과 교환이 되는 줄 모르고 있습니다. 인질을 구하러 갔으니까요."

"잘하셨소, 계 원로. 그런 일은 굳이 말하지 않는 편이 좋으니까."

"그게 무슨 말씀이십니까?"

"자신이 인질과 교환되는 걸 알면 유령신보란 청년이 갈 리가 없으니까요. 차라리 모르고 가는 편이 본인을 위해서도 나을 겁니다."

"그, 그게 무슨 말씀이십니까? 유령신보를 희생시키겠다는 뜻인가요?"

"대의를 생각하세요, 계 원로."

"점창제일곤 이건과 곤륜무쌍 강무, 이들 둘을 살리기 위해 유령신보를 희생시킨다는 건 말이 되질 않습니다. 각 지부… 아니, 마교에서 직접 유령신보를 지목한 것만 봐도 아시지 않습니까!"

계창수가 눈을 동그랗게 뜨며 목소리를 높였다.

잠우 진인은 등천화의 협의를 완전히 왜곡시켜서 전달하고 있었다.

천추성의 부탁으로 나선 젊은 영웅.

누가 봐도 이런 모양새가 어울리는 결정이었다.

"허! 계 원로, 천추성의 제자들보다 유령신보가 중요하다는 말씀이오? 게다가 언제 그를 희생시킨다고 했소? 그곳엔 대공자님이 계시오."

잠우 진인의 대답에 계창수가 다시 발끈해서 반박하려 할 때였다. 구수한 목소리의 화산검선이 일어나며 두 사람을 말리는 손짓을 했다.

"잠우 진인, 계 원로, 두 분 모두 진정들 하세요. 허허허. 이 늙은이가 제안 하나 하겠소. 이 늙은이가 가면 어떻소?"

"……."

계창수는 할 말을 잃었다.

요료 성승, 잠우 진인과 함께 천추성주 풍우신장 외엔 최고수로 칭송되는, 말 그대로 검을 쥔 신선이었다.

원로원에 침묵이 흘렀다.

오마제 칠천마를 상대해 보지 못한 사람들이 대부분이었다. 칠천마의 무공이 강하다는 것은 짐작들을 하겠지만, 실제로 얼마나 강한지는 아무도 모르는 것이다.

그러나 화산검선은 알고 있었다.

직접 싸우기까지 했으니 누구보다 잘 알고 있었다.

잠우 진인은 한동안 고심하는 표정을 짓다가, 요료 성승을 돌아봤다.

"성승……."

"아미타불, 누가 있어 화산검선께서 내린 결정을 만류하겠습니까. 끊어야 할 인연이 있다면 끊는 것이 인지상정이지요."

요료 성승과 잠우 진인이 갑자기 자리에서 일어나 화산검선을 향해 포권을 취했다.

화산검선은 마주 포권을 취하고는 원로들을 죽 둘러보다

두 사람에게 말을 건넸다.

"두 분도 함께 가시지요. 우 원로, 과 원로."

모두의 시선이 그들 두 사람에게 집중됐다.

우시백과 과한기의 제자가 바로 이건과 강무였다.

*   *   *

쾅!

백마 서열 칠십구위에 올라 있는 마면신구(魔面神球)의 만년한철로 만든 구체가 뒤로 튕겨졌다.

그의 앞에는 넓은 도면을 세운 채로 강한 승부욕을 드러내고 있는 미인이 서 있었다.

"뭐야, 겨우 공이나 갖고 노는 놈이 무슨 백마야. 그리고 그 뻔쩍이 가면 벗으면 안 되겠냐? 눈부셔서 어디 싸움이나 결판지게 하겠어? 사사천림을 아주 우습게본 모양인데. 아주 다 뒈질 줄 알아!"

목소리는 여인이 분명했다.

하지만 과격한 어휘 선택과 힘을 쓰는 모양새가 웬만한 강호고수 못지않은 위력을 갖고 있었다.

"제법이구나, 계집이."

"계집이? 흐응, 사내새끼께서는 뭐가 쪽팔려서 가면을 쓰고 계신데요? 하긴 아까 그 난쟁이 똥자루만 한 새끼에 비하

면 네가 낫기는 하다. 그 새끼는 두꺼비를 처먹고 자랐대?'

여인은 조금 전의 충돌로 내상을 입은 상태였으나, 백마가 언제 손을 쓸지도 모르면서 여전히 걸쭉한 입담을 내뱉었다.

'쓰벌, 괴물은 괴물이구만. 이럴 때 사부님들이 나서주면… 가만, 사부님들? 그러고 보니 한 놈이 사라졌… 혹시……'

여인의 고개가 뒤로 돌아갔다.

다시 되돌아와 마면신구를 쳐다보자, 그가 고개를 끄덕였다. 그녀의 예상이 맞았다는 것을 의미했다.

"이런 썩을! 사부님들은 지금 정상이 아니란 말이야. 너, 여기 꼼짝 말고 있어."

여인이 급히 신형을 움직이자, 마면신구의 신형이 사라지며 그녀의 앞에 나타났다.

"비켜!"

쾅!

"안 된다. 독마가 올 때까지 너는 이곳에 있는다."

"지랄!"

여인은 혼신의 힘을 다해 도를 세워 마면신구를 반으로 갈랐다.

쾅— 콰쾅!

연속으로 폭음이 터졌으나, 이미 힘이 빠진 여인의 공격은 마면신구를 몰아세우기에는 부족했다.

“더 와라.”

“헥헥… 으아, 썅!”

여인은 어깨 근육이 저린 것을 참으며 도를 들어 올렸다. 그 순간에 드러난 빈틈이 수도 없이 마면신구의 눈에 박혔다. 지금 손을 쓰면 가볍게 제압할 수 있었다. 하지만 그는 여인에겐 흥미가 없었다.

사사천림과 싸우게 된 것은 독마 때문이었다.

생긴 것 때문에 음흉한 성격을 지닌 색마가 여인을 탐했고, 그중 한 여인이 사사천림 소속이었던 것이다.

사사천림이 보낸 고수들을 모두 죽여 버린 독마는 거기서 멈추지 않고 본거지까지 찾아냈다.

독마의 독자적인 행동이었으나, 정작 칠천마는 백마라면 무슨 행동을 해도 용서받을 자격이 있다며 오히려 사사천림을 없애고 오라고 하기까지 했다.

마면신구는 여인을 보며 미동도 하지 않았다.

약한 여인은 아니었다. 하나, 그에 비하면 평범을 넘어서지 못하는 일개 약자일 뿐인 것이다.

사사천림과 구조백이 마련해 놓은 임시 처소는 산 두 개를 사이에 두고 있었다. 사사천림으로서는 운이 없는 것이다.

“이씨, 이씨……..”

여인은 씩씩거리다 자기 분을 참지 못하고 머리를 쥐어뜯었다.

"이 늙은 영감탱이들! 이래서 내가 이런 복장은 하지 않는다고 했잖아. 에이, 씨. 으아, 저 괴물 좀 죽일 수 있게 해줘, 이 빌어먹을 하늘아!"

후앙―

천사잠류신도를 변형시킨 잠류비폭비란 초식이었다.

일단 펼치면 도가 모두 폭발하며 상대를 고슴도치로 만드는 수법으로, 이 공격을 피해갈 고수는 흔치 않았다. 적어도 그녀의 상식으로는 그랬다.

차라락.

마면신구의 구체가 벌어지며 옆으로 죽 늘어났다.

꽈배기처럼 꼬인 형태의 창으로 변한 구체가 여인의 공격을 모두 튕겨내기 시작했다.

파바박.

도의 파편을 모두 튕겨낸 마면신구의 창이 여인의 목에 닿았다.

"……!"

"가만히."

절망을 강요하는 음성이 고저없이 들려왔다.

여인의 눈동자가 마면신구의 가면 안쪽을 파고들었다. 마면신구의 눈동자가 있는 곳이 텅 빈 듯 아무것도 볼 수 없었다.

그때였다.

"괜찮으세요? 저기, 우리 본 적이 있지 않나요?"

갑작스럽게 들려온 음성에 여인의 눈동자가 옆으로 이동했고, 마면신구는 기척을 숨기고 이렇게 가까운 곳까지 사람이 올 수 있다는 사실을 믿을 수 없다는 듯이 천천히 돌아섰다.

"너도 사사천림 사람인가?"

마면신구가 물었다.

"저, 기억나지 않으세요?"

마면신구의 질문을 무시하며 여인에게 재차 질문을 하는 목소리의 주인은 등천화였다.

이곳은 사공원과 만나기로 한 장소에서 많이 벗어나 있었다. 길을 알려준 사람이 산을 몇 개 넘고, 몇 갈래의 길이 나오고, 그중에 가장 넓은 길로 가면 된다는 말을 곧이곧대로 믿은 결과였다.

정말로 산을 곧장 넘었고, 몇 갈래 길의 끝을 확인하고 또 곧장 움직여 이곳까지 도착할 수 있던 것이다.

"파하하하!"

여인이 갑자기 등천화를 보며 웃음을 터뜨렸다.

목에 마면신구의 창이 닿아 있다는 것도 잊었는지 고개까지 뒤로 젖히며 마구 웃어댔다.

"엄청난 초짜가 다시 나왔구나!"

"아는 자냐?"

마면신구가 이번엔 여인에게 물었다.

"니들 이제 다 죽었어. 쟤가 어떤 사람인지 알아?"

여인은 위협이라도 하겠다는 듯이 눈을 부릅뜨며 손으로 등천화를 가리켰다.

등천화는 여인의 말에 혼란이 일었다. 분명히 본 적이 있는 얼굴이었다. 하지만 어디서 봤는지 기억이 나질 않았다.

"미안해요, 소저. 잘 기억이 안 나네요. 일단 저분의 창부터 치우고 얘기하죠. 가면 쓴 분, 혹시 백안마군이라고 아세요? 만드는 길이 꽤나 비슷하네요."

"백안마군!"

마면신구는 이미 죽은 백안마군을 떠올렸다.

아주 짧은 시간. 하나 그 시간이면 등천화가 여인의 허리를 감은 채로 그의 창에서 멀어지기에 충분한 시간이었다.

"헉!"

마면신구의 입에서 경악의 신음이 흘러나왔다.

여인을 눈뜨고 놓친 것이다.

"당신은 위로 몇 명이나 있어요?"

"뭐?"

"백안마군이 자기 위로 구십구 명이 있다고 했거든요. 아무리 봐도 당신이 구십구 명 중 제일 꼭대기에 있지는 않은 것 같고. 몇 번째예요?"

"유령신보?"

마면신구는 반신반의하며 물었다.

"다들 그렇게 부르더군요."

"빠른 것 하나는 소문대로구나."

기회가 왔으면 주도권을 잡아야지 멍청한 눈으로 쳐다보기나 하는 등천화를 보고 소문과는 영 딴판이라고 여기는 그였다.

그때였다.

여인과 함께 있던 등천화의 신형이 사라졌다.

피류룻—

창이 빠르게 회전했다.

등천화는 무기가 없었다. 창의 회전 영역 안에 들어오는 순간 모조리 찢겨질 것이다.

쾅!

"억!"

마면신구는 하마터면 눈이 튀어나올 뻔했다.

그의 머리를 짓밟고 선 등천화의 무게가 장난이 아닌 까닭이다.

무슨 수법으로 그의 머리 위를 밟을 수 있었는지 도저히 상상이 가질 않았다.

푸— 욱.

박혀드는 속도가 빨라졌다.

마면신구의 발목에서 시작된 침몰은 무릎, 허리까지 진행됐다. 급한 마음에 그는 창을 합체시키자마자 등천화를 향해 던졌다. 아니, 던지려고 했다.

콱.

"헉!"

그의 손이 땅에 박혔다.

"이젠 다른 사람들의 길을 끊지 못할 거예요."

등천화가 위로 치솟아오르려는 마면신구를 지그시 내리밟자, 마면신구는 그대로 땅속에 파묻히고 말았다.

한동안 등천화는 마면신구가 묻힌 곳에서 발을 떼지 않았다. 지면에 닿은 발을 통해 비경보를 펼치는 중이었다. 비경보는 흙을 이용해 마면신구를 조였고 그로 인해 마면신구는 옴짝달싹도 하지 못했다.

바람에 당하고 은밀한 짓누름에 당한 것이다.

백마의 일 인이 맞이한 죽음으로는 너무도 허무했다.

서문혜의 죽음이 가져온 등천화의 변화가 처음으로 드러나는 순간이었다. 사람들을 먼저 지키지 않으면 결국은 모두가 서문혜처럼 될지도 모른다는.

"다, 다 들어간 거야… 요?"

여인은 머뭇거리며 땅속으로 사라져 버린 마면신구를 손가락으로 가리켰다. 등천화는 그제야 발을 떼며 여인을 돌아봤다.

조금 전까지만 해도 마면신구를 몰아세운 사람이 맞는지, 예의 순진한 웃음을 짓고 있었다.

그때였다.

우르르르르—

땅이 진동을 일으켰다.

"아! 사부님들!"

여인은 갑자기 부르짖듯 소리치고는 무작정 앞으로 달려 나갔다.

등천화가 잡기도 전에 여인은 숲을 헤치고 가파른 경사를 지나 깎아지른 벼랑에 다다랐다.

"거긴 절벽이에요, 소저!"

등천화의 외침에도 아랑곳하지 않고 여인은 망설임없이 절벽 아래로 뛰어내렸다.

등천화가 전력을 다해 다가와 손을 뻗었으나, 여인은 이미 오히려 등천화의 손길을 거부하며 아래로 떨어져 내리고 말았다.

"이런, 굳이 길을 끊을 필요는… 어?"

어둠 속을 내려다보던 등천화의 눈이 커졌다.

아래쪽에서 분명히 마찰음이 들린 것 같았다.

아래 누군가가 있어 여인을 받았다면?

특별한 장치가 되어 있어 여인이 살아 있다면?

등천화의 의문은 이어지지 않았다.

어느새 아래쪽으로 내려가고 있었기 때문이다.

칼바람이 등천화를 떼어놓기 위해 난리를 쳤으나, 그 정도로는 어림도 없었다.

한참을 내려가던 중이었다.

바람의 길이 휘어지고 있었다. 바닥에 바람을 튕겨내는 장치가 되어 있다는 것을 뜻했다. 어두워서 명확히는 알 수 없지만 바닥인 것 같았다.

좀 더 속도를 내려 할 때였다.

떨어진 여인이 멀쩡하게 어딘가로 쑥 들어가는 모습이 보인 것이다.

"아……."

등천화는 여인이 자살하려 한 것이 아님을 알고서 안도의 한숨을 내쉬고는 바람의 길을 타고 바닥에 내려섰다.

여인이 사라진 공간에는 사람 한 명이 드나들 만한 공간이 있었다.

내친걸음이기에 안으로 들어갔다.

삼 장쯤 들어갔을까?

야광주에서 흘러나오는 흐릿한 빛이 길이 보였다.

사삭.

옷자락이 돌에 부딪치는 소리.

등천화의 신형이 소리가 들린 곳을 향해 유령처럼 이동했다.

순식간에 소리가 들린 곳으로 추측되는 곳 앞에 선 등천화는 고개를 갸웃거렸다. 석실이 분명한데 들어갈 수 있는 장치가 어디에도 없었다.

그때, 어디선가 중얼거리는 목소리가 들렸다.

석실 안이었다.

등천화는 자세히 듣기 위해 무의식적으로 석실을 향해 한 걸음 다가섰다.

사사삭.

여인의 옷자락이 벽에 부딪치며 낸 소리라고 여겼던 음향이 석문에서 흘러나왔다.

여인은 이곳으로 들어간 것이다.

문이 열리고 드러난 석실 안의 풍경.

"엄……."

역한 혈향이 코를 찔렀다.

세 사람의 시체 앞에 여인이 무릎을 꿇은 채로 오열을 하고 있었다.

"흑흑흑… 사부님들……."

백발의 노인과 노파, 그리고 이제 겨우 십여 세가량 된 듯한 소년의 시체였다.

세 사람 모두 여인의 사부들이었던 모양이다.

죽어 있는 자세만으로도 죽기 전의 상황이 어땠는지 확실히 알 것 같았다.

　　노인과 노파 사이에 들어온 자를 죽이려다 상잔한 것이고, 그런 두 사람의 위험을 느끼고 소년처럼 보이는 자가 손을 쓴 것이다.

　　실로 눈뜨고는 못 볼 참상이었다.

　　등천화도 화가 나는데 당사자인 여인은 오죽할까.

　　"아아아아악! 안 돼! 안 돼!"

　　여인은 갑자기 비명을 지르더니 바닥을 할퀴어댔다.

　　등천화는 말리려고 하다가 차마 입을 열지 못했다.

　　'엄…….'

　　여인의 절규에 등천화는 자신도 모르게 눈시울이 붉어지고 말았다. 서문세가의 참상을 봤을 때와는 또 다른 애잔함이 느껴진 까닭이다.

　　털썩.

　　"소저."

　　비명을 지르던 여인이 갑자기 바닥에 쓰러지며 혼절했다. 입가에 실낱같은 핏물이 흐르는 걸로 봐서 충격으로 인해 내부가 뒤틀린 것 같았다.

　　한참이 지나도 혼절한 여인은 깨어날 줄을 몰랐다.

　　가만히 두는 것 외에 등천화가 할 수 있는 일은 없기에 여인을 홀로 두고 자세를 잡았다.

　　시간을 보내는데 보법 수련보다 적당한 것은 없었다.

발 디딜 공간을 찾다가 시체들이 있던 곳에서 약간 뒤로 갔다. 그곳은 단이 있어 다른 곳보다 약간 높았으나, 평평함이 마음에 들었다.

그 위에서 할 수 있는 가능한 최대한 느리게 앞뒤로 움직였다.

다섯 번째 발을 모으는 순간.

그그궁―

"……?"

갑자기 석실 전체가 진동을 했다.

등천화는 이미 여인의 곁에 내려섰다.

아무것도 한 것이 없는데 이런 반응은 등천화를 당황하게 만들었다.

석실 벽면이 갑자기 위로 올라가고 있었다.

색 바랜 벽과는 완전히 다른 깨끗한 벽.

거기엔 이상한 글귀들과 그림이 그려져 있었다.

"이야……."

신기하기 이를 데 없는 상황에 등천화는 호기심 가득한 눈이 됐다.

치잇.

소리의 시작은 등천화의 맞은편에서 일어났다.

푸른빛이 벽면에 새겨진 그림을 따라 움직였다.

석실을 완전히 돌아 등천화의 뒤쪽에 도달한 푸른빛은 이

내 사그라지고 말았다.

빛이 사라진 공간에 정적이 흘렀다.

잠시 후, 등천화는 푸른빛이 시작된 곳과 사라진 곳을 번갈아 쳐다보며 고개를 갸웃거렸다.

"엄… 길이 연결된 것 같기는 한데, 끊어졌네?"

시작이 있으면 끝이 있는 것이다.

그러나 푸른빛이 보여준 형상은 밑도 끝도 없었다.

시작돼서 사라진 것뿐이기 때문이다.

막 푸른빛이 시작된 곳으로 가려 할 때였다.

"으음……."

혼절했던 여인이 신음을 흘리며 눈을 떴다.

"정신이 들어요?"

"멍청이, 아직 있었구나."

"어?"

"빤히 보지만 말고 날 좀 일으켜."

등천화는 여인의 명령에 주위를 둘러봤다.

그러나 아무리 둘러봐도 사람은 보이지 않았다.

"혹시… 저한테……."

"닥치고, 일으키라고! 넌, 어째 하나도 변하질 않았냐!"

"…역시… 그렇죠? 동……."

등천화가 뜬금없이 순진한 웃음을 지으며 물었다.

여인은 황당한 표정이 됐다. 이제야 알았으면서 저런 웃음이라니. 어이없어서 같이 웃고 말았다.

"맞아. 내가 동파야. 아니, 이젠 동동이라고 해야지. 잘 지냈냐, 엄청난 초짜."

"하하하. 어쩐지 이상했어요. 참! 여자였어요? 그때하고 별로 달라진 것이 없어서 헛갈렸어요."

별로 달라진 것?

경황이 없었던 동동은 곧바로 대답하지 못하고 주위를 둘러봤다. 시신은 수습돼서 한쪽으로 뉘여 있었고, 텅 빈 공간에 자신만 똑바로 누워 있었다.

등천화가 별로 달라진 것이 없다고 생각할 정도의 변화는… 오직, 가슴!

"너, 내가 쓰러져 있는 동안… 본 거냐?"

"옆에 있었잖아요."

봤다는 뜻이었다. 물론 동동이 생각하는 신체의 일부가 아니라 동동 자체를 지켜봤다는 말이 옳았다.

"봐, 봤구나! 이 빌어먹을 색골! 그리고, 가슴 작은 게 내 탓이냐? 그렇게 태어났… 왜 쓰러진 여자 몸을 훔쳐보고 지랄이야!"

"엄……."

알 수 없는 소리에 당황한 등천화의 얼굴로 곧장 동동의 주먹이 날아왔다.

일단 주먹부터 쓰고 보는 건 여전했다.

그러나 등천화는 한 번을 맞아주지 않았다.

한동안 열을 내던 동동은 소용없음을 깨닫고 시신들을 뉘여놓은 곳을 등지고 주저앉았다.

"내가… 헥헥, 똥 밟았다고 생각하고 만다. 저런 놈인 줄 알았으면 아는 척하는 게 아닌데… 에고, 죽겠다."

"거봐요, 달라진 것 없잖아요."

"엥? 그럼 조금 전에 한 말이……."

"예. 동… 소저는 여자 같지 않았어요."

"큭!"

동동은 심장을 할퀴고 지나가는 등천화의 한마디에 기절하기 일보직전까지 갔다.

여자에게 여자 같지 않다는 말이 얼마나 엄청난 모욕인지 전혀 모르는 저 표정. 엄청 약삭빠른 등천화의 보법보다 더 죽이고 싶도록 미웠다.

"으윽!"

동동이 갑자기 한 손으론 자신의 가슴을 쥐며, 한 손으로는 바닥을 손톱으로 긁는 자세를 취했다.

"왜 그러세요, 동 소저."

등천화는 재빨리 다가갔으나 그녀를 일으켜 세우거나 하진 않았다. 당연히 일으켜 세울 거라 여겼던 동동은 고개를 들었다.

거기엔 예의 순진한 표정을 짓고 있는 등천화가 긴장감 전혀 없는 얼굴로 웃었다.

두 사람은 잠시 서로의 시선을 교환했다.

"……."

"……."

"죽어! 이 빌어먹을 놈아!"

동동은 벌떡 일어나며 등천화를 향해 주먹을 뻗었다.

퍽.

"어?"

당연히 피할 줄 알았던 등천화가 그녀의 주먹을 고스란히 맞고는 아파하고 있었다.

등천화 정도 되는 고수가 맞은 것이다.

"너, 왜 그래?"

"이젠 화가 좀 풀려요? 지금 보니까 여자, 맞네요. 하하하. 아! 보여줄게 있어요."

"……."

동동은 때리게 해준 것도 좋았지만, 일부러 시신들에 대해 묻지 않는 점이 더욱 고마웠다.

그냥 눈물이 났다.

"뭔데, 흑……."

"여기서 이상한 빛이 번쩍 하더니 저기서 끝났어요."

"빛?"

코맹맹이 소리로 반문하던 동파가 이채를 발했다.

"혹시 파란색?"

"예."

"뭘 봤… 가만, 이 선들은 뭐야?"

동동이 벽을 타고 이어진 긴 선을 가리켰다.

"동 소저가 혼절했을 때, 심심해서 보법 수련을 했거든요, 여기서."

"아니, 이 선들이 뭐냐고!"

"그러니까요. 여기서 보법 수련을 하는데 갑자기 원래 있던 벽이 올라가고 새로운 벽이 나왔어요."

"아! 사부님들의 말씀이 사실이었네."

동동은 눈물을 닦을 생각도 않고 사부님의 시신을 돌아봤다. 이곳을 끝까지 지키려고 했던 이유를 어렴풋이 알기는 하겠는데, 그깟 것이 목숨보다 더 중요하진 않았다.

"바보 같은 사부들! 으아!"

천사잠류신도를 완성했다고 자부하던 그녀에게 아직 멀었다고 하던 사부의 목소리가 들리는 것 같았다.

벽면 가득히 적혀 있는 구결들.

천사잠류신도의 숨겨진 구결들이었다.

구결의 마지막에 '나, 철사대제는 세외사대천왕 중 한 명이다' 로 시작되는 글이 보였다. 잠마성황이란 자의 일초를 받지 못하고 패했다는.

…나는 죽지 않았다. 아니, 죽을 수 없었다. 바닥을 기어…(중략)… 이곳에서 지옥황(地獄皇)이란 고수의 유물을 얻었다. 이름도 알려지지 않은 그의 무공은 놀랍기 이를 데 없는 위력을 지녔다. 덕분에 이초의 천사잠류신도를 만들어냈다. 지옥황의 지옥잠류공과 상관없는 일초와 지옥잠류공을 반드시 익혀야 하는 일초. 후예는 이 두 가지 초식을 반드시 익혀라. 익혀서 복수를…….

동동은 글을 읽어나가다가 갑자기 등천화를 노려봤다. 그냥 바라보는 수준이 아니라 강렬한 눈빛을 동반하고 있었다.

"왜 그러세요? 제 몸에 뭐가 묻었어요? 없는데… 왜 그렇게 훑어보세요?"

"너, 봤지?"

"아까도 말했다시피, 안 봤어요."

"이 글 안 읽었어?"

"아! 글이요. 난 또 가슴……."

"야!"

동동의 얼굴이 붉어졌다.

하지만 가슴 애기는 그녀가 먼저 꺼냈으니 더 화를 낼 수도 없었다.

"지옥잠류공을 익히는 방법… 말이야."

"아아… 난 또. 봤어요."

"무슨 내용인지 알겠어?"

"엄… 지옥잠류공이란 것을 익히는 방법이잖아요. 천사잠류신도라는 공부에 지옥잠류공이 접해져야만 진정한 천사잠류신도를 이룰 수 있다는."

"그래! 말해……."

동동은 급히 말을 막고는 등천화를 빤히 쳐다봤다.

'괜히 알려달라고 했다가 거절당하면 그게 무슨 개쪽이야. 에휴, 한참 걸려도 내가 알아내는 수밖에. 으아, 미치겠다!'

등천화가 대수롭지 않게 말하는 내용은 동동 역시 알고 있었다. 하나 그녀는 지금까지 무공을 익히면서 대부분 실전을 통해 몸으로 익혀왔지, 이론을 몸에 안착시키는 식의 방법은 문외한이나 마찬가지였다.

"동 소저, 저기에 적힌 대로 수련하려고요?"

해맑은 웃음과 함께 등천화가 먼저 말을 걸어왔다.

동동이 고민하는 이유도 모르고 저딴 식의 주절거림은 그녀보고 때려 죽여달라는 것에 다름 아닌 행동이었다. 때려달라는데 무슨 망설임이 있을까.

"죽어! 이 빌어먹을 놈아! 됐어, 됐다고! 내가 뭘 하든 상관말고 네 일이나 해!"

달려드는 동동을 피해서 한쪽으로 이동한 등천화는 머쓱

한 표정을 지었다.

"출구가 어디예요?"

"출구는 저기……."

동동은 등천화에게 출구 쪽을 가리키다 갑자기 달려갔다. 그리고는 석실 문을 열기 위해 온힘을 다 쏟았다. 하나 아무리 용을 써도 문은 열리지 않았다.

독마가 그녀의 사부들을 죽이고 폐쇄시킨 것이다.

"없어졌다."

"어쩔 수 없이 들어온 곳으로 나가야 하나."

등천화의 혼잣말에 동동은 헛웃음을 터뜨렸다.

"들어온 곳? 호호호. 네가 새냐? 절벽을 무슨 수로 올라가려고, 응? 이젠 꼼짝없이 굶어죽게 생겼네."

"날기는요. 걸어서 올라가면 돼요."

등천화의 실력이라면 그럴 수도 있을 것 같았다.

"난?"

"엄… 나가기 싫은 거 아녀요?"

"내가? 내가 언제 그런 말을 했는데?"

"파란빛, 안 보고 싶다면서요? 지옥잠류공은 파란빛 없이는 동 소저의 길이 될 수 없어요."

"파란빛?"

반문하는 동동의 눈에 그제야 관심이 깃들었다.

등천화가 본 파란빛은 지옥잠류공과 천사잠류신공을 합

친, 글에 적힌 진정한 천사잠류신공의 초식이었다. 그것을 본
동동이 아무런 변화를 보여주지 않자, 남의 것을 훔쳐본 것
같은 등천화로서는 불편할 수밖에 없는 것이다.

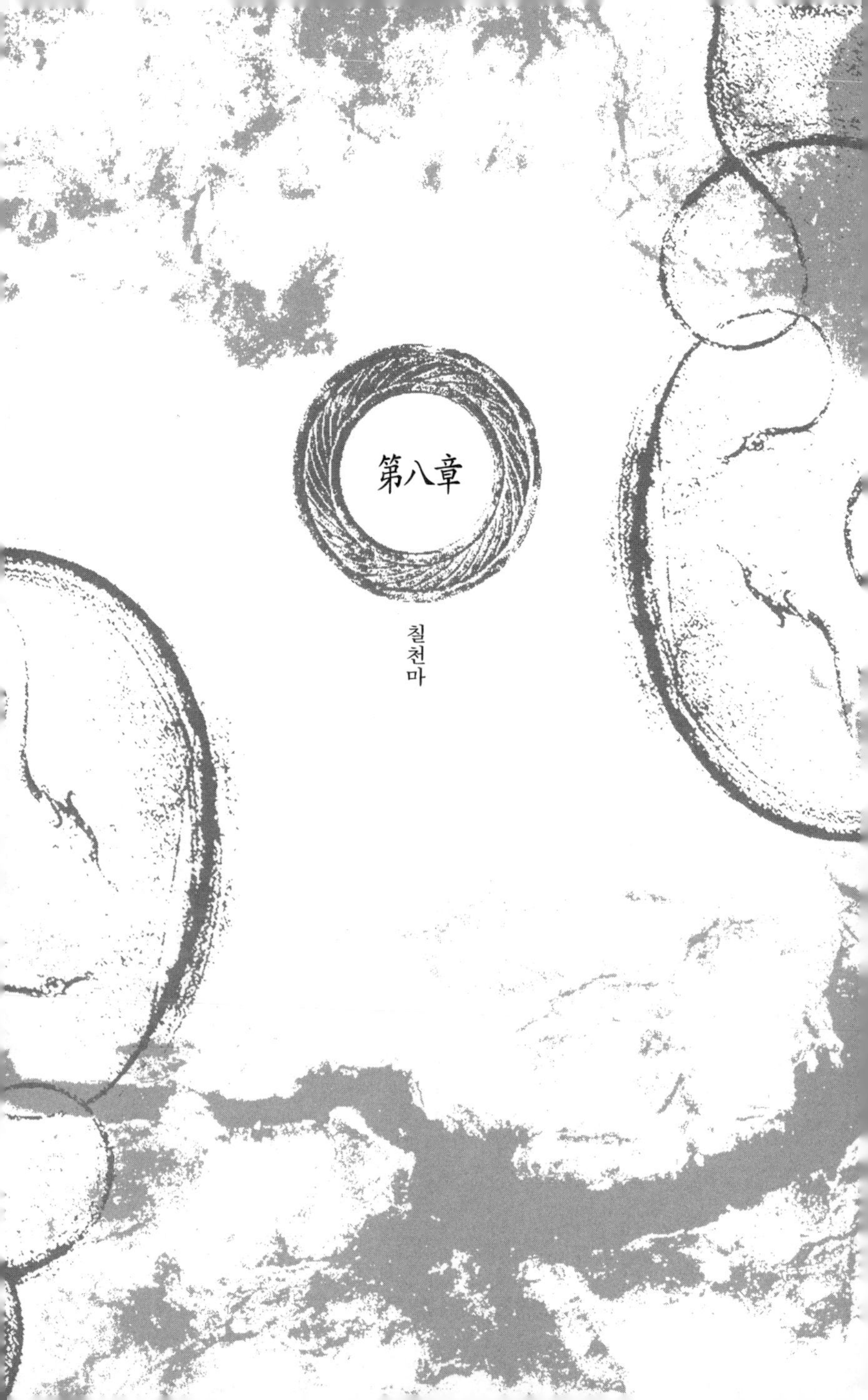第八章

칠천마

"둘은 아직 오지 않았느냐?"

칠천마의 한마디에 백마 오 인은 소스라치게 놀랐다.

오마제와 칠천마의 곁에 서 있는 것만으로도 그들에겐 영광이었다. 귀족과 평민이란 비유가 적당했다.

백마 서열 상위에서 시작한 마인과 최하위부터 차근차근 밟아 올라가는 마인은 태생이 다른 것이다.

선대부터 지금까지 그 격차는 좁혀지지 않았다.

그런 사람이 지금 자신들을 부르고 있었다.

"고, 곧 올 겁니다."

"그래야겠지. 그런 쓰레기들을 상대로 시간을 끌면 백마라는 이름을 버려야지. 그렇지 않느냐?"

"마, 맞습니다!"

오 인은 동시에 대답했다.

"깨어나셨나 보군."

칠천마는 입구 쪽을 바라봤다.

누군가가 다가온다는 암시였다. 백마 오 인은 그제야 인기척을 느끼고 입구를 돌아봤다.

"마제육가주 구조백입니다."

구조백의 목소리였다.

"들어와라."

칠천마의 허락이 떨어지고서야 허리를 숙인 구조백이 안으로 들어왔다. 장주극을 대할 때와는 비교도 할 수 없는 복종의 자세였다.

백마들조차 칠천마의 행동 하나하나에 촉각을 곤두세웠다. 그들보다 못한 구조백으로서는 당연한 행동인 것이다.

"많이 불편하실……."

"깨어나셨느냐?"

"예. 막 깨어나셔서 칠천마님을 뵙자고……."

"알았다."

칠천마는 자리에서 일어나자마자 구조백을 지나쳐 밖으로 나갔다.

직접 안내하려 했던 구조백은 머쓱해져서는 곧바로 뒤따

라 나가려 했다. 하지만 아직 이곳에는 백마 오 인이 남아 있었다.

칠천마 때문에 잠시 가려졌던 압박감이 감싸왔다.

"아! 부, 불편하신 점이 있으시면 언제든 말씀해 주십시오. 준비할 수 있는 것은 뭐든지……."

"됐다. 칠천마님께만 신경 써라."

백마 서열 육십위에 올라 있는 기환마제의 목소리가 살짝 비틀어져 있었다.

"…알겠습니다."

"크크크. 구 가주, 고생이 많다. 기환마제의 말투가 원래 저렇다. 우리가 알아야 할 내용이 있으면 미리 말해주게. 일테면, 소교주님께서 왜 이곳에 계시며, 자네는 또 왜 이곳에 있는지."

백마 서열 오십육위의 마륜절패마였다.

"사실 소교주님을 뵙게 된 것은 우연이었습니다. 이 근처에서 싸우고 계신 걸 발견했지요. 한 놈을 찾고 계신다고 하셨는데, 제 동생을 죽인 놈과 같은 자였습니다. 이미 저는 놈을 유인하기 위해 점창파와 곤륜파의 기대주라는 두 놈을 잡은 상태였고 말입니다."

"소교주님이 찾는 놈?"

기환마제가 눈을 번뜩이며 물었다.

다른 백마들 역시 돌아봤다.

"주무시기 전에 유령신보를 데려오라고 하셔서……."

"유령신보! 백안마군과 싸웠다는 그 유령신보를 말하는 것인가?"

"그렇습니다. 단시간에 그처럼 유명해진 놈이지요. 구대문파에 제자들을 데리고 있으니, 구하고 싶으면 유령신보와 교환하자고 했습니다."

"너무 단순하군. 그래, 다음 계획은?"

기환마제가 우습지도 않다는 듯이 구조백을 책망하는 눈으로 쳐다봤다. 그런 수법으로는 백날이 걸려도 유령신보를 잡을 수 없다는 눈빛이었다.

그러나 구조백은 이미 유령신보가 이곳으로 오고 있다는 정보를 받은 후였다.

기환마제가 기분 나빠하지 않을 정도의 웃음을 지으며 대답했다.

"다음 계획은 없고… 유령신보를 어떻게 죽일지, 그 결정은 내리지 못했습니다. 모두 소교주님의 마음이니까요."

"……!"

기환마제와 마륜절패마가 서로를 쳐다봤다.

세 살 먹은 어린애도 알 계획을 천추성이 들어줬다는 말에 어이가 없다는 표정이었다.

"유령신보의 가치가 그 정도밖에 안 되는 모양이지요. 저희들도 당황하고 있는 중입니다. 채 혈주가 알려준 방법이 적

중할 줄은 저도 몰랐습니다."

"뭐라고? 채 혈주가?"

백마 오 인은 눈빛을 주고받으며 무언의 대화를 나눴다. 구조백은 더 이상 이곳에 필요를 느끼지 못하는지 알아서 자리를 피했다.

"채 혈주는 얼굴만 아름다운 것이 아니라 머리도 아름다운 모양이군. 호호호."

"그러게 말이오. 이상한 소문이 있어서 눈여겨보지 않았는데 머리는 비상한 것 같구려."

모두들 칭찬일색이었다.

그러나 마륜절패마만은 인상을 쓰고 있었다.

자신이 칠천마를 따라 나오게 된 것이 혹시 채운하 때문이 아닌지 순간적으로 의심이 들었기 때문이다.

이곳으로 출발하기 하루 전날, 백마 서열 사십삼위인 그의 배다른 형 혈륜마제가 갑자기 칠천마를 보좌할 사람이 그로 바뀌었다며 나가라고 했다.

여기까지는 아무렇지 않은 일일 수 있었다. 하지만 힘을 얻으려면 줄을 잘 서야 한다는 이상한 말과 함께 채운하에 대한 얘기를 은근슬쩍 꺼내는 것이 아닌가?

'이상하군. 형님도 그렇고, 알고 지내는 백마 중 몇몇의 움직임이 심상치 않아. 이러다 교에 큰 사단이라도 나는 거 아니야?

채운하의 얼굴에 대해 이러저러한 얘기를 하는 바보들에게 할 말은 아니었다.

칠천마는 장주극을 보자마자 감격한 표정을 지었다.
마공을 극한까지 익히지 않으면 보이지 않는 빛이 있었다. 그것은 오로지 그들의 신, 마교주 장찬익한테서만 보였던 빛이었는데, 장주극의 몸에서도 보인 것이다.
"소교주님, 몸은 좀 어떠십니까?"
"괜찮소. 움직일 때는 몰랐는데 많이 피곤하더군. 아버지께 말씀 좀 드려주시오. 아직은 돌아갈 수 없으니……."
"후후후. 교주님께서 저를 보내신 이유는 그 때문이 아닙니다. 악마의 목소리를 들으셨습니까?"
"악마의 목소리? 그런 건 듣지 못했는데?"
"아직 아닌 모양이군요. 곧 듣게 되실 겁니다."
목소리?
장주극은 칠천마가 하는 말을 이해하진 못했지만, 그런 것은 아무래도 상관없었다.
몸속의 악마를 부르는데 성공했고, 그것만으로 구중천마 중 셋을 가볍게 해치웠다. 물론 그 때문에 며칠 동안 잠에서 깨어나지 못했지만.
"겨우 그 말을 전하려고 온 것은 아닐 테고, 정말로 무슨 일이지?"

"소교주님께서 목소리를 들을 때까지 함께 있으라는 명령을 받았습니다."

칠천마의 대답에 장주극은 '피식' 웃고 말았다.

아직도 어린애 취급을 하는 장찬익의 배려가 못마땅한 까닭이다.

천추성의 고수들이 찾아온 것은 다음날 오전이었다.

사공원을 필두로 우시백 장로와 과한기 장로가 제마강림대를 이끌고 나타난 것이다.

마제육가의 마인들은 그들을 발견하자마자 움찔거리며 뒤로 물러났다.

이 작은 움직임은 사공원을 만족스러운 포식자로 만들어주기에 충분했다.

한 걸음 내디디는 것만으로 산악을 부술 것 같은 자신감이 온몸을 휘감았다. 서찰에 적힌 장소에는 정말로 임시 거처가 마련되어 있었다.

"천추성을 기만하고도 이 자리를 지키고 있다니 대단하군."

임시 거처에서 밖으로 나온 구조백은 알 수 없는 말을 지껄이는 사공원을 보며 비웃음을 날려주었다.

"오호, 천추성의 대공자 사공원이셨구려. 지금 그 말은 혹시 우리보고 들으라는 말인가?"

사공원은 구조백의 말투가 마음에 들지 않았다.

"너는 누구냐?"

"마제육가주 구조백이라 한다."

"들어본 적도 없는 이름이군. 칠천마를 데려와라. 너는 나와 말할 자격이 없다."

"풉. 푸푸푸."

구조백은 일부러 과장된 웃음을 터뜨렸다.

사공원의 기세가 달라지는 것을 뻔히 느끼면서도 그의 웃음은 멈춰지지 않았다.

"그 말은 내가 고스란히 돌려줘야겠군. 우리를 기만하고도 이곳에 나타나니 대단한 용기구나. 한 번 더 기회를 주마. 가서 유령신보를 데려와라."

구조백이 지지 않고 사공원을 향해 말했다.

사공원은 유령신보가 누군지 들어본 적도 없었지만, 구조백의 한마디에 선입견을 갖게 됐다. 마교에서 그보다 더 중요한 인물로 치는 자라는 생각 때문이었다.

그런 자는 있을 수 없었다. 사공원이란 이름은 그런 조무래기 때문에 무시당해선 안 되는 이름인 것이다.

그의 얼굴에 짜증이 묻어났다.

"그럴 필요 없다."

"뭐? 유령신보가 이곳에 와 있다는 말이냐?"

구조백은 사공원의 말에 이채를 발하며 주위를 샅샅이 훑

어봤으나, 아무리 둘러봐도 유령신보라고 나서는 자가 없었
다.

그 모습에 사공원은 얼굴이 붉어지고 말았다.

'이놈, 대놓고 나를 무시하겠다?'

사공원이 이 자리에 있었다.

유령신보라는 자보다 백배는 중요한 정도의 기둥이 있는
자리에서 누굴 찾는다는 말인가?

구조백의 조악한 행동은 사공원의 상식으로는 도저히 납
득할 수 없었다.

하지만 구조백의 입장에선 당연한 행동이었다. 오히려 사
공원이 왜 유령신보를 보여주지 않는지가 더욱 궁금했다.

구조백의 의구심은 동생인 구의걸과 허무를 죽인 것이 우
연 때문만은 아닐지도 모른다는 생각을 하게 만들었다.

'정작 알아야 하는 제자들의 안위는 묻지도 않고. 허. 도대
체 뭘 하시는 겐가, 대공자는?'

'이럴 줄 알았으면 처음부터 우리가 나서는 건데.'

상황을 지켜보는 우시백과 과한기는 사공원의 행동에 조
바심이 났다. 항상 결정하는 것에 익숙한 그들이기에 더욱 답
답했다.

"구조백, 제자들은 살아 있는가?"

우시백이 물었다.

"살아 있소."

"그걸 어찌 믿을 수 있나?"

"큭."

구조백은 우시백의 질문을 비웃었다.

천추성이 먼저 신뢰를 잃어놓고 오히려 믿지 못하겠다는 듯한 질문은 곤란했다.

"유령신보를 보내겠다고 하더니, 당사자는 없고 줄줄이 쓸모없는 자들이나 보내다니, 우습군. 더구나 우리보고 어떻게 믿을 수 있냐고? 풉. 푸푸푸. 이럴 때 적반하장이란 말을 쓴다는 거나 아시오?"

구조백의 비웃음은 사공원의 짜증나는 속을 더욱 긁어댔다.

"감히 누굴 비웃는 거냐!"

사공원은 칠천마를 상대하러 왔지, 유령신보나 구대문파의 제자들 따위에겐 관심이 없었다.

풍우건중을 만나기 위해서는 칠천마를 이겼다는 것이 중요했다. 그간 어떻게 변했는지는 몰라도 그 역시 놀고만 있지 않았다.

바웅—

사공원의 손바닥에 투명한 빛이 일렁이더니 구조백을 향해 곧장 날아갔다.

제마천강이었다.

사공원은 일부러 처음부터 제마천강을 사용했다.

이 한 수로 구조백을 죽일 생각은 아예 없었다.

자신이 왔으니, 마교에서도 격이 맞는 자가 나와야 한다는 보상 심리에서 일부러 손을 쓴 것이다.

아니나 다를까, 제마천강을 알아본 누군가가 한 줄기 빛을 쏘아 막았다.

쩌ー 걱!

'왔구나.'

동그랗던 사공원의 제마천강을 뚫어버린 빛은 뇌전 형태를 띤 또 다른 강기였다.

"마룡혼원강(魔龍混元罡)!"

사공원의 외침은 놀람이 아니었다.

마교의 마인들조차도 천외천으로 인정하는 칠천마 중 한 명의 위력이 예상한 대로 엄청나다는 것을 확인한 기쁨의 외침이었다.

"날 찾았다고? 애송이가 겁이 없군. 풍우신장이 십 년 동안 두문불출하면서 제자들을 키웠다고 해서 기대를 했더니 겨우 이 정도냐?"

어느새 나타난 칠천마의 시선이 사공원에게 박혀 있었다. 같잖다는 웃음을 띤 채였다.

사공원은 소름이 돋은 팔을 문질렀다.

그가 펼친 제마천강을 납작하게 만드는 강기를 보고 뇌가 확 깨어나는 것 같았기 때문이다. 지금 사공원의 몸은 칠천마에게 달려들고 싶어 안달하고 있었다.

적어도 칠천마의 곁으로 오 인의 백마가 오만한 표정으로 내려서기 전까지는 그랬다.

그들의 등장으로 칠천마는 더 이상 사공원을 상대할 생각이 없다는 듯이 뒤로 물러섰다.

그 모습에 사공원이 눈에 불을 켜며 소리쳤다.

“제마천강을 경험하더니 겁을 먹었느냐, 칠천마?”

“겁? 크하하하!”

칠천마는 마후를 터뜨리며 가소롭다는 듯이 웃어젖혔다. 사공원의 도발은 넘어가 주기엔 너무 유치했다.

“네깟 놈이 어떻게 대공자라고 불리는지 모르겠구나. 뒤에 있는 자들은 제자들을 구하기 위해 애가 타는데, 나와 싸우기 위해 도발을 해? 재목이 아닌 놈을 고른 천추성주의 안목을 알 수 있겠다. 돌아가라. 가서, 죽여줄 날만 기다리거라. 흐흐흐.”

‘제자들……’

사공원은 그제야 이곳에 온 우시백과 과한기의 목적을 떠올렸다. 칠천마의 말은 하나도 틀리지 않았다. 그들은 제자들을 구하기 위해 왔지, 사공원의 들러리나 되려고 온 것이 아니었다.

뒤쪽을 돌아보자, 우시백과 과한기가 그를 쳐다보지 않고 칠천마를 바라보고 있었다.

‘제길.’

사공원의 선택은 칠천마의 말을 인정하기보단 두 원로의 시선을 집중시키는 쪽으로 갔다.

“우 원로, 과 원로, 저자가 한 말은 신경 쓰지 마시오. 이곳을 쓸어버리면 제자들을 구하는 건 시간문제일 뿐이오.”

사공원의 말은 전혀 설득력이 없었다.

그때, 허공에서 사공원의 말에 대한 대답이 들려왔다.

“허허. 대공자야말로 저자의 말을 신경 쓸 필요 없소. 칠천마, 아직 경험이 부족한 분을 상대로 얕은 수를 쓰는구나. 예전에는 그래도 무인의 풍모가 보이는 것도 같았거늘.”

제마강림대가 정렬해 있는 곳에 모습을 드러낸 화산검선이 허공을 밟듯이 날아오고 있었다.

“화산검선!”

칠천마를 제외한 나머지 사람들이 일제히 소리쳤다.

화산검선의 등장으로 조금 전까지만 해도 기세등등했던 백마들이 주춤했고, 구조백 역시 경계하는 눈빛으로 사태를 주시했다.

“대단하군. 천추성에 사람이 없다는 말이 사실임을 이제야 알았다. 크하하! 화산검선이 겨우 버러지 같은 목 두 개에 움직여? 파하하!”

칠천마는 파안대소를 터뜨린 후 신형을 부풀리며 허공으로 떠올랐다.

　허공에 떠오른 두 사람은 말을 하지 않았다. 아니, 말을 하지 못했다. 이십여 년 전 어느 날과 똑같은 상황이었다. 단지, 그때는 단둘뿐이었고, 지금은 떨거지들이 많을 뿐이라는 정도의 차이만 있었다.

　"내가 보고 싶어 왔느냐, 화산검선?"

　"허허허. 천추성에 왜 사람이 없는가? 자네 정도는 나 하나로 충분하니 더 오지 않은 것을. 더 오겠다는 걸 겨우 이 늙은 이가 주책을 부려 겨우겨우 말렸네. 나야 자네 손에 죽은 안사람의 일도 있고 말일세. 아직도 그때의 울음소리가 귀에 들리는 것 같으이. 허허허."

　화산검선의 목소리는 전혀 흔들리지 않았다.

　"호호호. 그건 어쩔 수 없는 일이었다. 내가 그때도 말했다시피 부하들이 한 일을 어쩌겠는가?"

　"부하들을 화산으로 데려온 사람은 자네야. 제자 팔십 명과 아내를 잃은 내 슬픔은 그 시간 이후로 완전히 정지해 버렸다네."

　"실력은? 실력도 예전 그대로인가, 응?"

　"확인해 보면 되겠지."

　"어디……."

　"그전에."

　"왜, 갑자기 겁이라도 난 건가?"

　"점창파와 곤륜파의 제자를 풀어주라. 그것이 정당하네.

나 역시 자네 외에 다른 마인들은 털끝 하나 건드리지 않겠다
고 약조하지."

화산검선은 진심을 담아 말했다.

"화산검선……."

우시백과 과한기는 화산검선의 말이 뼈에 새겨지는 것만
같았다. 같은 원로원에 몸담고 있었지만, 그들과는 또 다른
사람이라는 것을 그동안 잊고 지낸 것이다.

같은 말도 누가 하느냐에 따라 달라진다. 칠천마의 힘을 본
뒤 자신감이 사라졌으나, 화산검선이 함께 한다는 생각으로
마음이 홀가분해지는 두 사람이었다.

*   *   *

호남에서 몇 천리는 족히 떨어진 황량한 곳.

마교 총단에서도 한지에 위치한 이 계곡에는 풀 한 포기 자
라지 않았다. 황폐하다는 말로도 부족한 괴석들의 전시장과
같은 이곳에는 오로지 출입구가 하나밖에 없었다.

구중뢰.

그림자 하나가 서서히 입구로 접근했다.

내려선 자는 전신은 머리카락이 감겨 있었다.

그 때문에 남녀의 성 구별이 어려웠다.

"구중뢰옥주를 만나고자 한다."

음성 역시 중성적이었다.

괴인의 목소리는 구중뢰 전체를 진동시켰다.

잠시 후, 기이한 음향과 함께 입구가 열렸다.

“청하지 않으니 들어갈 뿐.”

구중뢰 안으로 어떻게 해야 들어가는지 알고 왔으면서 하는 말이었다.

스스— 스스—

괴인은 발자국 소리를 내지 않았다.

머리카락만으로 몸을 이동시킬 수 있기 때문이다.

삼사십 장은 족히 들어간 것 같았다.

위— 이잉—

‘날아온다.’

신형을 벽에 붙이며 숨을 죽였다.

“시험은 그만하시오. 전할 말이 있어 왔소. 사부들의 일이 궁금하지 않소?”

쉬— 앙.

무언가 접히는 소리가 경쾌하게 울렸다.

“쿵쿵. 그들은 어떻게 됐느냐!”

동굴 전체가 진동하며 새파란 불꽃이 사방에 튀었다.

차캉! 차캉!

불꽃이 튈 때마다 보이는 희미한 인영.

괴인은 마지못해 손을 쓰기로 했다.

콰화―

괴인의 전신을 감싸고 있던 머리카락이 다가오는 물체를 휘감았다. 거기까지는 좋았다. 하지만 물체만 휘감았지, 사람까지 감지는 못했다.

"쿵. 그들이 돌아오느냐? 빨리 말해!"

어범지가 손을 뻗어 괴인을 후려쳤다.

쾅!

"큭."

머리카락이 풀리며 드러난 몸.

없었다. 봉긋한 가슴과 허벅지를 덮고 있어야 할 옷이 없었다.

"쿵. 쿵쿵… 쿵. 새로운 여자다. 흐헤."

어범지는 뒤로 물러섰다가 여인이 머리카락으로 몸을 감쌀 때까지 기다려 주었다.

"다, 당신의 사부들은 모두 죽었어요. 이 말을 전해주라고 채 혈주님께서 저를 보내셨어요."

꼴깍.

어범지의 침 삼키는 소리가 여인의 귀에 또렷하게 들렸다.

어둠 속에서도 느껴지는 욕구.

그녀의 전신을 훑어 내려가는 시선이, 흡사 그의 앞에서 발가벗고 있는 것 같았다.

"알았다. 예쁜이의 청을 수락하겠다. 쿵쿵."

“예쁜이?”

“쿵. 으헤. 너, 모르고 왔구나? 내가 알려줄게. 너는 내게 기쁨을 줘야 해. 네 몸을 보니까 도저히 참을 수 없다. 좋아하거든, 너같이 차가운 몸을. 어서 와서 내 몸을 좀 녹여다오.”

“……!”

여인은 소스라치게 놀라며 몸을 피하려 했으나, 이미 어범지의 손이 그녀를 제압한 후였다.

어범지는 이미 채운하의 연락을 받은 후였다.

보내준 성의를 봐서 거둬달라는 부탁을 왜 거절하겠는가?

여인, 혈모사 충연은 이날 이후 빛을 보지 못했다.

어범지가 거칠게 반항하는 것이 귀찮다며 두 눈을 뽑았고 그녀의 양손과 양발을 묶은 채로 성욕을 채웠기 때문이다.

“이제 반쯤 흡수한 것 같다. 흐헤.”

쿵쿵거리던 습관은 여전했으나, 이전에 비해 덜했다.

암흑마환단만 흡수하면 풀어주라는 여섯 명의 사부 중 한 명을 제외하고는 모두 이길 것 같았다.

“대사부는 이번에 나가서 죽어버렸으면 좋겠다. 쿵. 너무 강해. 싫어. 흐헤. 아직 죽지 않았네?”

“으윽…….”

여인의 신음에 어범지는 반가워했다.

*　　　*　　　*

"헉! 우횡, 이리 와, 이리 와."

막조는 검을 쥐고 나서려는 우횡을 말리며 옆으로 잡아끌었다. 벌써 여명이 터오며 새벽이 지나고 있었다.

"내 평생 잊지 못할 장면 중에 어제 화산검선께서 등장하던 장면을 넣어야겠다. 세상에 화산검선이라니."

정도의 전설처럼 회자되는 십 인 중 반드시 포함되는 고수가 직접 나설 정도의 싸움이었다면, 우횡이 보챌 때 무작정 따라왔을 것이다.

사자가 없는 곳엔 여우가 왕이었다.

사공원의 활약이 단연 돋보이고 있었다.

백마 중 둘을 혼자서 상대하며 군중들의 환호를 받았다. 화산검선과 칠천마가 사라지는 것을 눈앞에서 봐야 했던 사공원의 분노는 엄청났다.

백마 이 인을 몰아세우는 그의 제마천강은 빛을 뿜을 때마다 거침이 없었다.

"저러다 큰일 나지."

막조가 사공원을 보면서 혀를 찼다.

"왜 큰일이 난다고 하세요?"

우횡은 나서고 싶어 죽을 지경이었다.

"백마가 어떤 자들인데 저렇게 당하고만 있겠냐. 게다가 저저… 구조백이란 놈을 우습게보면 안 돼. 이 대형이 여기저기서 정보를 많이 듣잖냐. 마교에 있는 놈에게 듣기로는 저놈이 그렇게 머리가 좋단다. 임시 거처를 자꾸 돌아보는 걸 보면 분명 저기에 뭔가 수를 마련해 놓은 거야."

"수?"

"지보다 더 고수가 있으니 몸을 사리는 거지."

"그럴 리가요. 눈앞에 적을 두고 계산을 하면 그건 무인이 아니죠."

"우횡아, 우횡아! 이 대형이 말을 한 적 없었느냐?"

"뭘요?"

"그런 것들도 무인이야. 밸이 없으니 그렇게라도 살아야지, 어떡하겠냐. 쯧."

"……."

우횡은 막조의 말을 우스갯소리로 치부하고는 시선을 들어 싸움을 지켜봤다.

'기회만 오면. 기회만 와라.'

우시백이나 과한기의 눈에만 들면 천추성이 아니더라도 정도의 한 축을 담당할 곳은 어디든 갈 수 있었다.

사공원을 막고 있는 백마 이 인을 제외하고도 백마가 아직 넷이나 남았고, 옆에서 막조가 그들과 싸우는 것은 자살 행위라는 걸 끊임없이 가르쳐 주었다.

중간에 어디서 나타났는지 다른 백마들과 합류한 독마는

나타나자마자 제마강림대원들 셋을 한 줌의 독수로 만들며 위력을 과시했다.

싸움이 시작된 지 벌써 하루가 지났다.

구조백을 제외한 마제육가의 마인 전원이 투입되었고, 원로원의 우시백과 과한기는 여명을 보면서 지친 숨을 달래고 있었다.

고수들 간의 싸움은 한순간이 중요했다.

한순간으로 인해 목숨이 왔다 갔다 하고, 한순간을 놓치면 언제 끝날지 모르는 싸움을 해야 하기 때문이다. 이 싸움은 길어질 조짐을 보이고 있었다.

그러나 백마 넷 중 둘을 막는 우시백과 과한기의 기력이 떨어지면서 제마강림대 역시 밀리기 시작했고, 승부는 차츰 마교 쪽으로 기울어지는 듯했다.

콰콰!

거친 폭음이 터지며 우시백이 사용하는 중검(重劍)이 기환마제를 찍어 눌렀다.

힘을 한 곳으로 집중시키는데 그의 중검만큼 뛰어난 무기는 없었다. 하나 기환마제는 우시백의 힘을 분산시킨 뒤 반격을 가해왔다.

"여기도 있다!"

준비하고 있던 과한기의 법륜이 기환마제의 몸을 갈라왔다. 그동안 몇 번이나 반복된 싸움의 수순을 또 거치려는 것이다.

당연히 공격하던 과한기의 안색이 어두웠다.

곧 마륜절패마가 반격해 올 것을 알기 때문이다.

쿠콰쾅!

"후, 역시 안 되는 건가."

과한기는 숨을 내쉬며 법륜의 방향을 마륜으로 돌렸다. 쉼없이 공격해도 쉼없이 막아대는 바람에 지치는 쪽은 오히려 우시백과 과한기였다.

'화산검선께서 오셔야 하는데…….'

인정하긴 싫지만 백마들의 기세를 우시백과 둘이서 막기에는 중과부적이었다. 그나마 화산검선이 칠천마를 데리고 갔기에 이 정도지, 아니었으면 벌써 결판이 났을지도 몰랐다.

'물러나야 하는가? 마교의 힘이 이 정도일 줄이야. 칠천마가 한 명만 더 있었어도 우리는 전멸했을 것이다.'

사공원은 백마 이 인을 아직도 몰아세우고 있었지만, 얼굴에는 피로가 역력했다.

과한기는 더 이상 결정을 미룰 수가 없었다.

"우 원로, 제마강림대를 대공자께 붙이시오. 그렇지 않으면 싸움은 끝나지 않을 것 같소."

"과 원로!"

우시백은 과한기의 제안에 얼굴이 사색이 됐다. 그의 말대로 하면 백마 넷을 둘이서 막아야 한다는 결론이 나오는데,

두 사람에겐 불가능한 일이기 때문이다.

우시백이 과한기를 설득하려 입을 열 때였다.

"헛! 과 원로, 조심하시오!"

잠깐 한눈을 판 우시백을 무시하고 마륜절패가 과한기를
공격한 것이다.

"무슨… 헛!"

과한기는 급히 법륜을 방패로 사용했다.

쿠왕!

팔이 쩌릿할 정도의 충격이 전해졌으나, 법륜을 내리진 못
했다. 이어진 공격을 막기 위해서는 몸을 피해야 하지만 어쩔
수가 없었다.

쾌— 앵!

"……?"

과한기는 힘을 바짝 줬다가 허전함에 고개를 삐죽이 내밀
었다.

쾌— 앵!

다시 터진 폭음은 허공에서 들렸다.

"저자는……."

허름한 차림의 중년인이 손으로 마륜절패마의 마륜을 때
리며 몰아붙이고 있었다.

군중들 속에서 외침이 터졌다.

"낭왕! 낭왕이다!"

과한기는 퍼뜩 천추성에 낭왕이 있다는 소리를 들은 것 같았다.

'저자가 낭왕? 가만, 그러고 보니 유령신보란 청년이 낭왕과 함께 움직인다고 했던 것도 같다. 그럼 유령신보도 같이 온 건가?'

"이놈들! 낭왕께서 납시셨다. 알아서들 뒈져 버려!"

거친 목소리만큼 강한 무공에 놀란 마륜절패만이 물러섰으나, 갈피독은 물러서는 적을 봐줄 정도로 관대한 사람이 아니었다.

"도망치려면 이 몸이 나타나기 전에. 늦었으면, 어떻게? 뒈져야지, 뭘 쳐다봐. 크하하!"

쉬— 악!

갈피독의 손에서 빛이 뿌려지고 나서야 공간이 비명을 질렀다. 마륜절패마의 당황한 표정이 이어지며 그의 마륜 한쪽이 잘려졌다.

"마륜이 잘려지다니!"

"뭘 그깟 걸로 놀라나. 이번엔 몸이니까 잘 간수해."

갈피독은 조금 전엔 실수였다는 듯이 혀까지 차며 여의마검을 휘둘렀다. 파릇한 광기에 휩싸인 여의마검이 일방적으로 마륜절패마를 몰아갔다.

갈피독이 싸움에 끼어든 곳에서 몇백 장 떨어진 곳에는 산

전체를 싸우는 공간으로 이용하는 두 고수의 싸움이 한창이었다.

이곳은 등천화가 동동을 만난 곳과 멀지 않았다.

암천을 바라보는 화산검선의 눈에 수많은 별들이 보였고, 주름진 얼굴에는 지나온 세월이 얹혀 지고 있었다.

츠― 츠르르.

무형검강이 매끈하게 뻗으며 모습을 드러냈다.

달빛 교교한 밤에 풀피리 입에 물고,
노니는 청둥오리떼 불러 함께 노니나니.

매화향이 흘러나왔다.

화산파의 갓 입문한 제자들도 펼칠 수 있는 매화검이 화산검선의 손에 펼쳐지자, 천지사물이 향기에 취해 그의 손으로 빨려드는 것 같았다.

전신을 휘감는 화산검선의 매화검을 지켜보던 칠천마는 모든 내공을 발끝에 모았다.

화산검선의 손에 쥐어 있는 무형검강에서 한 올의 검강이 떨어져 나오며 칠천마에게 날아왔다.

꽝!

칠천마의 호신강기에 부딪친 강기 조각은 터져 나갔으나, 그로 인한 충격은 고스란히 전해졌다.

‘지독한 강기.’

길이는 넉 자에 검신은 가늘고 두꺼운 청강검과 흡사했다.

칠천마의 시선이 천공을 향했다.

‘비가 오려나?’

그때도 그랬다. 이십여 년 전 어느 날에도 싸우기 직전에 비가 내렸다.

‘하나, 둘, 셋… 모두 열두 개.’

화산검선의 매화검은 이십여 전보다 단순했다.

그러나 그것이 얼마나 대단한 진보인지 칠천마는 온몸으로 느끼고 있었다.

칠천마는 양손으로 무언가를 움켜쥐는 시늉을 했다.

치릿.

그의 귓전으로 화산검선이 뿌린 열두 개의 검강이 감지됐다. 조용히 다가오는 검강은 화산검선의 움직임과는 별개였다.

매화십이검.

막으면 이십사검, 다시 막으며 사십팔검.

이십여 년 전에는 구십육검까지 막았다.

이번에는 그전에 승부가 날 것이다.

단강마황인(斷罡魔皇刃).

최소한의 힘으로 강기만을 자를 수 있게 만든 무공이었다.

스스— 팟팟팟.

선공이 시작되면서 칠천마의 신형은 무서운 속도로 회전을 일으키기 시작했다.

전방을 바라볼 때 공격을 했지만, 이어진 회전력에 의해 내공이 한 번 더 뒷받침되는 점을 이용해 상대의 목을 자르는 수법이었다.

그리고 이어지는 수라쇄륙참(修羅碎戮斬)의 공세.

끊임없이 이어지는 화산검선의 공격을 모조리 잘라냈다.

콰콰콰콰!

잘려진 화산검선의 무형검강은 원형으로 복구되며 다시 짓쳐들었고, 그때마다 칠천마의 단강마황인과 수라쇄륙참이 연이어 펼쳐졌다.

사가각—!

강기도 잘리면서 소리를 냈다.

"허허. 칠천마, 많은 진보가 있었군. 무형검강을 그리 쉽게 조각을 내다니."

"크크크. 죽을힘을 다해 잘라내는 중이니 말시키지 마라."

칠천마는 말을 하면서도 집중력을 전혀 흩뜨리지 않고 있었다.

그러나 아무리 집중력이 강해도 말을 하는 동안은 입이 움직이게 된다. 뇌에서 입을 열라고 시키는 그 짧은 순간이면 화산검선과 같은 고수에겐 손을 한 번 더 쓸 수 있는 시간이었다.

콰욱.

공간이 비틀리는 신음과 함께 칠천마의 바로 앞에 화산검선을 토해냈다.

“헉!”

칠천마는 화산검선의 느닷없는 모습에 자신이 막고 있는 것이 무형검강이 맞는지 쳐다봤다.

맞았다. 분명히 화산검선이 뿌린 무형검강이 맞았다.

“어떻게…….”

복부의 화끈한 통증이 느껴졌다.

‘당했다……!’

생각이 전달되는 순간, 눈앞이 아득해졌다.

“이십여 년 동안 찜찜했던 승부를 내게 됐군. 잘 가게, 칠천마.”

화산검선은 칠천마에게서 떨어졌다.

이십여 년 전, 그를 화산파 최고의 고수로 만들어준 자의 죽음을 애도하며 물러선 것이다.

화산검선은 생각보다 쉽게 난 승부에 미심쩍어했으나, 그런 일은 고수들 간의 대결에선 비일비재하다고 여기고 말았다.

그때였다.

돌아서려는 화산검선을 붙잡는 목소리가 있었다.

“조심하세요, 어르신!”

“……?”

화산검선은 낯선 목소리에 반응하기도 전에 사악한 기운이 엄습하는 걸 느끼고 칠천마 쪽을 돌아봤다.

칠천마가 만면에 웃음을 짓고 있었다.

“……!”

“가야 할 사람은 내가 아니라, 화산검선이야. 크크큭. 잘 가게.”

“헛!”

칠천마가 말을 끝내기 무섭게 화산검선의 신형이 마치 하늘에서 잡아당기기라도 한 것처럼 솟구쳤다.

“어림없다. 따라가라, 단강마황인!”

칠천마는 양손을 번쩍 치켜들어 이미 뿌려둔 강기 다발을 화산검선의 뒤를 쫓게 만들었다. 다급하게 들려온 목소리 따위는 무시했다.

그러나 목소리는 무시할 수 있어도 빠르게 다가오는 바람의 소리는 무시할 수 없었다.

힐끗.

소리가 들린 곳을 쳐다봤다.

누군가가 빠르게 다가오고 있었다.

화산검선이 사라진 곳 뒤쪽이었다.

“제아무리 빨라… 버, 벌써… 헉! 무슨 걸음이……!”

다가온다 싶었던 등천화의 신형이 어느새 칠천마를 지나

처 곧장 화산검선을 쫓는 강기 다발로 향했다.

쿠콰― 콰콰콰―!

“큭.”

칠천마는 연속적으로 터지는 음향과 함께 엄청난 폭풍이 단황마강인을 자르자, 그 여파에 뒤로 밀리고 말았다. 아니, 폭풍의 여파가 아니라 누군가가 민 것 같았다.

“휴, 겨우 막았네. 괜찮으세요, 어르신?”

화산검선에게 말을 건네는 청년은 등천화였다.

동동에게 잡혀서 하루를 꼬박 소비하고 나오자마자 절벽 아래쪽에서 화산검선과 칠천마가 싸우고 있는 것을 보게 됐다.

두 사람이 보여주는 길은 엄청났다.

이 넓은 공간을 자신들의 흔적으로 도배할 정도로 강하고 넓은 길을 사용하고 있었다.

칠천마에게서 백안마군의 몸에서 느껴지던 길이 보이지 않았으면 나서지 않았을 것이다.

그의 강기 다발은 바람의 길을 이용해 하나씩 부수기엔 너무 많았고, 너무 강했다. 다행스럽게도 그의 모든 신경이 화산검선을 향해 있기에 자전초와 탄현보를 이용해 자를 수 있었다.

“원, 이런. 하마터면 상대가 칠천마라는 걸 잊을 뻔했지 뭔가. 자네가 아니었으면 큰일 날 뻔했네.”

말은 이렇게 하지만 화산검선은 잘려지지 않은 강기를 너무 손쉽게 막아냈다.

팡!

흩어지는 강기를 보며 등천화는 고개를 갸웃거렸다.

"혹시 일부러 위험한 척하신 거예요?"

등천화의 솔직한 질문에 화산검선은 곤란한 표정을 지었다. 그렇다고 하기도 뭣하고, 아니라고 하기엔 등천화의 표정이 너무나 순수해 보였다.

"허허허. 누가 있어 칠천마를 상대로 그런 행동을 하겠나. 일단 인사는 잠시 후에 하도록 하지. 저 사람과 아직 해결해야 하는 일이 있거든."

"……."

등천화는 무의식적으로 고개를 끄덕이다가 화산검선이 아쉬워한다는 것을 깨달았다.

화산검선의 활약은 거기서 끝이 아니었다.

홀쩍 날아가는 것 같던 화산검선의 손에 무형검강이 쥐어지는가 싶더니, 엄청난 속도로 칠천마를 향해 폭사됐다.

이전과는 판이한 모습이었다. 칠천마의 얼굴에 당황한 빛이 역력했다. 이전의 화산검선만 생각하다 허를 찔렸다. 그나마 다행이랄 수 있는 것은 등천화와 화산검선이 나누는 대화를 얼핏 들었다는 것이다.

단황마강인을 운용하자 반월형 강기가 날카롭게 빛나며

손을 보호했고, 수라쇄류참으로 날아오는 화산검선의 몸을
향해 공격했다.

무형검강은 단황마강인으로 막을 수 있었다. 그 후에 이어
질 공격을 차단하기 위해 수라쇄류참을 연속적으로 펼친 것
이다.

쿠콰콰콰콰—!

두 사람의 격돌로 인해 생긴 폭풍은 물방울이 튀듯이 사방
으로 퍼졌다.

등천화는 허공에서 날아오는 길의 파편들을 피하면서 두
사람의 대결을 놓치지 않고 지켜봤다.

근접한 거리에서 펼칠 수 있는 것은 박투뿐만이 아니었다.
손과 손이 엇갈렸다가 빛을 뿜어 검을 만들었고, 도를 만들었
다.

쾅!

고막을 울리는 굉음은 빈번하게 터졌다.

누군가의 방해만 없다면 두 사람은 이대로 며칠이고 계속
해서 싸울 수 있을 것 같았다.

그때였다.

핑—

두 사람이 만들어내는 폭음으로 인해 그 소리는 들리지 않
지만 가시처럼 생긴 빛이 두 사람 사이를 뚫고 들어왔다.

등천화는 깜짝 놀라 그 빛을 향해 움직였다. 아니, 움직였

다고 느끼는 순간 그 빛 앞에 서서 바람의 길을 이용해 엉뚱
한 곳으로 날려 버렸다.

재빨리 뒤를 돌아봤다.

두 사람은 등천화를 아직 발견하지 못했다.

등천화는 암기를 던진 곳을 바라봤다.

근처에는 은신할 만한 곳이 없었지만 멀리 숲이 보였다. 그
곳에 사람이 숨어 있는지는 몰라도 그곳이 아닌 다른 곳에서
빛을 날리면 다시 막을 자신이 있었다.

쉭—

등천화의 신형이 다시 사라졌다.

자보를 펼친다는 생각만으로 어느새 바람의 길을 따라 삼
십여 장을 미끄러지고 있었다. 물론 펼치는 당사자만이 느낄
수 있는 속도였다.

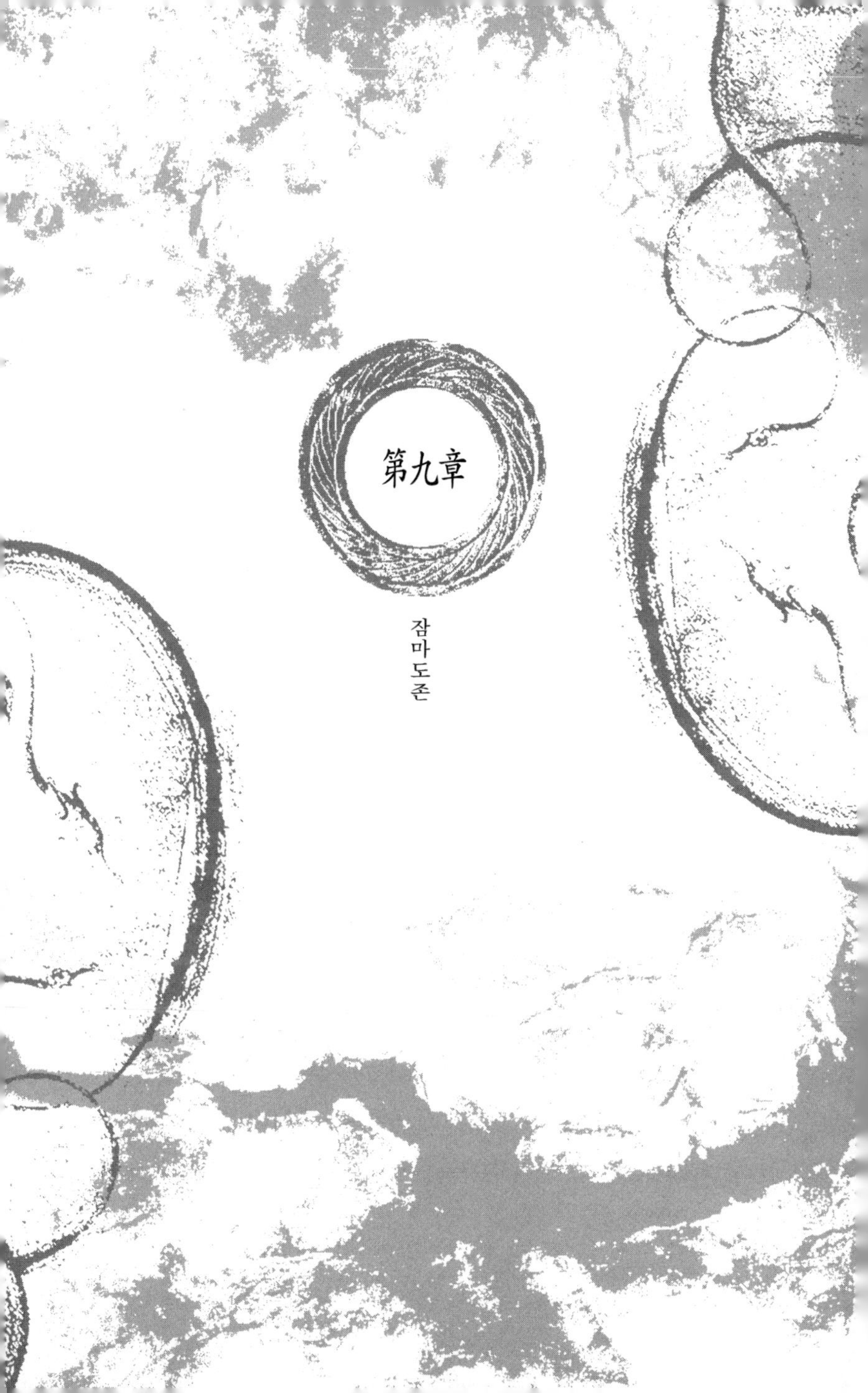

第九章
잠마도존

마묵산의 바람이 싸늘하게 변했다.

숲에서 화산검선과 칠천마의 싸움을 지켜본 지 벌써 반나절 이상은 지난 것 같았다.

흑포를 뒤집어쓴 자는 습관처럼 나무 껍데기를 뜯어 바닥에 떨어뜨렸다. 손을 쓰려다 그만두는 행동이었다.

바닥에 떨어진 나무 껍데기 수만 해도 몇십은 족히 되는 것 같았다.

그러던 와중에 엉뚱한 놈 하나가 나타나 손 안 대고 코 풀 수 있는 기회를 제공했다.

"좋아."

칠천마는 등천화의 등장으로 화산검선 한 명만 상대할 수 없었다. 언제든 화산검선을 도와줄 등천화가 있기 때문이다.

이런 상황에서 암기 하나가 날아간다면?

잠마도존은 재미난 상상이라고 생각했다.

하지만 이내 고개를 젓고 말았다.

"잠마혈존이 망친 일이나 해결하려고 나, 잠마도존이 존재하는 것이 아니다. 잠마께서 내리신 명령만 아니면 너희들은 벌써 다 죽었어. 비열하고 멍청한 것은 용서가 되지만, 약한 것은 용서가 안 돼."

스스로를 잠마도존이라 밝힌 그는 손에 들고 있던 나무 껍데기를 날리려다 말았다.

핑―

"응?"

잠마도존의 시선이 급히 가느다란 음향을 쫓아갔다.

일직선을 그으며 날아가는 은빛 선.

그가 날린 것이 아니었다.

"나 외에 또 누군가가 있었다?"

흥미로운 눈으로 은빛 암기를 따라가던 잠마도존은 또 한 번 놀랐다.

등천화가 은빛 암기를 막아낸 후, 곧장 몸을 날려 은빛 선을 날린 자를 찾아 움직였기 때문이다.

칠천마의 강기 다발을 향해 달려가던 그 속도가 다시 나왔다. 바닥에 자국이 남지 않는 걸 보면 신법인 것도 같았지만, 저런 식으로 펼치는 신법은 들어본 적도 없었다.

그의 시선이 등천화를 쫓아갔다.

그러나 숲에 들어온 등천화는 가끔씩 그의 눈에 띠었다. 소리없이 움직이는 모습이 정말 대단한 자라는 말이 절로 나올 정도였다.

"저놈이 혹시 잠마혈존과 일 대 일로 싸웠다는 유령신보가 아닐까? 움직임이 정말 유령 같은 놈이군!"

팟.

잠마도존의 손에 들려 있던 나무 껍데기가 그의 뒤쪽 허공을 갈랐다.

등천화에게 잠깐 한눈판 사이, 그의 뒤쪽에 상당한 존재감을 가진 기운을 느낀 것이다.

"후후후. 내 기척을 느낄 수 있는 자가 있다니, 강호란 곳은 이래서 가슴을 뛰게 한다니까."

잠마도존이 날린 나무 껍데기를 검지와 중지로 잡고서 이리저리 돌려보는 사내.

겉모습은 삼십대 초반이었으나, 눈을 통해 흘러나오는 연륜은 나이를 짐작하지 못하게 했다.

잠마도존은 목소리만으로 이런 긴장감을 줄 수 있는 자가 잠마를 제외하고 또 있다는 사실에 놀랐다.

그만큼 사내의 인상은 강렬했다.

“큭. 자신감이 넘칠 만도 하군.”

“그건 내가 할 소린데? 나를 보고도 전혀 놀라질 않다니 말이야. 그 나이에 어울리지 않는 침착함이야. 지나칠 정도로 말이지. 마교에 썩 좋지 않은 감정을 갖고 있더군. 나, 풍마에게 한 번 털어놔 보는 건 어떤가?”

풍마의 잘생긴 턱이 움직인다 싶더니 입이 좌우로 길게 벌어지며 고른 치아가 보였다. 풍마라고 밝혔으니 너도 정체를 밝히라는 뜻이었다.

“풍마? 저 칠칠이보다는 확실히 강한 것 같기는 하군. 칠천마에 속한 자인가?”

“하하하. 제대로 봤다고 해야 하나? 내가 칠천마에 속한 것 맞아. 서열 이위거든. 그러는 자넨 잠마혈존이란 자와 비교하면 누가 위지?”

“큭큭. 나를 잠마혈존 따위와 비교하는 것 자체가 네 눈이 썩었다는 걸 말하는 거야.”

“흠. 잠마혈존이라면 소교주님을 노렸다는?”

“괜한 걸 알려줬나?”

“아니, 아니야. 아직 못 봐서 말이지. 난 좀 확실한 걸 좋아하거든. 위? 아래?”

풍마는 집요하게 대답을 요구했다.

“위.”

잠마도존은 냉소를 실어 대답해 주었다.

“오! 대단하군. 빙마와 열제를 잠재운 잠마혈존보다 실력이 위라니 말이야. 후후후. 칭찬을 해줬으니 한 가지만 더 물어보자. 너희들은 왜 어둠 속에만 있지?”

“……!”

너무 어이가 없으면 놀라기도 하는 것 같았다.

잠마의 존재에 대해 모두 알고 있으니 이실직고하라는 풍마의 질문에 잠마도존은 ‘큭’ 하는 비웃음과 함께 허리에 찬 마마천린도를 꺼냈다.

스르릉.

풍마는 대답을 듣지 못했음에도 만족스런 웃음을 지었다. 칠천마 서열 이위라는 신분은 특별했다. 하지만 그에게만 특별한 것이 아니라, 온갖 잡것들에게도 특별했던 모양이다.

정도의 고수라는 놈들을 만나면 대부분 이름만 듣고 꽁지 빠지게 도망가기 바빴고, 마교 내에서는 알아서 다들 기기 때문에 싸울 일이 없었다.

오랜만의 도발이었다. 잠마도존이 여염집 아가씨처럼 보일 정도로 그의 가슴을 후끈 달아오르게 만들었다.

“마교는 말이지, 너희들이 아무리 엿봐도 소용없는 곳이다. 그 이유를 지금 보여주도록 하지.”

풍마는 등 뒤에서 육각형 봉을 꺼냈다.

“이건 마마대악봉(魔魔大惡蜂)이라 한다. 내일은 해를 못 볼지 모르니 소원이 있으면 미리 말해두도록. 구천에는 해가

뜨질 않거든. 크크크."

풍마는 자신이 이긴다는 것을 확신했다.

그의 모습은 전혀 과장되어 보이지 않았다.

그럴 만한 고수라는 것이 잠마도존에게 느껴졌기 때문이다.

그는 백마 따위들과는 격이 다른 고수였다.

잠마도존은 바짝 긴장이 됐다.

사박.

풍마가 한 걸음 다가온 것뿐인데 거대한 벽이 다가오는 것 같았다. 잠마도존은 밀리지 않기 위해 도를 든 채로 한 걸음 앞으로 다가갔다.

번쩍!

잠마도존의 발이 땅에 닿기 무섭게 누가 먼저랄 것도 없이 두 사람은 각자의 무기에서 빛을 뿌려댔다.

반달 형태의 강기가 도에서, 묵빛 기둥이 마마대악봉에서 쏟아지며 충돌을 일으켰다.

쿠콰콰!

각자의 무기에서 나올 때는 빛이었건만, 충돌을 일으킨 것은 한 점이었다.

점과 점이 만나 폭발을 일으켰다.

쩍— 쩍— 쩌적—

사방에 균열이 일었다.

점의 확장으로 땅이 무너져 내렸으며 벽을 타고 균열이 뻗어나갔다.

그러나 두 사람의 시선은 흔들리지 않았다.

먼저 움직이는 쪽이 죽는다!

기세에서 한 번 밀리면 끝이었다.

와르르—

바닥이 무너지며 두 사람의 신형을 집어삼켰다.

그러나 자세와 무관하게 공격이 가능한 두 사람에겐 허공이나 평지나 똑같았다.

아직 떨어지지 않은 돌조각 하나씩에 신형을 세운 두 사람은 서로를 쳐다봤다.

굳이 지금 승부를 내야 할 필요가 있을까?

두 사람의 공통된 생각이었다.

잠마도존의 임무는 장주극을 죽이는 것이지, 눈앞의 풍마 같은 자를 죽이는 것이 아니었다. 그는 잠마혈존처럼 어리석지 않았다.

'적당히 상대하다 장주극을 죽이러 간다.'

마마천린도가 곧추섰다.

그때, 풍마가 시원한 웃음과 함께 알 수 없는 제안을 했다.

"미룰까?"

전혀 뜻밖이었다.

잠마도존은 의심스러운 눈으로 풍마를 주시했다.

"아우가 죽으면 교로 돌아갈 면목이 없어서 말이지. 너도 지금은 힘을 아끼는 편이 낫지 않아?"

굳이 풍마와 싸워서 힘을 뺄 필요는 없었다, 어차피 적당히 상대하다 몸을 뺄 생각이었기에.

잠마도존은 눈을 납작하게 만들며 미미하게 고개를 끄덕였다.

동의하는 것이다.

팟―

둘의 신형이 무서운 속도로 벌어졌다.

잠마도존은 멀어지는 풍마를 견제하며 벽 쪽으로 붙었다. 언제든 손쓸 준비를 끝낸 상태라 풍마가 어떻게 하든 별 상관은 없었다.

문제는 풍마가 아니었다.

벽 쪽에 가까워지는 그를 향해 무서운 속도로 다가오는 인영이 있었다. 인영의 움직임을 느꼈을 때는 인영이 벌써 잠마도존의 옆까지 다가온 후였다.

"그자는 지금 어디 있죠?"

은빛 암기를 날린 풍마를 찾다가 우연히 잠마도존을 발견하고, 자단의 행적을 묻기 위해 달려온 등천화였다.

잠마도존이 뿜어내는 기가 자단의 기와 똑같기에 착각한 것이다.

"……!"

잠마도존은 등천화를 이렇게 가까이 오도록 허락한 적이 없었다. 대답 대신 신형을 뒤집으며 그대로 마마천린도를 횡으로 그었다.

쿠콰콰콰콰!

"웃!"

풍마는 기함을 지르며 마마대악봉을 휘둘러 뒤쪽에서 몰려오는 기운을 막았다.

콰콰콰!

손끝에 전해지는 감촉이 꽤나 대단한 힘이란 것을 알게 해주었지만, 잠마도존의 것이라고 하기엔 뭐랄까, 단순했다.

"뭐지, 저놈은?"

풍마는 반격을 준비하며 잠마도존을 찾았다가 기가 막힌 광경을 봐야 했다. 웬 애송이 하나가 잠마도존에게 달려들고 있었다.

장난 삼아 화산검선에게 섬파(纖波)라는 암기를 날렸을 때 갑자기 나타나 이상한 수법으로 섬파를 날려 버리던 놈이었다.

"꽤 하는데?"

잠마도존의 마마천린도를 요리조리 잘도 피하고 있었다. 그러면서도 뭐라고 말을 하는 것 같은데, 거리가 멀어 목소리는 들리지 않았다.

전력을 다하지 않고서는 승부 내기가 쉽지 않을 것 같아 물러선 풍마였다. 그런 그를 우습게 만드는 애송이가 있을 줄이야. 절로 헛웃음이 나왔다.

'믿을 수 없다! 이놈의 움직임은 뭐냐!'

마마천린도의 공격 범위는 눈에 보이는 것이 전부가 아니었다. 방위에서 방위로 이동하는 내내 선이 아닌 면을 채우는 힘이 유지되며 일종의 그만의 영역을 형성하고 있었다.

그런 영역을 등천화는 무시하고 달려들었다.

좌에서 우로, 우에서 좌로, 가끔씩 사라지기까지.

잠마도존은 다채로운 움직임을 보여주는 등천화의 의도를 짐작할 수 없었다.

언제든 공격할 수 있다는 여유인가?

'놀랍지만 그런 것은 사양한다.'

잠마도존의 흑포 안에서 안광이 짙어졌다.

암흑마기를 끌어올린 듯 기세가 더욱 강해졌다.

팟.

등천화의 신형이 순간적으로 잠마도존의 시야에서 벗어났다. 등천화에겐 더 이상 암흑마기가 통하지 않았다. 아니, 암흑마기의 길이 보이는 까닭에 피할 수 있다는 말이 정확하다.

지금도 마찬가지로 잠마도존의 공격을 피하는 것은 어렵지 않았다. 불끈 쥔 등천화의 손은 어느새 손목까지 붉어진 후였다.

쾅!

잠마도존은 무의식적으로 마마천린도를 들었다.

마마천린도를 옆으로 비틀어 이어질 등천화의 공격을 막았고, 온몸으로 기세를 뿜어내며 그만의 영역을 마마천린도의 도강으로 휘감았다.

등천화가 눕더니 발을 보이지 않을 정도로 교차시키며 다가왔다. 마마천린도의 강기 벽에 부딪치는 순간 두 발이 잘릴 것을 믿어 의심치 않았다.

그러나 등천화가 일 장 앞까지 왔을 때 갑자기 거친 폭음이 터지며 강기 벽이 흔들리는 것을 느꼈다. 암흑마기로 감싼 강기 벽이었다. 이런 정도의 충격을 받으려면 적어도 그와 똑같은 힘을 지니고 있거나, 그 이상의 힘을 발휘해야 했다.

등천화의 공격은 아직 끝나지 않았다.

같은 곳을 연속해서 밟아왔다.

콰콰콰!

"저놈… 이대로 성장하면 큰일 낼 놈이다. 저 어린 나이에 나도 백 초를 싸워야 할 자를 일방적으로 몰아붙이다니."

풍마는 자신의 눈을 믿을 수가 없었다.

등천화의 공격은 단순했다.

그러나 지켜보기 때문에 그렇게 느낄 수 있었다.

어쩌면 잠마도존은 등천화의 단순해 보이는 공격을 막는 것에만 급급한 것일 수도 있었다.

마마대악봉을 잡은 손에 힘을 실었다.

츠— 츠르르.

마마대악봉의 힘을 잘라서 쏘려 했다.

하지만 막상 손을 쓰진 않았다.

화산검선에게 날렸던 염황붕익(炎皇鵬翼)이라면 등천화나 잠마도존을 맞힐 수 있었지만, 그랬다가 오히려 잠마도존을 위기로 몰아넣게 되면 곤란하다는 생각이 퍼뜩 떠올랐다.

“아니지, 아니야. 지금은 참는 것이 좋겠어. 너희 어둠의 존재들이 모습을 드러내는 순간 한꺼번에 씨를 말리려면 말이지. 후후후.”

풍마는 잠마도존과 대화할 때와는 판이한 모습을 하고 있었다. 검은 눈동자가 흰자위를 모두 점령해서 흡사 악귀와 같은 눈을 하고 있었다.

스스스—

풍마는 이내 뒤쪽 공간을 일그러뜨리며 사라졌다.

잔상이 남을 만큼 빠른 움직임. 공파(空波)라고 하는 풍마만의 무공으로, 실체와 허상이 구별되지 않는 공간을 만드는 지옥과 같은 수법이었다.

지금도 그가 어디 있는지는 그 외에는 아무도 알 수 없었다.

'잤다! 놈이 공격했으면 낭패를 당했을 것이다.'

잠마도존은 연속되는 등천화의 공격을 막으면서도 풍마의 움직임을 살피고 있었다.

'이제 풍마가 사라졌으니 어느 정도 본 실력을 보여주어도 상관없겠지. 지가 강한 줄 아는 이 애송이!'

쾅!

등천화의 공격을 조금 전과 똑같이 막았다.

그리고는 곧바로 신형을 이동시켜 등천화의 목을 마마천린도로 잘라갔다.

스악—

기괴한 음향은 등천화의 목을 가르고 지나갔다.

잠마도존은 자신의 산뜻한 공격에 만족스러운 표정을 짓더니 장주극이 있는 곳으로 움직이려 했다.

"그자가 어디 있는지 말해주세요."

"헛!"

잠마도존은 등골에 식은땀이 흐르는 것을 느꼈다.

방금 그는 암흑마기를 이용해 이전보다 두 배는 빠르게 움직인 것이다.

등천화의 뚱한 목소리를 확인하기 위해 천천히 뒤로 돌아섰다.

"헛!"

"그 사람과 다른 길이지만, 당신 쪽이 좀 더 단단하네요. 하지만 역시나 당신도 그 사람과 똑같네요, 무조건 길을 끊으려고 하는 걸 보면."

잠마도존은 등천화의 말을 가볍게 무시하며 오로지 목만을 살폈다.

"……."

약간이라도 스친 자국쯤은 있을 줄 알았다.

없었다. 너무 멀쩡해서 이가 갈릴 지경이었다.

"몸이 그자보다는 왜소하네요?"

"그만! 엄한 말 그만하고 제대로 한 번 받아봐라!"

잠마도존은 마마천린도를 들어 올렸다. 하지만 잠마도존은 등천화의 말을 한 번쯤 새겼어야 했다.

그가 쓰고 있던 흑포의 머리 부분이 반으로 갈라지며 옆으로 흘러내렸기 때문이다.

"헉!"

잠마도존은 기겁을 하며 흑포를 잡았다.

그가 등천화의 목을 노릴 때, 마찬가지로 등천화 역시 그의 얼굴을 노리고 손을 쓴 것이다.

"이이……!"

촤— 악.

잠마도존의 손에 들린 마마천린도가 갑자기 수십, 수백 개로 쪼개졌다.

도면을 이루고 있던 비늘들이 일제히 떨어지며 용의 형상을 만들더니, 그대로 등천화를 향해 폭사됐다.

콰우우—!

거대한 용틀임을 동반한 암흑마기의 결정체는 등천화를 피할 틈도 주지 않고 먹어버리고는 그대로 절벽 안으로 파묻어 버렸다.

쿠콰콰콰쾅!

암흑천린마강(暗黑天鱗魔罡).

암흑마기를 마마천린도에 주입시켜 도 자체가 살아 있는 생물처럼 적을 공격하는 수법이었다. 비늘 하나하나가 강기로 된 용을 막으려면 그것을 전부 깨뜨리는 수밖에는 달리 방법이 없었다.

등천화를 삼키고 벽에 박힌 용은 한동안 균열을 일으키다가 잠마도존의 손으로 거둬졌다.

"저런 놈을 상대로 마룡을 불러내야 하다니. 잠마께서 뭐라고 하실지……."

암흑마기는 한 번 사용할 때마다 수명을 단축시키는 악마의 기운이었다. 지금처럼 단시간에 많은 양을 사용하게 되면 피로가 엄청나게 몰려온다.

자단이 하지 못한 일을 하기 위해서는 잠시 휴식을 취해야 했다.

푸하— 악!

“……!”

막 잠마도존이 몸을 돌렸을 때였다.

등천화가 파묻힌 벽이 터져 나가며 균열이 가더니, 그곳에서 등천화가 빠른 속도로 튀어나왔다.

“말도 안 돼. 마룡을 맞고도 살아나?”

잠마도존은 망설이지 않고 마룡을 다시 불렀다.

콰우우—

마룡이 괴성을 지르며 모습을 드러내려고 몸부림칠 때 빠르게 다가오던 등천화가 잠마도존의 시야에서 사라졌다.

쾅!

“큭!”

잠마도존은 등을 내주었다.

손을 휘저어 마룡이 자신의 전신을 감싸게 만들었다.

등천화의 발이 다시 안면을 향해 다가왔다.

마룡이 눈을 번뜩이며 그대로 등천화의 발을 물었다.

쾅!

“이럴 수가…….”

잠마도존은 자신의 눈을 의심했다.

마룡이 문 것은 등천화가 아니라 붉은 빛을 뿌리는 작은 물체였다.

쾅!

“분명히 잡았… 헉! 아, 암기!”

잠마도존의 마룡이 등천화가 던지 자전초와 부딪치는 순
간, 등천화는 방향을 바꿔 바람의 길 위에 우뚝 서더니 우레
와 같은 소리를 전신에 감았다.

"아, 안 돼!"

쿠르르ー 콰콰콰ー!

등천화는 잠마도존을 향해 내리꽂혔다.

바람을 은밀하게 조종해 그 교점을 잠마도존의 얼굴에 맞
춰놓고 아홉 번째 보법 기암보를 펼친 것이다.

엄청난 굉음과 함께 시야에는 잡히지 않는 등천화의 발이
그의 얼굴을 밟았다.

잠마도존은 자전초를 물고 있는 마룡을 거둬 마마천린도
로 되돌린 후 암흑마기를 끌어올려 등천화의 발을 잡으려 했
다.

쾅!

그의 손을 등천화의 발이 밟았다.

놓치지 않고 마마천린도를 휘둘렀다.

'옆!'

잠마도존은 마마천린도가 허공을 가르자, 멈추지 않고 옆
으로 회전하며 횡으로 그었다.

츠ー 츠르르ー

쩍!

"컥!"

언제 머리 위로 올라갔는지, 잠마도존의 정수리에 강한 충격이 전해졌다.

"으아아아!"

그의 전신에서 광포한 기세가 쏟아졌다.

그 기세는 머리를 밟고 사라지려는 등천화를 잡았고, 그는 놓치지 않고 마룡을 불러냈다.

쿠오오ㅡ!

암흑마기에 의해 전신이 옭아매어진 등천화에겐 이제 피할 방법은 없어 보였다.

그러나 그것은 등천화를 모르는 그의 생각일 뿐이었다. 이미 등천화는 그가 암흑마기로 옭아매려 할 때 공간을 만들어 놓고 있었다. 비경보의 은밀함은 암흑마기로도 완전히 잡아 놓을 수 없었다.

마룡이 괴성을 터뜨리며 다시 날아왔다.

콰르르ㅡ 쿠르르룽ㅡ!

등천화의 발에서도 엄청난 굉음이 터져 나왔다.

기암보는 산악을 무너뜨리는 굉음을 동반하며 등천화의 움직임을 자유롭게 해주었다.

번쩍!

등천화의 손에서 붉은 빛이 날아가며 마룡과 부딪쳤다.

콰쾅!

"그럴 줄 알았다."

잠마도존은 등천화의 반응을 이미 알고 있다는 듯이 왼손을 들어 올려 새로운 공격을 준비했다.

생쥐를 잡을 때 도끼를 사용하는 것은 어리석은 짓이다. 쉽게 다룰 수 있는 무기로 단번에 잡아야 한다.

지금은 마룡을 사용하는 것보다 정교하고 빠른 무공이 필요했다. 암흑지(暗黑指)라면 잠마도존의 생각을 충분히 반영해 줄 수 있었다.

마룡을 펼칠 때 사용하는 힘을 손가락에 집약시켜 빛보다 빠르게 쐈다.

쿳.

잠마도존은 암흑지까지 사용하게 될 줄은 몰랐지만, 이 한 수로 건방진 애송이의 발악은 끝이 나게 될 것을 의심하지 않았다. 하지만 이미 암흑마기의 기운을 볼 수 있는 등천화에겐 통하지 않았다.

허공을 좁히며 달려오던 등천화의 신형이 순간적으로 멈춰 섰다. 동시에 상체를 뒤로 무너뜨리며 하체의 흐름에 의지해 신형을 빙그르르 회전시켰다.

쉭―

암흑지가 등천화의 복부를 스칠 때는 아래쪽에 있었으나, 얼굴이 있던 위치에서는 위쪽으로 올라가 있었다.

등천화의 움직임은 여기서 멈추지 않았다. 오히려 지나가려는 암흑지를 따라 신형을 이동시켰다. 바람의 길을 암흑지에 걸어놓은 상태라 어렵지 않았다.

"암흑지가… 어어… 휘, 휜다!"

잠마도존은 자신이 날린 암흑지가 허공에서 흩어지지 않고 등천화의 움직임에 따라 위쪽으로 올라가는 모습에 기함을 질렀다.

암흑지를 축으로 얼마나 빨리 움직여야 그 회전력에 의해 움직일 수 있단 말인가?

비현실적인 상황을 아주 자연스럽게 이뤄내는 등천화의 모습은 인간같이 보이지 않았다.

일단은 마룡을 거둬들여 자리를 피해야 했다.

막 손을 뻗으려는 순간이었다.

잠마도존은 바늘 송곳으로 이마 정 중앙이 찍히는 따가움에 고개를 들었다. 방향을 바꾼 등천화와 암흑지가 그를 향해 완전히 돌아섰다.

'서, 설마 지금 암흑지를 내게 되돌려주겠다는 거냐?

그의 예상은 정확했다.

등천화는 여전히 암흑지 주위를 돌고 있었다.

잠마도존은 암흑마기를 최대한 끌어올려 등천화를 향해 마룡을 사용했다.

콰쾅!

잠마도존의 암흑지와 마룡이 부딪치며 폭음이 터졌고, 그 순간을 놓치지 않고 등천화는 더 높은 곳으로 솟구쳤다.

바람과 바람이 만나는 모든 교점을 잠마도존의 머리로 맞추었다. 그리고는 기암보를 펼치며 그대로 그 머리를 내리 밟았다.

쿠르르— 쾅!

"억!"

잠마도존은 단말마를 터뜨리며 아래로 추락했다.

한 번 더 바람의 길을 이용해 밟기만 하면 잠마도존의 길을 끊을 수 있었다.

쿠르르—

기암보를 운용할 때면 어김없이 터지는 굉음이었다.

등천화는 망설임없이 신형을 떨어뜨리려 했다.

"그렇게는 안 되지."

슉—

등천화가 낯선 목소리에 고개를 돌리자, 오 장여 떨어진 공간이 일그러지며 풍마가 모습을 드러냈다.

"어?"

풍마의 모습을 봤다 싶은 순간, 갑자기 눈앞이 캄캄해지며 주위가 일그러져 보였다. 마치 텅 빈 공간이 마구 쏟아지는 것 같았다.

풍마가 공파를 등천화에게 집중시킨 결과였다.

갑작스럽게 등장해서 등천화의 집중력을 흩뜨리고, 곧바로 그가 만들어내는 실체와 허상을 한꺼번에 눈으로 쏠리게

했으니, 익숙하지 않은 사람에겐 그야말로 지옥과 같은 순간
일 것이다.

이럴 때 손을 쓴다면?

등천화의 위기의식은 본능을 자극했고, 본능은 익숙한 움
직임을 반복하게 만들었다. 음자삼차파. 전반부 다섯 가지 보
법을 무작위로 계속해서 펼치자, 시간이 흐를수록 바람이 등
천화를 향해 다가오기 시작했다.

고오오―

"무슨 움직임이……."

풍마는 등천화의 황당한 움직임에 혀를 내둘렀다.

분명히 위쪽을 향해 있는 것 같았는데 옆으로 도는 모습과
겹쳐 보였다. 마치 두 사람이 각자 한 가지 동작을 펼치는 것
같았다.

착시라 여기고 집중해서 다시 보자, 이번엔 세 가지 동작이
한꺼번에 보이는 것이 아닌가?

고오오―

'이건 또 무슨… 헛!'

주위 공기가 요동을 치며 등천화를 향해 빨려가고 있었다.
풍마는 기겁을 하며 내공을 운용해 끌려가는 것을 막아놓고,
급히 아래쪽을 쳐다봤다.

떨어지는 동안 정신을 차렸는지, 잠마도존의 신형은 어디
론가 사라져 버리고 없었다.

이곳에서 잠마도존이 죽어버리면 암흑의 세력들을 끌어낼 기회가 사라지기에 살려주었다.

소기의 목적은 달성했다.

이런 상태에서 잠마도존과 호각을 이룬 등천화를 상대할 필요가 있을까?

자신이 없지는 않았다. 자신이라면 잠마도존처럼 엄청난 적수를 앞에 놓은 듯이 상대하지 않을 자신이 있었다. 공파만으로도 충분히 가볍게 상대할 수 있는 것처럼.

"크크크. 기억해 두마. 네놈은 이제부터 조심해야 한다. 교의 시선이 항상 네 뒤를 따라다닐 테니까. 칠천마… 화산검선을 상대로 너무 오래 끄는군."

풍마는 등천화를 한 번 더 눈여겨본 후 신형을 아래로 떨어뜨리려 했다.

슈악—

"……!"

바람이 비명을 질렀다.

풍마의 귀가 아닌 머릿속에서 그렇게 말하고 있었다.

공파가 만들어낸 이지러짐은 등천화의 극한에 가까운 동작으로 깨졌다. 음자삼차파로 만들어내는 무한 반복의 움직임의 힘이었다.

바람에 의해 겹겹이 둘러싸인 등천화의 움직임이 둔해졌

다. 팽팽하게 당겨놓은 활시위라 해도 좋을 정도의 빡빡함이
전신을 압박해 왔다.

여기서 한 발만 움직이면 그 빡빡함이 서로 폭발하며 원하
는 것을 부숴 버릴 듯이 으르렁거리고 있었다.

등천화의 동작 하나가 바늘처럼 변한 것이다, 물로 가득 찬
가죽 공을 찌르기만 하면 되는.

풍마가 서 있던 위치가 저쪽 어디쯤이었다.

슥.

등천화는 그곳을 향해 한 발을 내디뎠다.

촤아!

등천화의 전신을 팽팽하게 휘감고 있던 길들이 일제히 꽈
배기의 형태를 이루며 풍마가 서 있던 곳을 향해 쏟아졌다.

아무것도 없는 공간을 가르는 길.

바람의 응집체는 어떻게 보면 잠마도존이 보여주었던 마
룡의 형태와 비슷한 것 같기도 했고, 끝도 없이 늘어나는 창
이라고 해도 될 것 같았다.

"실력을 감추고 있었단 말이냐! 으헛!"

풍마의 기함을 지르는 소리가 들려왔다.

원래 있던 곳 아래쪽이었다.

무심결에 움직인 것이 그의 목숨을 살린 것이다.

쿠콰콰콰―!

엄청난 굉음과 함께 바람의 응집체에 맞은 벽이 무너지기

시작했다.

등천화는 풍마가 도망가는 것을 보면서도 멍한 기분에 취해서 쫓아갈 생각도 하지 않았다.

"지금 내가 어떻게 한 거지?"

몸은 알고 있는 것을 이제야 머리로 깨닫고 있었다.

어떻게 해야 풍마의 공파를 깰 수 있는지, 그리고 그 공격을 어떻게 공격해야 하는지, 몸이 알려준 것이다.

움직임만으로도 이런 엄청난 공격이 가능했다.

"보법은 정말이지 오랫동안 수련할 만하구나."

잠마도존도 풍마도 사라진 공간에서 등천화는 기분 좋은 웃음을 지었다. 지금까지는 막연히 상대의 길을 확인하기에 급급했으나, 이젠 그럴 필요가 없을 것 같았다.

움직인다는 것은 무척이나 행복한 일이었다.

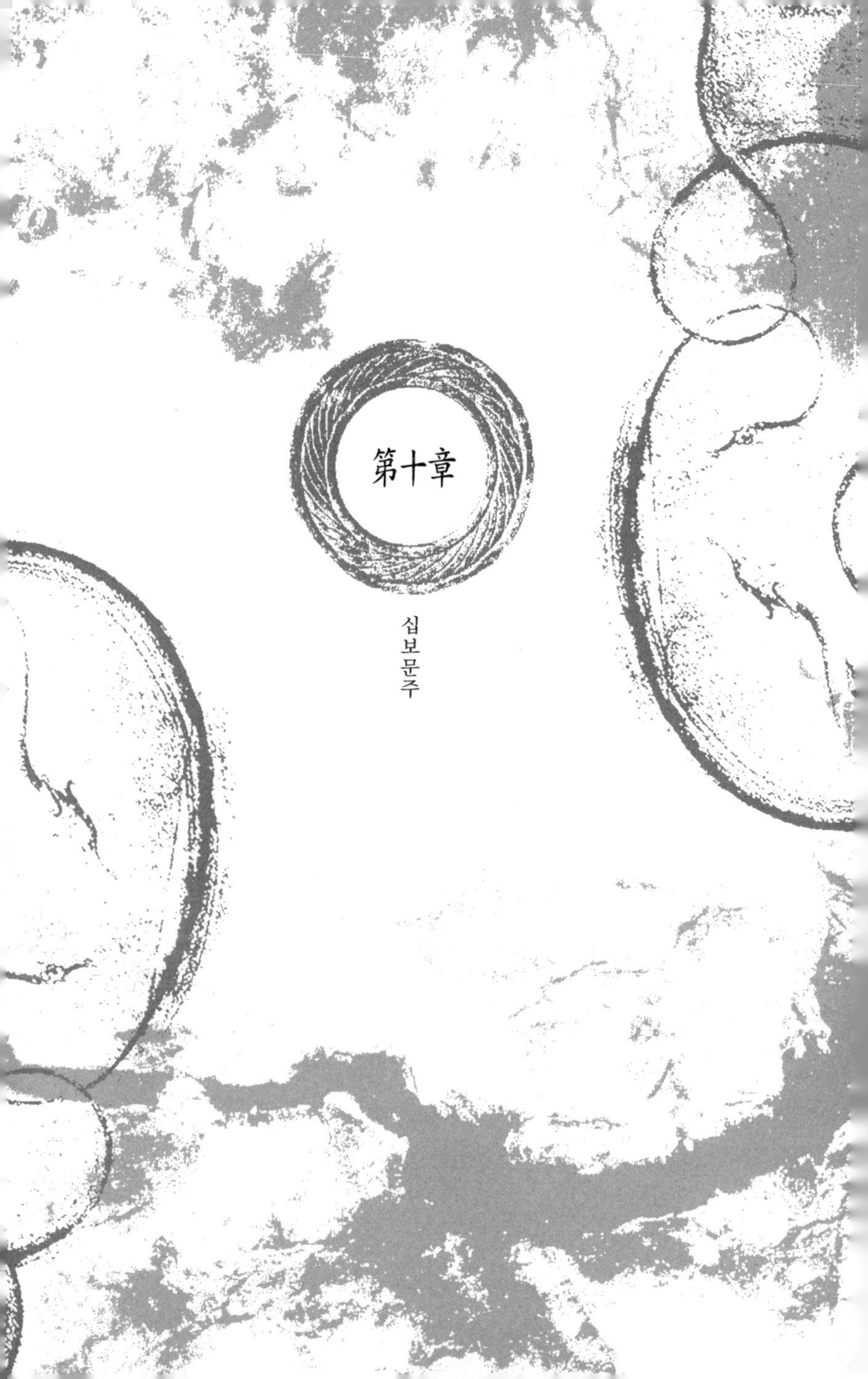
第十章
십보문주

"하늘이 도왔네, 칠천마."

화산검선은 이기고도 씁쓸한 탄식을 터뜨렸다.

칠천마가 딛고 선 땅이 내려앉지만 않았어도 승부는 몰랐다.

"쿡……."

칠천마는 오른쪽 가슴을 매만지며 화산검선을 노려봤다. 그의 단강마황인에 의해 두 팔이 잘렸어야 하는 자가 오히려 여유있게 다가오고 있었다.

"칠천마, 패배를 인정하고 제자들을 돌려주게. 그럼 자네가 백마들과 함께 떠나도록 해주겠네."

“오! 자비… 으윽. 자비를 베푸시겠다? 크하… 으윽. 땅만 내려앉지 않았어도 죽는 건, 너였어! 커헉!”

칠천마는 오른쪽 가슴을 움켜쥐며 외쳤다.

천재지변이었다. 칠천마의 발악하는 모습을 지켜보는 화산검선도 그것을 인정하지 않을 수 없었다. 하지만 승부는 승부였다.

“그것 또한 운명이겠지. 이제 이십 년을 끌어온 악연을 끊겠네.”

화산검선은 모질게 손을 썼다.

번쩍이며 빛이 작렬했다.

그 빛이 막 칠천마의 심장을 뚫으려는 순간, 칠천마의 가슴 위 공간이 흔들리는가 싶더니 불쑥 손이 튀어나오며 화산검선의 공격을 막았다.

쾅!

“헛!”

화산검선은 깜짝 놀라 손을 감싸며 뒤로 물러섰다.

갑작스런 손의 등장도 놀랍지만, 곧이어 전해진 충격이 엄청난 까닭이었다.

스윽.

모습을 드러낸 자는 등천화에게 공파를 날리고 사라졌던 풍마였다.

“그동안 많이 늘었군, 화산검선. 다음에는 나, 풍마가 직접

목을 가져가 주지. 천추성에 당했군. 유령신보를 구대문파 제
자 둘과 순순히 교환하겠다고 했을 때 알아차렸어야 했는데
말이지. 하여튼 대단한 계획이었다."

'푸, 풍마! 이자가 칠천마 서열 이위라는!'

화산검선은 풍마의 정체를 듣고 놀랐으나, 유령신보에 관
한 말은 이해할 수 없었다.

"그게 무슨 말이오?"

풍마는 슬쩍 허공을 올려다보고는 화산검선을 향해 조소
를 날렸다.

"유령신보를 이용한 계획은 충분히 성공했다는 말이다. 그
동안 교의 이목을 풍우신장의 제자들에게만 집중시킨 이유가
그 괴물 때문이란 걸 이제야 알겠다."

'이자가 하는 말을 하나도 알아들을 수가 없구나. 도대체
무슨 소리를 하는 건가?'

풍마는 이내 칠천마를 데리고 사라졌다.

화산검선은 사라지는 풍마를 보며 왜 손을 쓰지 않고 사라
지는지 의아하기만 했다.

풍마가 사라지고 난 직후, 등천화가 화산검선을 발견하고
안부를 물으며 내려섰다. 하지만 화산검선은 멍한 눈으로 고
개만 돌렸다.

"어르신, 괜찮으십니까?"

등천화가 다시 물었다.

"응? 아! 뭐라고 했지?"

"괜찮으세요?"

"아! 괜찮네."

"아까 칠천마란 자가 있었던 것 같은데……."

"풍마란 자가 데려갔네."

"그 사람이 왔었군요."

"그 사람? 자네, 풍마를 아는가?"

"어디로 갔나 했더니, 칠천마란 자를 구해주러 왔던 모양이네요."

"……."

화산검선은 칠천마와의 싸움에서 진기를 너무 소비해 귀가 잘못됐다고 생각했다. 눈앞의 청년이 누구기에 풍마와 싸웠다는 말도 안 되는 소리를 한다는 말인가?

'이 청년이 혹시 유령신보?

의문은 곧바로 질문을 하게 만들었다.

"노부는 화산검선이라고 하는 늙은이일세. 자네는……."

"등천화라고 합니다. 제가 먼저 말씀드렸어야 하는데, 죄송합니다."

"등천화… 자네의 실력이라면 별호도 있을 텐데."

"유령신보라고 부르는 사람들을 종종 보긴 해요."

"유, 유령신보!"

화산검선은 입을 쩍 벌렸다.

실력이 보통은 아니라고 생각했지만, 방금 전 풍마가 말했
던 유령신보일 줄이야.

"풍마와… 싸웠나?"

"싸웠다고 하기엔 뭐하고, 제가 일방적으로 당할 뻔했지
요. 이상한 수법을 사용하더라고요. 그 덕분에 좋은 걸 얻기
는 했지만요."

등천화는 '씨익' 웃으며 예의 순진한 표정을 지었다.

화산검선의 몸에서 흘러나오는 길은 마치 사부인 국진력
과 대화하는 것처럼 편안했다.

"허허, 허허허."

화산검선은 등천화를 보며 뭐가 그리 좋은지 웃기만 했다.
계창수의 말을 다들 귓등으로 흘려듣던 원로들에게 직접 데
려가 보여주고 싶을 정도였다.

"여긴 웬일인가?"

"마교에서 구대문파의 제자 두 사람을 인질로 잡고 있다고
해서요."

"자네가 오면 그들이 그들을 풀어준다고 하던가?"

"예. 계 원로… 천추성에 계신 분이 있는데요, 그분이 제가
가기만 하면 풀어준다고 했어요."

확신에 찬 대답이었다.

화산검선은 괜히 물어봤다는 생각이 들었다.

등천화는 계창수의 말을 완전히 믿고 있었다.

계창수는 등천화의 능력을 모르고 있는 것이 분명했다. 그렇지 않고서야 이곳에 사공원이 있으니 괜찮을 거란 말을 할 리가 없었다.

'이 청년에 대해서 천추성은 마교보다도 모르고 있었구나. 칠천마에게 오히려 고마워해야겠군. 그렇지 않았으면 아직도 요료 성승이나, 잠우 진인처럼 글로만 유령신보를 판단했으리라. 허허.'

화산검선이 흐뭇한 시선으로 등천화를 보고 있을 때였다. 등천화의 시선이 돌아가며 한곳을 바라봤다.

"문주님!"

'문주님?'

화산검선은 소리가 들린 곳을 쳐다봤다.

그곳에는 청수한 용모의 노인이 서 있었다. 아래쪽에서 올라온 듯했다.

"문 대협이 여긴 웬일이세요?"

'문 대협?'

등천화의 대답에 화산검선은 다시 한 번 어리둥절해졌다. 듣기로는 등천화가 천추성 어딘가에 속해 있다고 들은 것 같았기 때문이다.

"허."

화산검선은 문대성이 다가오는 모습을 보며 신기한 눈이 됐다. 지금까지 강호를 누비며 신법으로 거리를 좁히는 경우

는 봤어도, 보법으로 거리를 좁히는 사람은 처음 본 까닭이
다.

"문주님, 역시 근처에 계셨군요. 서두르시지요. 갈 아우가
위험합니다."

"갈 대협이요?"

"백마가 여섯 명에, 그자까지 나타났습니다."

"그자?"

"서문세가를 멸문시킨 자 말입니다."

"가시죠."

등천화의 안색이 굳으며 서둘렀다.

그러나 듣고 있던 화산검선에게는 그 모습이 충격으로 다
가왔다. 백마 여섯 명에 또 누군가가 있는 모양인데, 등천화
는 전혀 아랑곳하질 않는 것이다.

"이보게, 유령신보."

"예?"

"백마 여섯이라는 말을 들었나?"

"예."

"그런데도 무작정 가려는 건가?"

"갈 대협이 위험하다잖아요."

"......"

더 이상의 말은 무의미했다.

'갈 대협'이란 사람이 누군지는 모르지만, 그를 구하러 가

는 곳이 지옥이라도 가는 것이 당연하다는 등천화에겐 더 이상 말을 꺼내선 안 된다는 것을 깨달았기 때문이다.

"낭왕을 아십니까?"

문대성이 화산검선에게 다가와 물었다.

"십보문의 봉공 중 한 명이지요. 저와 의형제 사이지요. 문주님이 서두르시는 것이 당연합니다."

"문주님?"

"십보문의 문주님이 바로 저분이십니다."

"……."

화산검선은 먼저 내려가는 등천화에 대해 더욱 호기심이 생겼다.

*   *   *

"저런 머저리 같은 자!"

어둠 속에서 주먹을 움켜쥐는 인영이 있었다.

방심해서 등천화에게 호되게 당했다고 생각하는 잠마도존이었다.

자단과 만나서 장주극을 죽이고 돌아오라는 잠마의 명령을 이젠 지킬 수가 없게 됐다. 조용히 임시 거처로 들어가 장주극만 죽이면 그만인 것을 자단 때문에 모든 일이 수포로 돌아가고 말았다.

자단을 살리기 위해서는 모습을 드러내야 하는데, 그렇게 되면 풍마라는 자 역시 나타날 것이다.

자단이 제정신이라면 몰라도 지금과 같은 상황에서는 죽음을 자초하는 멍청한 짓이었다.

"잠마께서도 이 몸으로 돌아가면 모두 이해하시겠지. 암흑마기를 더 받아야 해. 그렇게만 되면, 유령신보 네놈의 사지를 모두 찢어 죽여주마."

잠마도존은 원독의 눈빛을 남기고 자리에서 사라졌다. 사라지기 전에 흑포가 갈라지며 남자에겐 볼 수 없는 긴 머리카락이 잠깐 모습을 드러냈다.

*　　　*　　　*

자단은 등장하지마자 천추성의 고수들은 물론이고, 마교의 백마들까지 모두 공격했다. 암흑마기를 극한까지 끌어올려 무조건 공격을 가한 것이다.

쾅!

"윽."

사공원은 백마 둘과 함께 자단의 공격을 막았다.

제마천강이 먼저 자단의 암흑마기를 차단했고, 그 뒤를 백마 이인이 밀어냈다.

자단은 공격이 실패하자, 기괴한 웃음을 터뜨리며 이번엔 우시백과 과한기가 있는 쪽을 공격했다.

"혁! 이 빌어먹을 괴물아! 미치려면 다른 데 가서 곱게 미칠 것이지, 왜 이곳에 나타나서 지랄이야!"

갈피독은 소리를 지르며 여의마검을 휘둘렀다.

스팟.

암흑마기 앞쪽이 잘려지자, 갈피독과 싸우던 백마들이 손쉽게 나머지 부분을 막아낼 수 있었다.

"……."

자단은 공격을 멈추고 갈피독이 들고 있는 여의마검을 묘한 시선으로 쳐다봤다. 마치 처음 본다는 듯이 세밀하게 관찰하고 있었다.

"……?"

갈피독은 자단의 행동에 이상함을 느꼈다.

말은 그렇게 했지만, 정말로 미치기라도 하면 큰일이기 때문이다.

"여의마검……."

중얼거리는 자단의 목소리.

'저 괴물, 정말로 미쳤다!'

갈피독은 속으로 외쳤다.

그토록 여의마검에 집착을 보였던 자단이 못 알아보는 것만 봐도 분명히 미친 것이다.

"이봐, 이거 여의마검이야. 네 거라며? 몰라? 그새 까먹었냐, 너! 머리는 커 가지고 쥐 대가리인 거냐!"

갈피독의 고함에 자단의 표정이 다시 험악해졌다.

어느새 싸우던 사람들이 모두 자단과 대치를 하고 서 있었다. 혼란스러운 듯 고개를 몇 번이고 흔들고서야 자단은 초점 잡힌 눈으로 되돌아왔다.

"클클. 너로구나. 이제야 생각났다."

지금에서야 갈피독이 생각난 것이다.

자단의 걷잡을 수 없는 변화에 갈피독은 뭐라고 대꾸하지 못하고 노려보기만 했다.

그 순간, 자단의 손이 아주 빠르게 들려졌다.

"갈 대협, 조심하세요!"

종명기가 갈피독 앞으로 나서며 백보신권을 날렸다.

콰쾅!

갑자기 등장한 자단으로 인해 막조는 전율을 일으키며 우횡을 노려봤다.

"너, 저런 싸움에 끼어들 생각이었냐?"

막조의 질문 아닌 질문에 우횡은 아무 말도 못했다.

무슨 말이든 하면 단체로 몰매 맞을 기회를 제공할 것 같았기 때문이다.

그때, 그를 구해줄 구세주가 등장했다.

한쪽에서 무서운 속도로 달려오는 사람이 있었다.

“저건 또 뭐야?”

막조는 신이 났다.

구경꾼은 피바다를 원하는 것이 강호의 이치.

무서운 속도로 달려가는 등천화의 모습은 새롭게 등장한 강호의 영웅이라도 되는 양 막조의 상상을 부추겼다.

“저저… 저놈이 기어코! 으윽!”

우횡은 달려오는 사람이 등천화라는 것을 확인하자마자 뒷목을 잡으며 기겁하며 외쳤다. 그 모습에 막조가 의아한 눈으로 우횡의 시선을 따라잡았다.

“네가 아는 자냐? 누구야? 저 젊은 영웅을 알고 있다니, 너도 제법인데?”

“영웅… 대형, 그런 것과는 먼 사람이니, 신경 쓰지 마세요. 그리고 앞으로는 이런 싸움에 끼어들자고 안 할 테니 돌아가서 정보나 팔죠.”

우횡의 맥 빠진 목소리에 막조가 추궁했다.

“뭐야, 갑자기 제정신으로 돌아오기라도 한 거야?”

“천추성에서 근무하는 자예요.”

“근무?”

“정문위사예요.”

“누가?”

“저기 달려오는 영.웅.이요.”

막조는 우횡의 말을 완벽하게 이해했다.

등천화와 같은 보법을 가진 자들이 천추성이라고 많을 리가 없었다. 우횡은 지금, 이곳이 무서워서 도망치고 싶은 핑계를 대는 것이다.

"알았다, 네 마음. 그래, 돌아가자."

"먼저 갈 테니 객잔으로 오세요."

우횡은 말을 마치자마자 뒤도 안 돌아보고 무조건 달렸다. 야우십팔영은 일제히 따라붙으며 이유를 물어봤지만, 우횡은 끝까지 같은 말만 했다.

천추성의 정문위사의 털끝도 건드리지 못했다는 얘기를 어떻게 하겠는가?

우횡은 달렸다. 혹시라도 등천화가 보는 일이 있어서는 안 되기에 죽을힘을 다해 달렸다.

"응? 누가 있었나?"

등천화는 갑자기 코가 근질거려서 주위를 돌아보고는 이내 뚱한 표정으로 되돌아왔다. 달리면서 새롭게 얻은 무기인 바람의 응집체를 만들었다. 풍마를 상대할 때의 위력은 나오지 않겠지만, 지금으로서는 이 정도의 힘이라도 비축하는 편이 나았다.

멀리 공중에 떠 있는 자단이 보였다.

공격이 시작될 것은 안 봐도 뻔했다.

곧장 바람의 응집체를 자단에게 보냈다.

쉬악—

빠르게 몰려가는 꽈배기 형태의 길을 바라봤다.

자단의 시선이 돌려졌다.

등천화는 자단을 똑바로 주시하며 전력으로 자보를 펼쳤다.

팡!

허공을 때리는 음향은 등천화를 끌어주는 바람의 소리였다.

자단을 막기 위해 싸움까지 중지하며 아홉 명의 초고수가 손을 쓰고 있었다.

"대단하다. 저들 아홉 명이 나서야 할 정도의 고수가 존재한다니."

구조백의 독백이었다.

그 독백이 끝나기도 전에 자단은 재차 공격을 가해왔다.

"소교주님을 깨워야 하는가……."

장주극은 칠천마를 만난 뒤로 계속해서 자고 있었다.

결정을 내리지 못하고 고민하는 그에게 구세주가 나타났다.

고오오.

형체도 없이 소리를 내는 무언가가 자단을 향해 곧장 날아가고 있었다.

구조백은 자단의 시선이 향하는 곳을 쳐다봤다.

한 사람이 엄청난 속도로 달려오고 있었다.

그때, 누군가가 소리쳤다.

"화산검선이시다! 화산검선께서 오셨다!"

'화산검선?

구조백은 조금 전의 공격이 화산검선의 것이 아니라는데 모든 것을 걸 수 있었다.

'혹시 제일 앞에서 달려오는 자가?

"파하! 유령신보께서 오셨다, 이놈아!"

갈피독은 등천화를 보며 마구 웃었다.

싸움이 잠시 멈춘 틈을 타, 천추성과 마교가 다시 갈라졌다.

"저 청년이 유령신보요, 낭왕?"

우시백과 과한기가 동시에 물었다.

"그렇소. 잘생기지 않았소? 파하하!"

갈피독은 등천화의 등장으로 농담까지 하는 여유를 보여주었다. 하지만 등천화의 등장이 썩 달갑지 않은 사람도 있었다.

사공원은 뒤늦게 나타나 모든 이의 시선을 받는 등천화가 마음에 들지 않았다. 일찍 와서 구대문파의 제자들과 교환됐으면 자신이 이런 말도 안 되는 상황에 빠질 일이 없었잖은가 말이다.

"네가 유령신보냐?"

거만한 표정으로 다가오는 등천화에게 명령조로 물었다. 당연히 멈춰 서서 대답을 하리라고 여겼던 그의 예상은 처참하게 깨졌다.

등천화가 대답도 하지 않고 지나친 것이다.

"이이……."

안 그래도 천추성주의 대제자라는 이름에 걸맞지 않는 상황으로 모양새가 우스워졌는데, 이름도 알려지지 않은 애송이에게 무시까지 당한 것이다.

사공원의 눈에는 등천화가 어리버리한 애송이로만 보였다. 어떻게 달려왔는지에 대해서는 전혀 궁금하지 않았다.

"많이 찾았어요."

"뭐?"

사공원은 하마터면 자신을 왜 찾았냐고 반문할 뻔했다. 하지만 등천화가 질문한 대상이 그가 아니라, 자단이란 것을 금방 깨달았다.

"왜, 죽고 싶어서?"

자단은 이전과 달리 등천화만은 알아봤다.

암흑마기에 영향을 준 두 가지 기운 중에 한 가지가 바로 등천화의 것이기 때문에 기억을 하는 것이다.

"그럴 리가. 서문 소저 가족의 길을 끊어놓고 당신만 멀쩡하면 안 되니 당신도 끊겨야지요."

목소리는 편안했지만, 말속에는 분노가 담겨 있었다.

"클클클. 도망친 주제에 싸우기라도 하겠다는 거냐?"

자단은 등천화를 보면서 암암리에 암흑마기를 끌어올렸다. 척추에서 불을 뿜는 듯 고통이 느껴졌다. 고통은 열기로 바뀌었고 순식간에 그의 전신으로 퍼졌다.

이제 방심으로 인해 도망치는 걸 방관할 일은 없었다. 방심은 한 번이면 족하니까.

등천화의 등장으로 자단의 관심이 다른 사람은 완전히 떠났다. 이 또한 사공원으로서는 상당히 자존심 상하는 일이 아닐 수 없었다.

"천추성의 대공자 사공원이 여기 있다! 나와 자웅을 결하자!"

사공원은 이를 악물며 검을 들고서 나섰다.

이런 경우 모든 사람들의 시선이 집중됐어야 하지만 이곳에 있는 사람들도 눈은 갖고 있었다. 그것도 몹시 정확한 눈을.

등천화와 사공원.

비교하는 것 자체가 어리석은 일이었다.

자단이 등천화에게 관심을 갖는 순간, 사공원은 자단의 관심 밖으로 밀려났다. 이 의미는 당사자인 사공원으로서는 받아들이기 힘든 일이었다. 자단이 자신보다 등천화를 인정한다는 뜻이기에.

어느새 사공원의 머릿속에는 등천화가 등장하면서 자단의 공격을 막았다는 생각은 사라지고 없었다.

"큿. 저놈이 아니었으면 벌써 척추가 접혔을 놈이 입만 살아서… 오히려 문주께 고맙다고나 하지?"

갈피독이 사공원의 귀에만 들리는 음성으로 조소를 날렸다. 사공원은 눈을 부라리며 뒤를 돌아봤다.

"지, 지금 뭐라고 했느냐?"

"했느냐아? 그건 도와주러 온 사람에게 할 말이 아니지. 네가 천추성의 대공자면 대공자지, 왜 본 적도 없는 어른한테 반말지거리야!"

"뭐라!"

"어쭈? 너, 나 본 적 있어? 없지? 나, 천추성 사람 아니야. 문주가 의리 때문에 도와주는 건 어쩔 수 없지만, 그렇다고 나도 함부로 대하면 안 되지. 안 그렇소, 종 대협?"

"……."

종명기는 잠시 난감한 얼굴이 됐다.

갈피독의 말투가 무례하긴 했지만, 틀린 말은 또 아니기 때문이다.

종명기가 주저하고 있을 때, 자단의 목소리가 들렸다.

"그동안 또 변했구나. 클클."

사공원이 재빨리 자단을 돌아봤다.

'또 변했구나? 이건 뭐야, 두 사람이 이미 만난 적이 있다는 거 아니야?'

대화를 듣고 있던 사공원은 짜증이 났다.

천추성을 대표해서 나온 사람은 자신인데, 모두들 그를 안중에도 안 두고 있었다.

"당신도 변했네요."

등천화는 웃으며 말을 받아주었다.

"클클. 그래? 어떻게 변했지?"

"더 약해진 것 같아요. 뭐, 어떻게 변했든 용서하지 않는 건 마찬가지지만요."

등천화의 목소리는 단호했다.

자단은 암흑마기를 끌어올린 상태로 혈영마공을 양손에 집중시켜 진기를 뽑아냈다. 그의 손이 벌어지는 거리만큼 검은 원반이 타원형으로 늘어났다. 반면에, 등천화는 아무런 행동도 하지 않고 고요함을 유지했다.

바람과 바람이 만나는 교점이 지나가는 순간, 사라져서 자단의 바로 앞에 나타났다.

슥.

자단은 등천화를 보자마자 손을 들어 얼굴을 가렸다.

이전과 전혀 달라지지 않은 공격 방식에 속으로 회심의 미소를 지었다.

"……?"

타격이 있어야 할 시점이 지났는데도 소식이 없었다.

손을 내려 등천화를 찾았다.

등천화가 자신의 주위를 빙글빙글 돌고 있었다.

눈이 마주치자 웃어주는 여유까지 보인다.

'뭐지? 저 웃음은?'

자단은 등천화의 웃음에 머리끝이 쭈뼛 섰다.

순간, 믿을 수 없는 현상이 일어났다. 그의 주위를 돌고 있던 등천화가 다시 사라진 것이다.

"곽 소저가 전해달라고 했어요."

자단의 바로 뒤에서 등천화의 음성이 들려왔다.

'언제……!'

기척도 없이 자신의 영역 안을 마음대로 드나드는 놈에게 공격은 무의미했다. 회전하며 양손을 들어 재빨리 얼굴을 가렸다.

퍽!

"큭."

얼굴이 아닌 복부에 묵직한 충격이 느껴졌다.

맞았다는 충격보다 몸으로 느껴지는 이 느낌.

'혀, 혈영신공! 그 계집이 끝까지!'

등천화의 손에 간직되어 있는 곽수정의 염원이 비로소 자단의 몸에 박힌 것이다.

그녀가 죽으면서 한 말이 있었다. 이마만 사용하지 말고,

혈영신공을 전해줄 테니 자단을 죽일 때 손을 사용하라는.

"대단하다."

종명기는 새삼스러운 눈으로 등천화를 바라봤다.

섞일 수 없는 정과 마의 고수들이 합심까지 해서 손을 썼는데도 잡지 못했던 자단을 등천화 혼자서 가지고 놀고 있었다. 그것도 보법 하나만으로.

그런 등천화를 보는 종명기의 눈에 두려움이 살짝 엿보였다. 하지만, 이런 느낌을 받은 사람은 종명기만이 아니었다. 마교의 고수들은 종명기보다 훨씬 심한, 공포에 가까운 감정을 느끼고 있었다.

자단의 허둥거림에 백마 육 인은 입이 바싹 말랐고, 그가 등천화에게 복부를 내줬을 때는 자신들이 배를 맞은 것처럼 쓰다듬기까지 했다.

자단 다음은 자신들의 차례라는 것을 본능적으로 느끼고 있는 까닭이다.

"화산검선이 왔다는 것은 칠천마님이……."

독마가 해서는 안될 말을 중얼거렸다.

"건방지다, 독마!"

마륜절패마가 독마의 말을 끊으며 호통을 쳤다.

"그, 그것이 아니라……."

"칠천마께서 지셨을 리 없다."

결국은 그가 믿고 싶은 말을 스스로 해버리고 말았다.

등천화가 자단의 주위를 돈 이유는 바람의 응집체를 만들기 위해서였다. 길이란 처음 갈 때나 느리지, 그다음부터는 빨라지게 마련. 지금 등천화가 그랬다.

혈영신공에 복부를 맞았다는 생각은, 몸뿐만 아니라 정신적으로 큰 충격을 안겨주기에 충분했다.

자단은 혈영마공을 마구 뿌려댔다.

이런 그의 행동은 등천화를 도와주었다.

바람의 응집체를 쏠 곳이 명확해지기 때문이다.

촤아!

시원한 소리와 함께 바람의 응집체가 자단의 등에 꽂혔다. 꽂혔다 싶은 다음 순간, 그대로 그의 등을 뚫고 바닥까지 닿았다.

퍽.

"무슨 짓을……."

자단은 뭔가가 자신의 등을 뚫는다는 느낌은 있었으나 움직이는데 지장이 없자, 잔인한 미소를 지으며 등천화를 향해 돌아섰다. 아니, 돌아서려고 했다.

퍽!

자단은 채 반도 못 돌아서고 터져 버리고 말았다.

지켜보는 사람들은 모두 등천화의 공격에 자단이 허무한

죽음을 맞이했다고 여겼다.

군중들은 환호했고, 마교인들은 침묵했으며, 갈피독 등은 자랑스러워했다.

그러나 정작 등천화는 인상을 썼다.

아래쪽, 구조백이 지키고 있는 마교의 임시 거처에서 누군가가 손을 쓴 것을 본 까닭이다.

천장에 구멍이 난 막사.

그 안쪽에서 회색빛 동공이 등천화를 보고 있었다.

그의 눈은 웃고 있었다.

"……."

등천화가 쏜 바람의 응집체가 자단의 등을 뚫기는 했지만, 터뜨린 장본인은 저 아래에 있는 것이다.

회색빛 동공이 구멍에서 사라졌다.

등천화는 조용히 땅에 내려섰다.

움직임이 없던 백마 육 인이 일제히 임시 거처 쪽으로 가서 허리를 숙였다.

임시 거처에서 나오는 인물.

회색빛 동공을 지닌 청년이 그곳에서 걸어나왔다.

사공원을 비롯한 천추성의 고수 전원이 긴장했다.

백마들이 고개를 숙일 정도의 고수는 흔치 않았다.

'저 안에서 칠천마 중 한 명이라도 나온다면 오늘 이 자리를 벗어나기는 힘들다.'

지칠 대로 지친 우시백과 과한기의 속마음이었다.

그러나 임시 거처에서 나온 사람은 그들의 예상을 완전히 벗어난 인물이었다.

"소교주님을 뵙습니다!"

일제히 고개 숙이는 백마들 사이를 걸어나오는 장주극의 전신에서 강자만이 흘릴 수 있는 향기가 흘러넘쳤다.

"마교의 소교주……."

사공원이 침음을 터뜨렸다.

한눈에 봐도 자단 그 이상의 고수라는 것을 알 수 있었다. 저런 자를 상대할 고수는 인정하기 싫어도 조금 전에 자단을 터뜨려 죽인 등천화뿐이었다.

질끈.

왜 자신이 아닌가!

이를 악문 그의 곁으로 화산검선이 다가와 섰고, 양쪽으로 우시백과 과한기가 다가왔다.

장주극의 시선이 천추성의 모든 인물들을 지나쳐 등천화에게 고정됐다.

"오랜만이다, 유령신보."

쿵.

천추성의 고수들은 물론이고, 마교 측 전원의 눈에 놀람이 떠올랐다.

등천화가 자단을 아는 것만 해도 놀랄 일이건만, 마교 소교주조차 만난 적이 있다는 말에는 입을 쩍 벌릴 수밖에 없었다.

"장주극… 아마 그 이름이었던 것 같네요."

"용케 기억하고 있구나."

"한 번 들으면 잘 안 잊어버려서요."

등천화는 웃었다.

그 웃음이 장주극을 자극했다.

"크흐흐. 여전히 어리버리하게 구는구나. 나는 너를 보니 화가 치미는데, 너는 전혀 그렇지 않은 것 같아서 더 화가 난다. 그래서 선물을 준비했다."

장주극은 손바닥을 폈다.

툭.

바닥에 떨어지는 물체를 본 두 사람의 몸이 부들부들 떨렸다. 우시백과 과한기의 제자들인 이건과 강무의 신물이랄 수 있는 옥패였다.

"좀 화가 나느냐?"

"뭐죠?"

"너와 교환하려고 했던 버러지들의 머리라고 하면 이해가 되겠느냐?"

장주극의 장난스런 말에 등천화의 안색이 딱딱하게 변했다.

"왜 그런 짓을."

등천화는 이건과 강무가 누군지 알 수 없었으나, 장주극의 말을 들은 우시백과 과한기가 허탈한 표정으로 한숨을 내쉬는 소리를 들을 수 있었다.

"뭐야, 화가 안 나느냐? 아직 부족한 모양이군. 저자를 상대할 때처럼 화를 내봐, 웅? 백마들은 들어라!"

"명을 기다립니다, 소교주님!"

"이곳에 있는 자들을 모두 쓸어라!"

"존명!"

백마 육 인은 살기를 띠며 돌아섰다.

등천화는 그들이 사람들의 길을 끊으려 한다는 걸 깨닫고 먼저 움직이려 했다.

쉭.

"어허, 너는 내가 상대한다니까? 이제부터 즐겨라, 살육의 시간을 즐기는 것이야말로 강자의 권리지. 흐흐흐."

장주극은 손을 저으며 등천화를 막아섰다.

등천화의 안색이 굳었다.

자단을 죽이려 했던 데에는 이유가 있었다. 하지만 눈앞의 장주극과는 아무런 은원 관계가 없었다.

"하지 않는 것이 좋아요."

"뭐라고?"

"그러지 마세요. 사람의 길을 마음대로 끊는 건 나쁜 짓이에요."

“큭. 크하하! 나쁜 짓이라고? 약자들을 죽이는 건 강자로서 당연한 권리다. 약자들이 죽는 건 진리야. 내가 너보다 약자라서 죽는다면 어쩔 수 없듯이 말이야.”

장주극의 몸이 활짝 열렸다.

길이 보이는 것이 아니라, 분명히 몸이 열렸다.

신기한 몸이 아닐 수 없었다.

“그때와는 많이 달라졌네요.”

“악마를 불렀거든.”

장주극이 회색빛 동공을 번들거리며 말을 마쳤을 때였다.

“악마!”

장주극의 말에 등천화보다 먼저 반응을 보인 사람은 화산검선이었다.

“악마대능력을 얻었소?”

“크크큭. 늙은이는 누구지? 악마대능력을 알아보는 걸 보니 제법인데?”

화산검선의 질문에 장주극은 묘한 웃음을 지었다.

악마대능력을 얻은 것이 당연하다는 듯했다.

등천화의 시선이 옆으로 돌아갔다.

백마 육 인의 기세에 파묻혀 갈피독과 종명기의 길이 잘 보이지 않았다.

“나를 앞에 두고 한눈 팔면 안 되지.”

“……?”

등천화는 그 순간, 인간이 만들어낼 수 있는 길이 얼마나
많은지, 새삼 느껴야 했다.

반듯하다거나, 길거나, 짧거나, 두꺼운 길은 수도 없이 봐
왔지만 장주극이 만들어내는 길은 그 어떤 것과도 닮지 않았
다.

짜자— 짜— 악!

"그동안 네 덕분에 지옥을 많이 봤다. 이건 내 선물이니 감
사히 받도록. 크하하!"

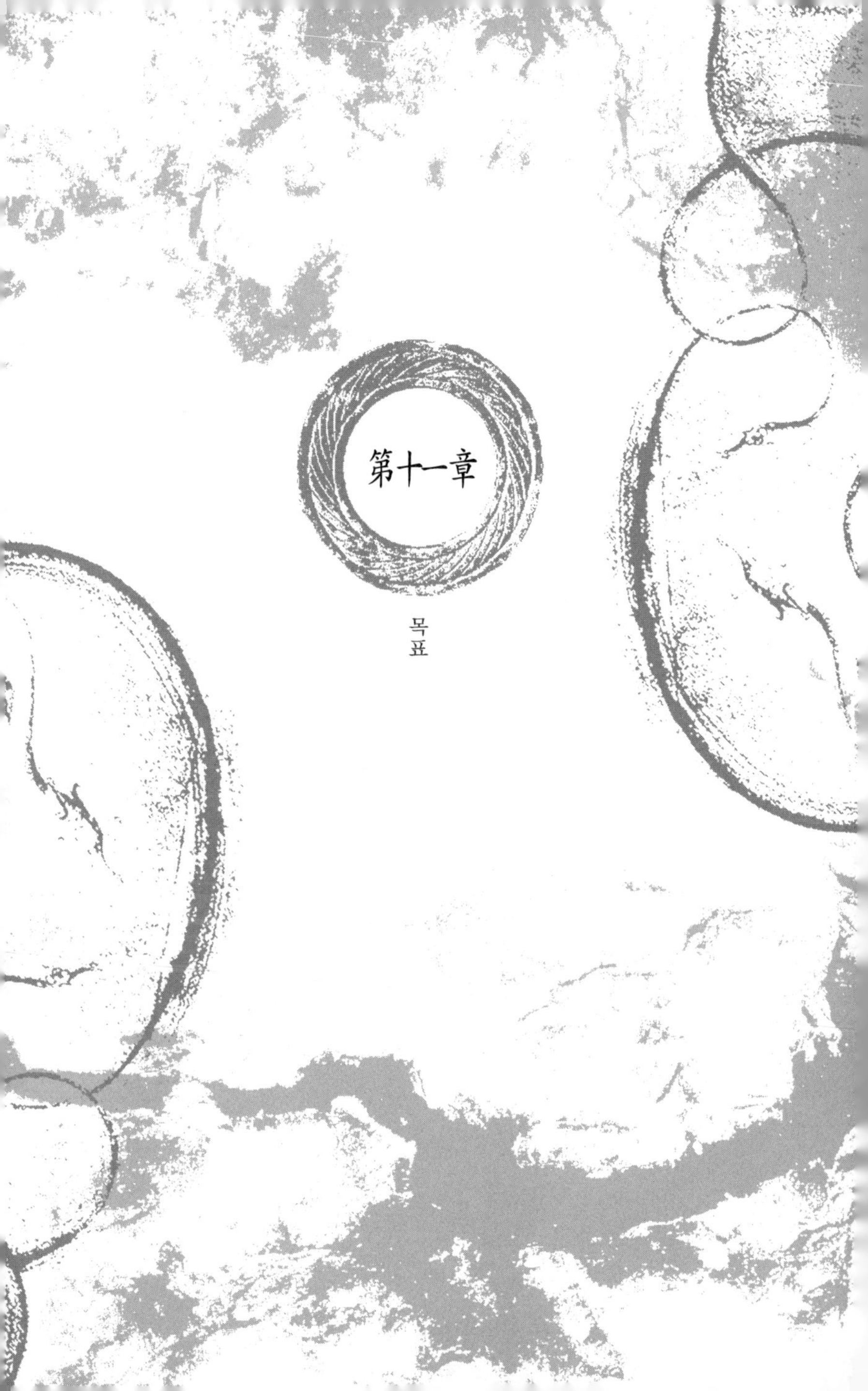
第十一章
목표

步法
無敵

하북성 끝에서도 한참을 들어가야 하는 대막. 그 황량한 모래언덕에 앉아 있는 청년이 있었다.

그는 이마부터 턱 선까지 어느 하나 또렷하지 않은 부분이 없었다. 반면에, 딱히 어느 한 곳이 두드러지지도 않았다.

전체적인 청년의 얼굴은 대략 선 굵은 남자였다.

생각에 잠겨서 머리칼이 날선 바람에 날리는 것도 모를 만큼 심각한 얼굴을 하고 있는 그는 천추성에서 축융단으로 돌아온 예명이었다.

스스스―

"……"

그의 시선이 닿은 곳은 여인의 나체처럼 둥글고 탐스러운 능선이 선명하게 그어진 산으로, 축융단의 역대 단주들의 유해가 묻힌 곳이었다.

"무엇 때문에 숙부가 죽어야 했던 거지?"

예명이 축융단으로 돌아오자마자 아버지, 예반악으로부터 엄청난 소식을 들은 까닭에 오늘도 잠을 이루지 못했다.

발 앞에는 옥갑 두 개가 놓여 있었다.

축융어린도와 축융신갑.

예명은 눈으로 옥갑들을 열기라도 하려는지 눈 한 번 깜빡이지 않고 노려봤다.

어제와 마찬가지로 오늘도 그렇게 시간이 또 흘렀다.

밤이 깊어질수록 거세지던 모래 바람이 잦아들면서 태양이 조금씩 모습을 드러냈고, 잠잠한 아침이 밝아왔다. 예명의 앞에는 족히 수백 개는 될 것 같은 천막들이 나타나기 시작했다.

"쿨룩쿨룩……."

맑은 바람이 건조한 공기를 가져왔다.

대막의 아침은 하루를 결정하는 중요한 요소인 만큼, 오늘은 무척 더울 것이다.

답답한 예명의 가슴이 더욱 말라갔다.

얼마 전에 들려준 예반악의 애기 때문에 고민을 하게 됐다.

세외삼천 이전의 고수들에 관한 비사로, 세외사대천왕이

라고 불렸던 자들에 대해서였다.

열화마왕(熱火魔王).

빙하여제(氷河女帝).

자부검후(紫府劍侯).

철사대제(鐵獅大帝).

변방의 한계를 극복하기 위해 천하로 나가려 했던 초인들이며, 세외를 지배하는 최고의 무인들이었다.

그때까지만 해도 예명은 별 감흥이 없었다. 하지만 그들에 대해 설명하던 예반악이 마치 자신이 열화마왕이라도 된 듯이 타오르자, 자신과 관련이 있을지도 모른다는 생각을 하게 됐다.

예반악의 흔들리는 세 가닥 수염이 아직도 또렷이 기억났다.

"열화마왕께서는 대막에서 한 번도 패한 적이 없으셨다. 그분의 주먹은 용권풍을 짓이길 정도로 강하셨다. 산을 만들기도, 부수기도 하셨다. 그런 분이 아니! 그분과 비슷한 무공을 지닌 사대천왕이 모두 그자에게 당한 것이다."

"그자……."

"잠마성황(潛魔聖皇)이다."

"잠마성황?"

"천하는 너희들처럼 우물 안 개구리들이 넘볼 곳이 아니라고 했다는 기록이 있다. 세외사대천왕의 무공을 어린애 장난처럼 만들고는. 그가 지나간 자리에 남은 것이라고는 검은 안개밖에 없다고 한다.”

“그럼 왜 숙부를⋯⋯.”

“이젠 때가 됐으니까.”

“때? 그게 무슨 말씀이십니까? 숙부와 그자가 무슨 연관이 있다고⋯⋯.”

“연관은 없다. 축융태양진력을 알아보는 자가 나타날지도 모른다는 생각에 보낸 것이지.”

“그걸 음 숙부는 알고 계셨습니까?”

“알았을 리가 없지.”

“아버지!”

“지명이를 부추긴 놈은 마교에 소속된 놈이더구나. 모른 척했다. 그래야 그자가 마교와 관련이 있다는 것을 알게 될 테니까. 하나, 그놈은 잠마성황이란 자와 관련이 없었다.”

“하면, 저보고 왜 나가보라고 하신 겁니까!”

“세상도 경험할 겸, 잠마성황이 나타나면 네가 직접 볼 수 있을 것 같아서 그랬다.”

“마교는요? 마교가 세외삼천 제일의 적이라고⋯⋯.”

“마교의 오마제가 세외삼천을 제압한 것은 분명 사실이다. 세외사대천왕들과 다른 사람들의 무공은 엄청나게 차이가 있었으니.”

모든 애기는 하나로 귀결됐다.

마교 때문에 축융단이 날개를 접은 것이 아니라, 잠마성황이란 자를 두려워해서 숨어 지냈다는 뜻이었다.

설명하는 아버지, 예반악은 이미 이전의 그가 아니었다. 이전에도 강했던 분이 더욱 거대하게 보였기 때문이다.

열화마황권.

겨우 삼성도 안 되는 힘으로 예명의 십성 축융태양진력을 어린애처럼 다루었다.

예명은 생각나는 얼굴 때문에 웃었다.

마교의 백마도 아니고, 천추성의 고수도 아니었다.

등천화의 얼굴이었다.

예반악은 곧 세외삼천이 회합을 가진다고 했다.

'그녀들은 무슨 생각을 하고 있는지 궁금하군.'

생각을 접으며 고개를 막 들었을 때였다.

가죽옷을 입은 두 사람이 다가와 고개를 숙였다.

"소단주님, 준비가 끝났습니다."

축융단의 장로 중 둘이었다.

열화마왕권을 익히기 위한 준비가 모두 끝났음을 의미했다.

척.

예명은 마음의 결정을 내렸는지 주저없이 몸을 일으켜 두 가신을 따라갔다.

＊　　　＊　　　＊

잠마도존이 마묵산에서부터 반나절 동안 신법을 펼쳐 날아온 곳은 동구(洞口)에 있는 초담산(礎曇山)이었다. 잠마혈존과 함께 왔어야 하지만, 유령신보와 풍마가 있는 곳에서 잠마혈존을 빼내올 자신이 없었다.

거대한 입을 벌리고 있는 동굴의 앞에 선 잠마도존은 불쑥 뚫려진 구멍 한 곳에 손을 집어넣었다.

이 동작은 잠마의 일원임을 확인하는 절차였다.

암흑마기를 지니지 않고는 저 큰 입을 벌리고 있는 공간에서 살아남을 수가 없기 때문이다.

어둠 속으로 몸을 감춘 직후, 입구로 다가오는 기척이 있었다. 잠마도존은 어둠과 동화되어 들어오는 인영을 살폈다.

여인이었다.

구멍에 손을 넣고 들어섰다. 그런 여인의 자연스러운 행동은 잠마도존을 긴장시켰다.

'잠마의 이름을 받은 자 중에 여인이라면…….'

잠마도존은 여인이 걸어올 때까지 기다렸다.

"잠마비존?"

"어머."

화들짝 놀라는 여인은 채운하였다.

남자라면 도저히 거부할 수 없는 매력적인 미모에 야릇한 미소까지 지으며 돌아봤다.

"혹시 잠마도존이신가요? 호호호. 안 그래도 잠마께 한번 보고 싶다고 청했는데. 이곳으로 오면 볼 수 있다는 말씀이 사실이었네요."

활짝 웃는 채운하의 미소는 아찔할 정도였다.

"이쪽으로. 잠마께 안내하겠소."

잠마도존은 내색하지 않고 앞서서 걸었다.

호리호리한 체구에 웬만한 여인보다 아름다운 잠마도존의 얼굴은 채운하의 관심을 끌기에 충분했다.

"삼십? 그 이상이신가요?"

채운하의 시선이 반듯하게 선 잠마도존의 콧날을 주시했다. 왠지 모를 울렁거림이 느껴졌다. 중성적인 매력의 남자는 흔치 않았다. 더구나 아름답기까지 한 남자는 더더욱 흔치 않았다.

"무의미한 질문이란 것을 알잖소."

"아! 호호호. 그냥 물어본 거예요. 너무 미남이시라. 아니지, 지나치게 매력적이세요."

흐드러진 채운하의 웃음이 멎기도 전에 잠마도존은 비릿한 미소를 지었다.

"임자있는 몸에게도 관심이 있소?"

잠마도존이 냉정한 목소리로 돌아섰다.

채운하는 일순 당황해서 반박을 하지 못했다.

그녀를 보고 저렇게 냉담한 반응을 보이는 남자, 지금까지 단 한 명도 없었다고 해도 과언이 아니었다.

유혹하고 싶은 욕구가 전신에서 일렁였다.

"그래도 괜찮다면요. 호호호. 농담이에요, 농담."

"그런 농담은 안 하는 편이 좋겠소."

역시나 대답이 간단했다.

왜 그의 대답이 채운하에게는 한 번 더 유혹을 해달라는 말로 들리는지.

채운하는 혼자 상상을 하다가 아쉬움에 혀를 내밀었다 넣었다.

"이곳은 곧 난리가 날 거예요."

"늦은 것은 아니니 서두르지 마시오."

"그럼요. 저는 언제나 완벽하거든요. 호호호."

채운하의 목소리가 지나치게 친절했다.

잠마도존은 더 이상 대꾸하지 않았다.

"아이, 우리 대화가 너무 딱딱해요. 좀 부드러운 얘기로 바꿔요, 예? 이제 곧 잠마께서 어둠으로 천하를 지배하시게 되잖아요. 좀 더 친해질 필요가 있지 않을까요?"

"……"

"남자는 역시 말이 적어야 매력이 있다니까. 호호호. 참,

우리 두 사람을 함께 부른 이유를 아세요? 항상 저만 부르셔서……."

잠마도존의 신형이 갑자기 멈췄다. 그리고는 뒤로 돌며 가소롭다는 듯이 '픽' 하고 웃었다.

'왜 저러지? 저렇게 예민하게 굴 이유가 없는데?'

채운하는 날이 선 잠마도존의 반응에 인상을 썼다.

자존심이 고개를 들었다. 이후로 두 사람은 목적지까지 가는 동안 한마디도 나누지 않았다.

동굴을 따라 지하로 한참을 내려갔을 때였다.

찌릿.

'헉! 이 느낌은!'

채운하는 하마터면 제자리에 주저앉을 뻔했다.

허벅지 사이에서 전율이 느껴졌기 때문이다.

그녀에게 이런 느낌을 준 사람은 오직 한 사람, 잠마뿐이었다.

'근처에 계신다. 한데, 내 착각인가? 이자도 움찔한 것 같은데…….'

채운하는 잠마도존에게서 뭔가 이상함을 느꼈지만, 특별한 점을 발견할 수는 없었다.

"도착했소."

잠마도존이 거대한 석문 앞에 멈춰 섰다.

'악마동?'

악마 형상의 조형물이 입을 벌리고 있었다.

이내 문이 열리고 두 사람을 집어삼켰다.

석실 안에는 무음무취의 안개가 가득했다.

채운하에게는 너무도 익숙한 안개였다.

잠마가 욕정을 일으킬 때면 생기는 현상이기 때문이다. 채운하는 흥분됐다. 곧 벌어질 일을 잠마도존이 보면 어떤 표정을 지을지도 궁금했다.

"둘이 함께 오니 좋구나."

거대한 악마상이 눈을 굴리며 두 사람을 노려봤다.

"잠마를 뵙습니다."

"잠마를 청합니다."

잠마도존은 채운하와 달리 잠마를 청한다고 했다.

이때까지만 해도 채운하는 잠마도존의 말을 별생각없이 받아들였다. 악마상 앞에 다다랐을 때에야 그 말의 의미를 알았다.

"드디어 때가 왔다. 오랜 기다림을 끝내고, 들끓는 천하를 거두기만 하면 되는 날이 다가왔다. 그날을 위해 너희들은 좀 더 강해질 필요가 있다. 오너라."

잠마의 말에 따라 채운하는 지체하지 않고 옷자락을 벗었다. 이때, 어이없는 일이 일어났다. 가만히 있어야 할 잠마도존 역시 옷을 벗는 것이 아닌가?

‘혹시 잠마도존과?’

채운하는 은밀한 상상을 하며 잠마도존의 앞에 나체로 반듯이 섰다. 하지만 그녀의 상상은 곧 깨졌다.

잠마도존이 그녀의 옆에 나란히 섰기 때문이다.

“헙!”

채운하의 놀란 외침.

잠마도존, 아니, 이젠 뭐라고 불러야 할지 모르는 낯선 여인이 전라의 모습으로 서 있었다. 봉긋한 가슴은 채운하의 가슴보다 오히려 더 탐스러워 보였다.

“나, 남자가 아니라… 아!”

흥분을 느끼던 채운하에게 보냈던 비웃음의 의미를 그제야 깨달은 것이다.

“너 이전에 내가 먼저 모시던 분이시다.”

‘나 이전에?’

“무무, 지존의 품으로 가겠습니다.”

‘무무? 칫, 저 계집이 나를 놀렸구나!’

채운하는 악독한 눈빛을 빛내며 곧장 잠마도존의 뒤를 쫓아갔다.

그러나 잠마도존을 쫓아가는 동안 더 이상은 악독해질 수 없었다. 너무나 완벽한 여체가 어떤 것인지, 그녀가 온몸으로 보여주고 있었기 때문이다.

‘아직이다!’

채운하가 이번엔 입술을 악물었다.

무무란 여인은 전부 완벽했지만, 한 가지는 채운하보다 부족했다.

남자를 유혹하는 가장 완벽한 것이 있다면, 그것은 몸에서 자연스럽게 나오는 방향인 것이다.

*　　*　　*

"피해!"

우시백은 제마강림대원 중 몇을 잡아 내던지며 고함을 쳤고, 과한기 역시 다르지 않았다.

장주극의 장난과 같았던 공격에 제마강림대원 절반 이상의 몸이 터져 나갔다. 더구나 이어진 백마 육 인의 공격에 완전히 밀려 버린 사공원 등은 정신을 차리지 못했다.

갈피독과 종명기의 활약으로 그나마 사람들의 좁아진 시야가 넓혀졌지, 그도 아니었으면 벌써 전멸을 당해도 하나 이상할 것이 없었다.

"……."

등천화는 입을 벌린 채 멍하니 주위를 돌아봤다.

자단의 길을 끊어버리자, 더 많은 길들이 끊어졌다.

잠마도존이란 자가 떠올랐다. 또 풍마란 자가 떠올랐다. 그들 중 어느 한 사람도 자단 못지않았고, 눈앞의 장주극 또

한 마찬가지였다.

나타날 때까지 기다렸다.

그동안 얼마나 많은 사람들의 길이 끊겼을까?

서문혜를 알고 나서 서문일청도, 수혜련도 알게 됐지만, 모두 자단이란 자에 의해 길이 끊기고 말았다.

깨달으면 늦는 것인가?

서문혜의 죽음을 보고 자단을 막아야 한다는 생각을 했듯이, 이번에도 역시나 사람들의 죽음을 보고서야 장주극을 막지 않으면 안 된다는 생각이 들었다.

갈피독과 종명기가 힘겨워 보였다.

팟.

등천화의 신형이 자리에서 사라졌다.

지켜보고 있던 장주극은 사라진 등천화를 보고 화를 내기는커녕 오히려 입가에 웃음을 지었다.

"역시……."

장주극은 자신이 옳았다는 것을 확인했다.

악마대능력의 육체를 가진 그의 눈으로도 쫓아가기 힘든 움직임을 보여주었다.

등천화가 모습을 드러낸 곳은 기환마제가 있는 곳이었고, 그를 이마로 들이받고는 곧바로 밟았다. 중간 과정은 사라지고 결과만 장주극의 눈에 보였다.

등천화의 움직임은 거기서 끝이 아니었다. 이번엔 마륜절패마에게 달려갔다. 아니, 달려가는 도중에 그를 날려 버리고, 권을 사용하는 자에게 뭐라고 말을 건넸다.

장주극의 회색빛 동공이 번쩍하고 빛을 뿌렸다.

순간, 그의 손이 펼쳐졌다 접혔다.

까가가각!

열려진 장주극의 몸에서 수많은 길들이 뛰쳐나갔다.

등천화는 모든 동작을 멈추고 공간을 압축해 장주극에게 다가갔다.

“크하! 막을 줄 알았다. 유령신보!”

장주극은 등천화가 공격을 막기 위해 이리저리 움직이는 것을 보며 한껏 웃어젖혔다. 자신에겐 처음부터 상대가 안 되는 놈이라고 스스로에게 각인시키는 중이었다.

악마대능력의 힘을 더욱 끌어올렸다.

그러자 그것만으로 주위에 있던 사람들의 몸이 터져 나가기 시작했다.

그때였다.

촤아!

등천화가 만들어낸 바람의 응집체가 장주극을 공격해 왔다.

“크크크. 어림없다!”

장주극은 바람의 응집체가 물건이라도 되는 양, 한 손으로 휘감고는 사람들이 싸우고 있는 곳을 향해 던졌다.

쿠콰콰콰!

"그만!"

등천화는 되돌아온 바람의 응집체를 몸을 던져 막았다. 이런 모습이야말로 장주극에겐 더할 나위 없는 신선한 자극이 됐다.

장주극의 손이 다시 올라갔다.

제자리에서 사라진 등천화가 장주극의 근처에 나타나 손을 뻗었다. 곽수정의 혈영신공이 깃든 주먹을 내지른 것이다.

"그런 것 말고!"

장주극은 등천화의 주먹을 손바닥으로 잡았다가 놓아주었다.

"강한 자극이 필요해, 강한 자극이! 너는 할 수 있잖아, 해봐, 어서 해봐! 크하하하!"

광인처럼 마구 소리치던 장주극은 양손을 하늘로 뻗으며 억제하지 못하는 기운을 일시에 발출했다.

이대로는 장주극의 손바닥 안에서 놀아날 수밖에 없었다. 눈앞의 상황을 해결하기 위해서는 풍마를 기겁하게 만들었던 강한 바람의 응집체가 필요했다.

등천화는 장주극의 공격이 사방으로 뻗어나가며 천추성이든, 마교든 가리지 않고 살상을 하는 동안 발을 움직였다.

갈피독과 종명기, 그리고 문대성을 향하는 장주극의 회색빛 기운만 막았다. 그러면서 바람을 모았다. 회전을 했고, 몸을 뒤틀었으며, 음자삼차파를 쉴 새 없이 펼쳐댔다.

그러자 드디어 몸을 휘감는 바람이 웅집됐다. 이제 이 힘을 장주극에게 쏘아내기만 하면 지키고 싶은 사람들을 지킬 수 있었다.

눈에 장주극의 광분하는 모습이 들어왔다.

그를 향해 한 걸음 내디뎠다.

촤아!

풍마를 도망치게 만들었던 힘이 장주극을 향해 몰려갔다. 꽈배기처럼 비틀어진 그 힘은 곧장 장주극의 기세와 부딪쳤다.

쿠콰콰쾅!

"……!"

장주극의 회색빛 동공이 휘둥그레졌다.

직접 받아본 등천화의 공격이 상상 이상으로 강하다는 것에 놀랐다. 하지만 한 번 결정한 선택을 바꾸지 않았다.

등천화의 공격쯤은 몸에 흠집 하나 낼 수 없다는 걸 보여주려는 것이다.

등천화의 공격을 온몸으로 받았다.

그러나 절벽 한쪽을 무너뜨릴 정도의 파괴력을 가지고 있는 힘을 맨 몸으로, 더욱이 한 점에 집중된 힘을 받아내는 것 자체가 무리였다.

"으아아아아아!"

장주극은 악마대능력을 최대한도로 끌어올렸다.

그러나 바람의 응집체는 집요하게 그 모든 힘을 파고들었다. 그런 그를 구해낸 사람은 풍마였다.

쾅!

"소교주께서 완전한 악마대능력을 깨닫기도 전에 몸을 상하면 곤란하지. 유령신보, 오늘은 그만 돌아가야겠다."

풍마는 지친 기색이 역력한 장주극을 부축하며 등천화를 노려봤다. 칠천마에 이어 장주극까지 부상을 당하자 그로서는 어이가 없을 지경이었다.

"안 돼요. 지금 그 사람의 길을 끊지 않으면 앞으로 얼마나 많은 사람들의 길이 끊길지 모르니까."

"흐흐흐. 그건 네 사정이고, 그런 쓸데없는 말을 지껄일 시간이 있으면 다른 사람을 구하는 편이 낫지 않겠느냐? 천추성의 주요 인물들인데 말이야."

"……!"

어느새 백마들을 시켜서 사공원과 화산검선에 원로 둘까지 포위했는지, 모두 난감한 표정들을 하고 있었다.

"……."

등천화의 시선이 화산검선과 마주쳤다.

국진력을 떠올리게 해주었던 분이 곤란을 당하는 모습은 도저히 볼 수 없었다.

"당신들이나, 잠마혈존이나 똑같은 사람들이군. 알았소,

그것으로 됐소.”

“뭐?”

풍마의 의구심이 깃든 반문에 갈피독이 대신 대답해 주었다.

“말귀를 못 알아듣겠냐? 니들을 곧 십보문주께서 찾아가시겠다는 말씀이지, 뭐긴 뭐야.”

갈피독의 걸쭉한 목소리가 끝나자마자 종명기와 문대성이 다가왔다.

둥천화는 갈피독의 목소리가 이렇게 듣기 좋다는 걸 처음 알았다.

“역시 갈 대협이세요.”

“웬일로 칭찬씩이냐? 쿵. 크헤헤.”

갈피독은 너스레를 떨며 기분 좋게 웃었다.

둥천화 한 사람이 마교의 소교주를 위시해 칠천마까지 물리쳤다. 결과야 어찌 됐든 이것은 강호에 전설처럼 회자될 일이었다.

『보법무적』 5권 끝

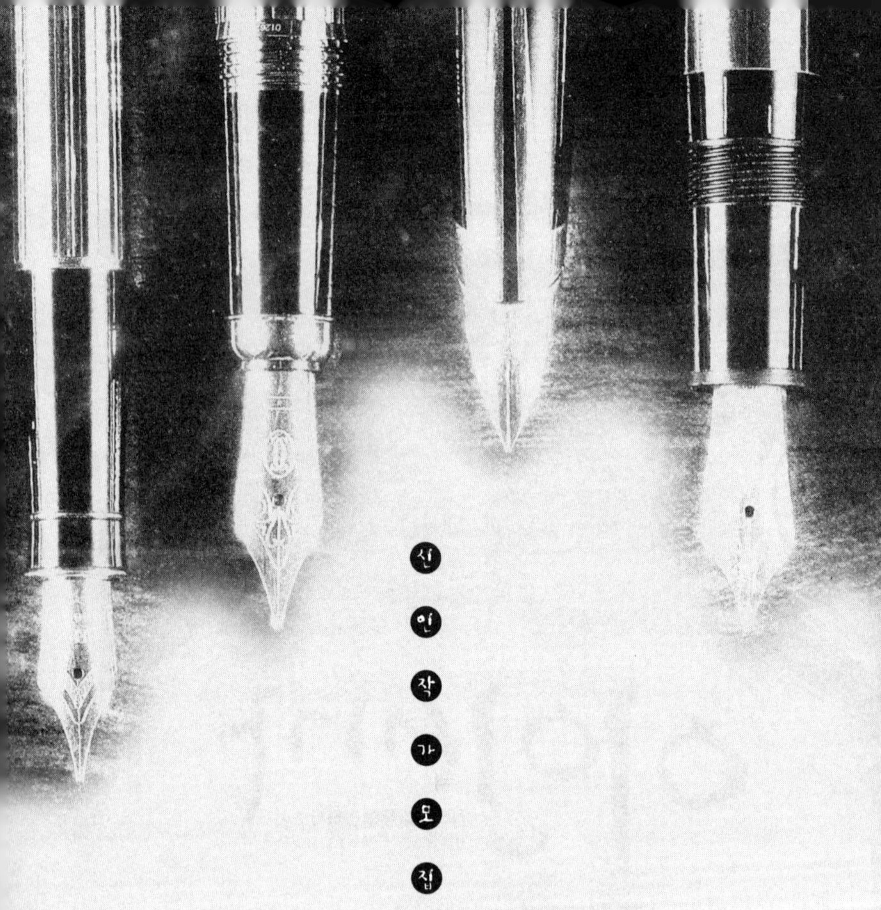

초등학생이 반드시 읽어야 할 좋은 책 49권

각 학년별로 초등학생이 반드시 읽어야할 좋은 책을 선정하여 통합논술의 기본이 되는 '올바른 독서법'을 일깨워 줍니다.

교과서와 함께하는 초등학교 통합논술

초등1학년 | 값 12,000원 | 초등2학년 | 값 9,500원 | 초등3학년 | 값 11,000원 | 초등4학년 | 값 9,500원 | 초등5학년 | 값 9,500원 | 초등6학년 | 값 11,000원

♣ 혼자 할 수 있어요.

엄마가 책 읽는 방법을 가르쳐 주어도 좋아요.
독서지도하는 선생님이 가르쳐 주어도 좋답니다.
"초등 교과서와 함께하는 **통합논술 시리즈**"는
아이 스스로 독서할 수 있도록 꾸며진 책이에요.
엄마와 선생님은 요령만 가르쳐 주시면 된답니다.

♣ 교과서의 중요한 내용이 총정리되어 있어요.

각 학년별로 중요한 교과 내용이 함께 수록되어 있어요.
초등학생은 교과서 내용을 충실하게 공부해야합니다.
아울러 그와 병행한 독서가 대단히 중요하지요.
"초등 교과서와 함께하는 **통합논술 시리즈**"는
두 가지 방법 모두 알려준답니다.

♣ 이 책은 훌륭하신 선생님들이 함께 쓰신 책이랍니다.

동화작가 선생님들이 쓰셨어요. 소설가 선생님도 쓰셨답니다.
국어 논술독서지도 선생님들도 함께 쓰셨지요.
"초등 교과서와 함께하는 **통합논술 시리즈**"는
엄마의 마음으로 모든 선생님들이 함께 꾸민 책이랍니다.

입소문을 통해 아는 분은 다 알고 계십니다!
올 한해 공인중개사 최고의 화제작!

1~2권 합본 | 이용훈 지음
3~4권 합본 | 이용훈 지음
5~6권 합본 | 이용훈 지음
용어해설 | 이용훈 지음

수험생 기본 필독서
만화 공인중개사

제목 : 만화공인중개사 쓰신 분에게 감사드립니다.

학원을 두 달 다녔어요 근데 과연 그 숫자 외우기 그런 게 몇 문제나 나올까 생각을 했어요

아니라는 생각이 드네요. 학원강의를 뒤로하고 서점을 갔어요. 내 머리에 가장 이해될 수 있는

책이 없나 하구요. 거기서 만화를 발견했어요. 무조건 세 번 봤어요. 3개월 걸렸어요. 문제집을 보라고

했는데 그건 시행을 못했어요. 근데 합격을 했네요.

어떻게 감사의 말을 해야 될지……

도서관에서 만화책 들고 다니니까 사람들이 비웃더라구요. 만화책으로 공인중개사를 공부한다고

미친 사람처럼 보더라구요. 근데 그거 다 감수하고 했던 내가 자랑스럽습니다.

어떻게 감사의 말을 해야 할지… 정말 감사합니다.

부디 행복하세요. 제 나이 41살에 좋은 스승을 만난 것 같습니다.

엎드려 감사드립니다.

―본사 홈페이지에 독자분이 올린 메일 中에서 발췌―